La Biblia de los Caídos

TOMO I DEL TESTAMENTO DE NILIA

Fernando Trujillo

Copyright © 2015 Fernando Trujillo
Copyright © 2015 El desván de Tedd y Todd

Edición y corrección
Nieves García Bautista

Diseño de portada
Germán Ojeda Vázquez

SOBRE EL TOMO I DEL TESTAMENTO DE NILIA

Llegó el momento de hablar de ella. Yo también sucumbí a su hermosura, no fui diferente a tantos otros que descubrieron en ella la expresión máxima de la belleza física. Pero Nilia es mucho más que eso. Es todo lo que han dicho sobre ella, lo bueno y lo no tan bueno. Puede que nadie más haya sido tan odiado y amado al mismo tiempo. Y cuanto se ha dicho sobre ella es cierto, en uno u otro sentido.

A mí me resulta más sencillo de comprender, pues cuento con la visión completa, pero mi valoración personal de Nilia no es importante, ella sí. Su relevancia está fuera de toda cuestión, y no se puede aspirar a un mínimo de conocimiento sobre La Biblia de los Caídos sin conocerla. Porque de algo estoy convencido: de no haber existido Nilia, estaríamos ante una historia completamente distinta.

He percibido cierta confusión a la hora de abordar estas crónicas, así que paso a detallar el orden de lectura correcto, la lista completa de tomos hasta la fecha:

- La Biblia de los Caídos. (Tomo 0)

- Tomo I del testamento de Sombra.
- Tomo I del testamento del Gris.
- Tomo I del testamento de Mad.
- Tomo I del testamento de Nilia.

- Tomo 2 del testamento del Gris.

Alterar ese orden solo puede desembocar en mayor confusión y en una comprensión más pobre de cuanto se relata en esta historia.

Adicionalmente, ya se ha transcrito un tomo de los apéndices, que se puede leer en cualquier momento, siempre y cuando se haya leído el Tomo 0, el inicio de este viaje, y el Tomo I del testamento de Sombra.

Hecha la oportuna advertencia sobre el orden de los tomos, la elección es vuestra.

Ramsey.

PRÓLOGO

Te quiero.

Al escucharlo, Nilia se revolvió. Se giró y estrelló el puño en la mandíbula de Zass.

—Ya lo sé —dijo con un soberbio golpe de melena—. Pero no me gusta que me lo digas.

Bajo ellos burbujeaba un mar de lava naranja, surcado de vetas amarillas que serpenteaban y se cruzaban, estallaban burbujas que daban paso a olas de fuego líquido. Por encima se retorcían estalactitas afiladas que pendían de algún lugar al que no alcanzaba la vista. De ese mismo lugar se derramaba una oscuridad pesada y pegajosa que las erupciones de lava mantenían a raya con la luz que proyectaban.

Zass se acercó a Nilia. La golpeó en la cara con la frente, con fuerza, al tiempo que le sujetaba la cabeza colocándole una mano por detrás. Entonces la besó. Ella se acurrucó. Dejó que sus labios se abrazaran más de lo que se habría permitido. Cuando se dio cuenta, se apartó de un salto y lanzó una patada para esconder la debilidad que brillaba en sus ojos negros y en sus mejillas.

—Yo creo que sí te gusta. —Zass le guiñó un ojo.

La patada había fallado, al menos la primera. La segunda le dio de lleno en el estómago. Zass se dobló soltando todo el aire que le quedaba dentro. Ella no esperó a que se recuperara, pero él era más fuerte; resistió varios golpes y, mientras, sonreía. Ella también, sin darse cuenta, le devolvía la sonrisa a pesar de sus esfuerzos por no corresponderle. No era dueña de sí misma y eso no le gustaba. Y sin embargo lo deseaba con todas sus fuerzas. Era lo mejor que le había sucedido nunca. Eso le gustaba menos todavía.

Zass debía de notarlo, porque parecía disfrutar con esa agitación de ella. La golpeó más fuerte. Ella respondió, por supuesto, sin aumentar la fuerza, pero acertando en sitios vitales, donde dolía.

—Ahora te quiero más —dijo Zass justo cuando le clavó el codo en la espalda y la derribó—. Más de lo que había creído posible —añadió al pisarle la cabeza.

Nilia no quería escuchar esa voz, no quería contemplar esos ojos ni captar ese olor. No quería. Pero lo hacía. Igual que repasaba su cuerpo de arriba abajo, deleitándose en cada detalle, cada músculo. No debió haber consentido que se desnudaran. Ahora ya era tarde.

Algunos golpes más tarde, terminaron las caricias. Y llegó lo que ambos deseaban. Y fue extraordinario.

—¿Por qué nunca me lo dices? —preguntó Zass algo después—. Sé que tú sientes lo mismo.

Una estalactita se desprendió y tuvieron que rodar a un lado para no acabar ensartados. A su derecha, abajo, reventó una pompa de lava que les salpicó cerca de los pies.

—¿Por qué le das tanta importancia? —preguntó ella.

—Porque es nuestro, es de verdad. Lo que sentimos no nos lo pueden quitar. Ni tampoco nos lo podrían imponer. Tal vez sea lo único auténtico que de verdad poseemos.

Nilia asintió, le comprendía demasiado bien. Poseían algo propio que sin duda tenía un valor especial, mucho mayor que para quienes no eran como ellos. Y ni siquiera los suyos podrían comprenderlo del todo, dado que eran muy escasos los que llegaban a conocer una sensación como esa.

—Quiero que te calles de una vez —bufó Nilia.

—Entonces te daré algo. Ven, por aquí. —Zass le tiró de la mano—. No te resistas. Te garantizo que te gustará.

Nilia lo siguió. Continuaban desnudos y sin posibilidad de vestirse: sus ropas se habían convertido en ceniza al caer a la lava.

Zass extendió el brazo hacia una forma vaporosa que flotaba a pocos metros.

—¿Qué tiene de particular?

—Mírala bien —le pidió él.

Nilia parpadeó, cambió el enfoque de sus ojos. Entonces la vio y no pudo contener su sorpresa.

—No lo puedo creer. ¿Es ella?

La forma vaporosa era ahora una mujer de aspecto frágil, embarazada, que se sostenía el vientre con ambas manos, temblorosas.

—Es ella —confirmó Zass.

—Es un truco. —Nilia señaló el vientre—. Deberías saber que la tripa no es...

—Es falsa —atajó Zass—. Aún no sabe dónde se encuentra. Está acostumbrada a engañar a los demás fingiendo su embarazo. Y todavía lo hace.

—No me extraña —dijo Nilia, que tenía problemas para contener su asombro. Aquella era una presa única, de un valor incalculable. Una mujer extraordinaria que había logrado esquivarles durante varios siglos—. ¿Dónde la has encontrado?

—Si te lo digo, se perderá el misterio y dejaré de ser una sorpresa para ti. Sería como renunciar a mi encanto.

Le guiñó el ojo. Era un gesto muy habitual en él, y ni siquiera era su mayor atractivo, pero Nilia no se lo dijo, impresionada aún ante la proeza de Zass.

—Enhorabuena —dijo con sinceridad. Nilia no tenía inconveniente en reconocer los logros ajenos, al contrario. Seguramente el talento era el principal atractivo que Zass tenía para ella—. Esto significará mucho para ti. Tendrás un gran reconocimiento.

—No. Ninguno en absoluto. Lo tendrás tú.

Nilia frunció el ceño.

—¿A qué juegas ahora?

—A nada. Te dije que sería para ti. Tú la entregarás y conseguirás que te perdonen.

Nilia dio un paso atrás, sobrecogida.

—No.

—Claro que sí.

—No puedes hacer eso... Es... demasiado. Además, nunca me perdonarán.

—Lo harán. Si no aceptas mi regalo la liberaré, y antes o después otro la atrapará. Si yo lo he hecho, solo es cuestión de tiempo que alguien más lo logre. —Zass hablaba en serio. Nilia no podía creer que alguien le hiciera un regalo de esa magnitud, ni en el mejor de sus sueños. Se quedó sin palabras. Zass la miró a los ojos—. Solo hay una cosa que quiero que me digas. Y no es gracias. Pero eso sí, que sea de verdad. Nunca nos hemos mentido. Si no lo sientes, no hables.

Por primera vez en su vida se le aflojaron las piernas. Él la sostuvo entre sus brazos. Ella le abrazó y enterró la cabeza en su pecho. Permanecieron así un tiempo indeterminado, entre los rugidos de la lava y la oscuridad que flotaba sobre ellos.

Al final Nilia recobró el dominio de sí misma. Tensó los músculos de los brazos, que rodeaban el cuello de Zass, mientras se colocaba a su espalda. Apretó. Él trató de agarrarla sin éxito hasta que la presión fue demasiado fuerte y cedieron sus rodillas. Apoyó una mano para no caer, luego giró para quedar encima de ella, pero Nilia acompañó el movimiento de modo que siguieron girando, sin que ella liberara el cuello de Zass en momento alguno, sino apretando cada vez más.

Zass resistió cerca de cuatro horas antes de que las fuerzas le abandonaran por completo. Nilia acercó los labios a su oído, muy cerca. Una lágrima resbaló y mojó el hombro desnudo de Zass.

—Te quiero —susurró.

Después, un crujido, un tirón brusco y el cuerpo de Zass cayó al suelo, salvo la cabeza, que seguía en las manos de Nilia. Antes de soltar la cabeza que aún abrazaba, le dio un beso en los labios.

—Te quiero —repitió.

—Lo siento. Hoy celebramos una misa privada. Si no cuenta con invitación, me temo que tendrá que esperar a la misa de la tarde. Le ruego que disculpe las molestias.

Eneas estudió al cura que le cortaba el paso. Las escaleras de acceso a la iglesia estaban acordonadas por dos bandas de color rojo que delimitaban el pasillo de entrada. Al principio y a lo largo de esas bandas varios sacerdotes comprobaban la documentación de los numerosos asistentes que aguardan su turno. El negro era el tono que predominaba en la ropa de los presentes, lo que indicó a Eneas que se trataba de un funeral. Un evento de lo más inoportuno, pero que respetaba.

—Quiero ver a un centinela —dijo bajando la voz y acercándose al cura.

—¿Perdón?

—Un centinela —repitió Eneas, un poco más alto—. Es urgente.

—¿Un centinela? —El cura arrugó la frente—. Disculpe, no le entiendo.

Eneas ahogó una maldición. Había topado con un cura de verdad, no con un miembro del mundo oculto. Se le pasó por la cabeza arrearle un buen puñetazo y montar un escándalo, así seguro que aparecería un centinela.

Era la frustración la causante de que una idea semejante le pasara por la cabeza. La descartó, por supuesto. La urgencia que le había arrastrado hasta esa iglesia no justificaba causar daño a un cura inocente.

Un vistazo rápido a los demás religiosos le reveló que también eran hombres de iglesia corrientes. Se encontraba con un imprevisto para el que no se había preparado. Murmuró una disculpa educada y se retiró para dejar paso. Aquellos rostros que desfilaban hacia las escaleras evidenciaban que iban camino de un funeral. Eneas sintió una leve punzada de dolor. Cosas de la empatía, pensó. Sus sospechas acerca de unas exequias se confirmaron cuando varios hombres sacaron un ataúd de un coche fúnebre.

—Maldición —murmuró.

No era la ceremonia que le gustaría tener que interrumpir, pero no le quedaba otra solución. Ahora le vendría muy bien que Ramsey hiciera sonar su teléfono y distrajera la atención general, como acostumbraba a hacer en entierros, misas y funerales. Por desgracia ese maldito chiflado, su bastón y su sombrero de ala no aparecían por ninguna parte. Típico, nunca estaba cuando lo necesitaba.

La iglesia no era demasiado grande. Eneas la rodeó en busca de una entrada alternativa. No se le había ocurrido que tendría problemas para entrar en un edificio que siempre estaba abierto a todo el mundo. Decidió que solo era un poco de mala suerte.

Había una pequeña torre con una vieja campana oxidada, a la sombra de un edificio más alto. Aquel campanario le pareció la mejor opción para colarse en la iglesia. Eneas se hallaba en muy buena forma y no le supondría un gran esfuerzo trepar por aquella pared de piedras, con salientes y huecos por todas partes. La gente estaría centrada en la misa, en la pérdida que había sufrido, no en vigilar si alguien escalaba la fachada de la iglesia.

El peligro pasó al llegar al tejado. Una vez allí se encaramó por la parte menos expuesta del pequeño campanario, con agilidad. Ni siquiera jadeaba al llegar arriba. Eneas había practicado escalada y deportes de alto riesgo. Aquello era un calentamiento para él.

La campana estaba vieja y oxidada. Tuvo cuidado de no acercarse demasiado, no fuera a resbalar y golpearla por accidente. Al poner un pie en el campanario, se encontró un nuevo obstáculo, uno de verdad. En el suelo había varios tablones desiguales bloqueando el acceso a las escaleras. No encajaban bien, quedaban ranuras entre ellos y parecían carcomidos. Cualquiera diría que con una simple pisada bastaría para quebrarlos. Sin embargo, Eneas supo que ni un balazo haría saltar una pequeña astilla. Resistirían eso y mucho más, debido a la runa que tenían pintada, sencilla pero eficaz. Por suerte la conocía.

Eneas sacó su estaca y se puso a trabajar de inmediato. No necesitaba pensar siquiera. Estaba seguro de cada trazo, del orden preciso que debía seguir para anularla. Por la parte interior de los tablones había otra runa idéntica, pero grabada en el sentido contrario. Había que desactivar las dos. Aquella combinación era inútil porque era demasiado conocida, una de las estructuras de runas típicas de los centinelas. Sin duda, aquel debía de ser el resultado de un trabajo rutinario.

El ingrediente más adecuado para contrarrestar las runas de los centinelas era la sangre de demonio. Eneas contaba con ella, por supuesto, aunque sus reservas estaban casi agotadas. De lo contrario, tendría que haber recurrido a un mago, suponiendo que alguno hubiese accedido a ayudarlo, y habría resultado caro, más incluso que comprar el ingrediente a los brujos.

Eneas sospechaba que los demonios podían anular las runas de los centinelas porque los ángeles no eran capaces de evitarlo. Esa era una de las razones por las que algunos centinelas empleaban ingredientes normales en lugar de la esencia que les transmitían los ángeles, para evitar que la sangre de demonio actuara contra sus runas.

Al desactivar las runas, los tablones adquirieron la fragilidad que correspondía con su aspecto y se partieron al primer golpe. Eneas no guardó la estaca mientras descendía al interior por si encontraba más runas. No fue el caso. Tras el último peldaño polvoriento de una escalera un tanto estrecha para su fuerte constitución y demasiado baja para su estatura, encontró una puerta cerrada y una pequeña barandilla. Le llegó, amortiguada, una voz que rebosaba calma y serenidad. Supuso que era la del sacerdote que oficiaba la misa. También creyó captar algún revuelo, voces que se mezclaban, tal vez de personas que se derrumbaban por el dolor y la pena.

Eneas se disponía a asomarse cuando la puerta se abrió en ese instante y un hombre irrumpió con cara de pocos amigos. Vestía como un obispo, uno de los que supervisaban la actividad de los centinelas. Se fijó en la estaca que Eneas aún sujetaba en la mano. Su gesto fue de lo más elocuente.

—Intruso —le acusó—. No sé cómo te has enterado de que la iglesia estaba desprotegida, pero lo lamentarás.

Fue rápido. Colocó la mano sobre una runa que había en la pared antes de que Eneas pudiera abrir la boca siquiera. Era una alarma, con toda probabilidad.

—No es lo que parece —dijo Eneas. Relajó la postura, para demostrar sus buenas intenciones—. No pretendía...

El obispo aprovechó para cargar contra él. Le dio un puñetazo en la mandíbula. Eneas notó una quemazón insoportable allí donde había impactado el anillo del obispo.

—No soy un enemigo —dijo, bloqueando otro golpe.

Pero el obispo no escuchaba, y no era extraño, dada la situación en la que le habían sorprendido. Eneas no tuvo más remedio que defenderse. Le derribó con un puñetazo en el estómago. Era más grande y más fuerte que él. Si evitaba el anillo, le reduciría sin grandes complicaciones. Pero las complicaciones iban a ser considerables. Eneas las oía acercarse deprisa por la puerta que el obispo había dejado abierta. Tres personas aparecerían enseguida, calculó Eneas.

—Escúcheme. No quiero hacerle daño. He venido a ayudar. —Agarró al obispo por el cuello y lo inmovilizó—. Van a matar a alguien en esta iglesia.

Hoy mismo.

—Prueba con otra mentira para engañarme —gruñó el obispo.

Le tomaba por un demonio, o mejor dicho, por alguien que trabajaba para un demonio, dado que de ser él uno el obispo lo sabría. Una ironía que debía de haber arrancado una carcajada a Eneas, si no fuera por lo cerca que retumbaban los pasos que provenían de la escalera.

Con todo, debía seguir intentándolo.

—Sé cómo suena lo que le he dicho —insistió Eneas. El obispo trataba de zafarse, pero Eneas le tenía bien sujeto—. Estese quieto. ¿Ha oído hablar de Ramsey? Él me advirtió. Maldita sea, estoy aquí para contaros una de sus visiones.

El obispo aplastó el pie de Eneas con el tacón. Eneas reaccionó por instinto y lo golpeó en la cara justo cuando llegaron tres sacerdotes armados con bastones de madera. Le vieron dar un puñetazo al obispo por lo que ya no cabía posibilidad alguna de que le creyeran.

Esquivó al primero y dio una patada al segundo. El tercero no podía atacarle debido al reducido espacio. Uno de los bastones le rozó un brazo y no quemó, así que no eran centinelas. Pero tampoco eran de los que se pasan el día rezando. Al menos dos de ellos sabían pelear. Eneas le arrebató el bastón a uno y lo rompió en la cabeza de otro. Un hilo de sangre le resbaló por la cara antes de desplomarse. Eneas se quedó paralizado de terror. Tal vez lo había matado. Él no quería…

Un golpe en la sien provocó que todo se volviera negro durante un segundo, y después, cuando se le aclaró un poco la visión, que todo diera vueltas. Sintió más golpes. Al dar un paso de espaldas chocó contra la barandilla. Entonces un impacto demoledor en el pecho le impulsó hacia atrás. La barandilla se partió y Eneas se precipitó al vacío.

Sin saber cómo, se agarró a una cadena y sus pies se toparon con algo. Sacudió la cabeza, aturdido. Estaba sobre una lámpara gigantesca que pendía sobre el altar de la iglesia. No veía a dónde podía ir desde allí. Un bastón le dio en la cabeza e hizo que rebotara contra la cadena. Eneas, mareado, cayó. Se hizo daño al chocar contra la estructura de la lámpara y continuó cayendo hasta que el pie derecho se le enganchó en alguna parte y quedó colgando boca abajo.

Debía de haber mirado hacia arriba para buscar algún modo de salir de su desesperada situación. Pero no pudo. Le resultó imposible apartar la vista de la escena que tenía lugar justo debajo de él.

El ataúd al que había dejado paso a la entrada de la iglesia estaba hecho trizas. Los ojos sin vida de un monje tendido en el suelo le miraban, y el cuello, retorcido, había sido forzado hasta una postura antinatural. Un cura, a juzgar por sus ropas, anciano, estaba en pie mientras un hombre lo sujetaba del cuello por la espalda, ante el terror de los asistentes. Al principio pensó que quien aferraba el cuello del cura era una mujer, por su melena, pero no, era sin duda un hombre. Cerca de ellos una mujer extremadamente delgada miraba al hombre de la melena con un gesto de súplica.

La súplica no fue atendida. El hombre de la melena bajó la cabeza y mordió al cura. Un chorro de sangre brotó del cuello del anciano mientras su cuerpo convulsionaba. Eneas escuchó con claridad un crujido. El cuerpo se desplomó sobre el del monje muerto, pero la cabeza permaneció en la boca del hombre que lo había matado. Claro que no era un hombre, sino un vampiro. Eneas lo entendió mientras se le escapaba un grito que se unió al de todos los presentes.

La visión de Ramsey había sido cierta, después de todo, pero él no había llegado a tiempo de evitarla. Se encogió cuando el vampiro arrojó la cabeza del cura hacia atrás, despreocupado. La cabeza rebotó contra una cruz de mármol y el vampiro salió disparado hacia la salida.

—¡Acabad con el intruso de una vez! —oyó gritar al obispo por encima de él.

Recibió otro bastonazo en el costado y el pie se le desenganchó. Eneas supo que si se estrellaba de cabeza contra el suelo desde esa altura no sobreviviría. Trató de girar en el aire.

El golpe fue tan brutal que creyó que no lo había logrado. Yacía cerca de la cruz de mármol, junto a la cabeza del anciano, de la que aún brotaban sangre y otros fluidos. Sin embargo, no sentía dolor. No sentía nada en realidad. Le invadió el pánico.

Entonces se vio la mano, aunque no era consciente de ordenar ningún movimiento. Luego recobró el sentido de su cabeza, hombros, pecho, vientre... Y nada más. Temió haberse partido en dos, pero no, el resto de su cuerpo estaba ahí. Una de sus piernas estaba rota con el hueso expuesto, aunque no padecía dolor alguno.

Le vino a la mente otro crujido que había escuchado al estrellarse contra el suelo. Ese crujido había sonado por detrás, en su espalda.

VERSÍCULO 1

Una sombra de decepción oscureció el rostro de Amanda al barrer la sala de espera con la mirada. Se le torció el gesto con esa mueca amarga tan suya, de cuando acertaba con un mal presagio, y que confirmaba el temor que la había acompañado de camino al hospital.

Consultó el reloj. Aún quedaba tiempo, pero ahora se sentía pesimista respecto a su marido, que iba a defraudarla por tercera vez.

Un hombre delgado y de aspecto alegre se levantó y dio un paso hacia ella.

—Alegra esa cara, bonita —dijo, malinterpretando su expresión—. Por favor, siéntate aquí. —Señaló la silla que ocupaba hasta ese momento, la única que ahora estaba libre—. Insisto, de verdad. No aceptaré una negativa —añadió, a pesar de que Amanda no había expresado lo contrario—. El plástico es duro, pero no está mal.

El hombre le tomó la mano y casi la arrastró hasta la silla.

—Gracias.

Amanda se sujetó el vientre mientras comprobaba que la silla era tan incómoda como el tipo le había advertido.

—¿Siete meses? —preguntó el hombre—. Tengo muy buen ojo para esto.

—Ocho —le corrigió Amanda.

El hombre frunció el ceño con una molestia evidente y exagerada, como si hubiera fallado con la fecha de su aniversario.

—La estás agobiando, Bono —le reprendió la mujer que se sentaba al lado de Amanda—. Discúlpale, querida. Ahora se cree que es adivino, incluso está convencido de que conoce el sexo de nuestro bebé.

La mujer se palpó la tripa. Amanda y ella podrían haber competido por cuál de las dos la tenía más prominente.

—Es un niño —aseguró Bono—. Lo sé. Y en pocas semanas tendrás que reconocer que te lo advertí. —Miró a Amanda—. Nerea solo me quiere para que le dé masajes. Ah, sí, y para quejarse. Suerte que tengo una paciencia infinita. Es parte de mi don natural con las mujeres.

El gesto de Nerea, mientras Bono proseguía su cháchara, la invitaba a seguirle la corriente. Amanda accedió. No había que ser un genio para darse cuenta de que la que tenía paciencia infinita era la mujer, no él. Con todo, saltaba a la vista que ambos formaban una pareja muy compenetrada, con una gran complicidad. Amanda apostaría a que no era su primer hijo.

—Entonces, ¿qué? ¿Madre soltera? —preguntó Bono.

—¡Bono! —le reprendió Nerea.

Él se encogió de hombros como si no encontrara nada inapropiado en la pregunta.

Tras un rápido vistazo a la pequeña sala de espera, Amanda constató que ella era la única mujer que no estaba acompañada.

—No —contestó—. Pero a este paso pronto estaré soltera.

Recordó la promesa que le había hecho Elías la noche anterior, durante la cena, la misma que había incumplido al llegar y no encontrarle allí esperándola. Elías, como todo el mundo, tenía sus defectos. Uno de ellos era una tendencia más allá de lo tolerable a despistarse. Cuando le conoció, Amanda encontró curioso ese rasgo, casi divertido, pero no imaginó que tanta falta de atención persistiera durante el embarazo de su hijo.

—Mira que lo dudo —sonrió Bono—. ¿Qué haríais sin un hombre al que torturar? La maldición del matrimonio, ¿verdad, cielo? —Le pellizcó la mejilla con aire cariñoso a su mujer—. ¿Podrías ser feliz sin echarme algo en cara? ¿Sin corregirme? ¿Sin telenovelas?

Bono iba a decir algo más, como indicaba su boca abierta, pero había ladeado la cabeza y se había quedado petrificado. Amanda y Nerea siguieron su mirada hasta una mujer de físico espectacular, que se acercaba con la hipnótica oscilación de una larga melena negra. Desde luego no estaba embarazada, o de muy pocas semanas, porque aquel vientre plano era solo uno de los atributos que formaban un cuerpo de proporciones perfectas. Vestía unos vaqueros azules desgastados y una sencilla cazadora de piel.

—Sin... err... criticar mi... ropa... sin...

Nerea estiró el brazo y le soltó un buen pescozón a Bono.

—Cierra la boca, atontado.

—¿Eh? ¿Qué? Ah, sí, claro. ¿Ves lo que te decía? —se dirigió a Amanda—. Disfruta negándome cualquier alegría.

La puerta de la consulta del médico se abrió. Salió una pareja. El médico anunció un nombre y entraron los siguientes. Se le trabó la lengua al contemplar a la mujer morena.

Amanda también la miraba, a sus ojos negros y alertas. Era demasiado llamativa para no reparar en ella. Tenía aspecto serio. Se apoyaba contra la pared y repasaba a todos los presentes. En la sala debía de haber cerca de veinte mujeres y sus acompañantes. A Amanda también la estudió. Ella apartó la vista cuando la morena la atravesó con sus ojos oscuros.

Entonces se movió. Fueron pocas las cabezas que no siguieron los pasos de aquel cuerpo perfecto. La morena caminaba hacia ella. Amanda se puso nerviosa. Y sin razón, porque la morena pasó de largo hasta la pared del fondo y abrió una ventana. Luego regresó al sitio que ocupaba, apoyada contra la pared, justo cuando irrumpió en la sala un hombre que corría con la lengua fuera, jadeante, el vivo retrato de la urgencia personificada. Era Elías. Alzó la mano en cuanto localizó a su mujer. Después, sin bajarla, desvió la vista a la derecha, a la morena. Los pies se le enredaron y tambaleó un par de pasos, a punto de perder el equilibrio. Finalmente Elías terminó espatarrado en el suelo, boca abajo, los brazos extendidos, y a menos de un palmo de las botas de la morena.

—¡Juas! —exclamó Bono—. Menuda calamidad de tipo. Aunque hay que reconocer que una distracción como esa… —Se apartó a tiempo de esquivar un nuevo coscorrón de Nerea—. ¡Ja! Ya te conozco, nena. Solo lo he dicho para picarte un poco. Ya sabes que yo solo tengo ojos para mi… ¡Ay!

—Yo también te conozco. —Nerea se sopló la mano con una sonrisa.

—Amanda, lo siento. —Elías se acercaba resoplando. Le corría una gota de sudor por la mejilla—. No encontraba aparcamiento… Un energúmeno tenía el coche en doble fila y…

—Tranquilo, buen hombre. —Bono le pasó el brazo por los hombros—. Hemos cuidado bien de tu chica. Y el médico es tan lento como una embarazada subiendo escaleras.

Le dio un sonoro golpe en la espalda a Elías, quien tenía cara de no entender nada. Amanda le presentó a Bono y a Nerea para aliviar su confusión. Después de todo, había venido y se notaba que su preocupación por haberse retrasado era genuina. Con eso era más que suficiente para ella. Por ahora.

Un pájaro negro entró dando bandazos por la ventana abierta. Describió varios círculos por la sala, alterando a los presentes. Algunos intentaron atraparlo, en vano. Se posó en el hombro de una chica muy joven, demasiado, en opinión de Amanda, para estar en una consulta de obstetricia. A su lado había un chico, también muy joven, que espantó al pájaro. La mujer morena había dado un paso hacia ellos, pero se detuvo cuando el pájaro remontó el vuelo. Se posó sobre otra mujer, luego otra. La morena seguía el movimiento con la mirada.

—¿Qué bicho es ese? —preguntó Bono.

—Creo que es un loro —contestó Elías—, pero no puedo asegurarlo.

El supuesto loro, de color negro, se acercó a Nerea. Bono agitó los brazos sobre su mujer con gesto protector.

—Largo, bicho. Como le pegues alguna enfermedad al crío te desplumo.

El pájaro lo esquivó y terminó sobre la cabeza de Amanda.

—Uaaaaac —soltó por su pico curvado—. Largo, bicho —dijo imitando el tono de voz de Bono—. Te desplumo.

—Es gracioso —dijo Bono con aprobación—. Me gusta.

—A mí no —repuso Elías, alejando al loro con la mano.

La mujer morena les miraba con mucha atención, brillaban sus ojos negros. El loro revoloteó hasta la pared. Se quedó suspendido frente a un cuadro de Escher, inconfundible por las geometrías imposibles que lo hicieron famoso. La morena se dirigió al cuadro. Tras estudiarlo unos segundos, pasó la mano sobre el cristal que lo protegía.

—¿Quién ha abierto la ventana? —preguntó un celador del hospital, que acababa de llegar. Accionó un walkie-talkie que llevaba en el hombro—. Hay un maldito pájaro en la sala de espera de obstetricia… ¿Cómo?… Vale, pero yo no soy veterinario —dijo de mal humor.

La morena pasó por detrás de la línea de asientos hasta la pared opuesta, la que contaba con ventanas que daban al exterior. El guardia de seguridad comenzó a perseguir al pájaro exhibiendo una torpeza considerable. Varios intentos fallidos más tarde, lo tenía acorralado, al menos en apariencia. El loro aleteaba contra la puerta del médico. El celador se disponía a atraparlo con la chaqueta, que se la había quitado para utilizarla a modo de red, pero la morena se interpuso. Le detuvo con una mano y lo empujó. El celador acabó en el suelo.

Se produjo un silencio absoluto. Todos miraban a la morena.

—Mujeres, tenéis que salir de aquí. ¡Ahora! —gritó—. Los hombres, que hagan lo que quieran, pero que no estorben.

Amanda cruzó la mirada con Elías y comprobó que estaba tan desconcertado como ella, como debían de estar todos.

—Sabía que era una enfermera —dijo Bono—. Un excelente departamento de selección de personal el de este hospital.

Fue el único que llegó a esa conclusión. Los demás no se movieron. El celador se puso en pie y encaró a la morena.

—¿Qué estás haciendo?

—Cierra la boca si no quieres acabar en el suelo otra vez —replicó la morena.

—¡Que nadie se mueva! —ordenó el guardia de seguridad—. Estas personas vienen al médico y si alteras el orden tendré que…

—El médico está muerto —dijo la morena.

El celador se quedó paralizado un momento con la mano sobre el pomo de la puerta. Luego murmuró algo y abrió. La cabeza del doctor rodó por el suelo dejando un rastro rojo. Varias personas gritaron, algunos se abrazaron. Amanda aferró con fuerza la mano de Elías.

—Larguémonos de aquí —dijo él.

Un muro de llamas brotó a su espalda. Amanda sintió el calor, escuchó el crepitar del fuego. Se levantó y cayó junto a varios más. Elías la agarró de un brazo y la ayudó a levantarse. La pared de fuego cortaba la salida de la sala de espera. A la derecha solo había una puerta, la que conducía al despacho del médico. No parecía la mejor escapatoria. A la izquierda estaban los ventanales, pero considerando el avanzado embarazo de Amanda y que estaban en un quinto piso, esa tampoco era una opción. De frente había una puerta que parecía destinada al personal del hospital. Puede que diera a una salida de emergencia.

Todos debieron de pensar lo mismo, porque comenzaron a retroceder hacia esa puerta. Entonces un nuevo muro de fuego creció y les cortó el paso. Amanda vio con claridad que se originaba en el cuadro de Escher. El celador pidió calma a gritos. Se acercó al cuadro y cogió el extintor rojo que colgaba a menos de dos metros de distancia.

—¡Atrás! —dijo tosiendo—. Despejaré el camino y saldremos de aquí en orden. ¡Mantened la calma!

Vació el extintor sobre el suelo, justo donde se originaban las llamas. Se levantó humo. Al disiparse, el fuego no había remitido, ni siquiera se había reducido un poco. Ardía con la misma intensidad.

La morena pasó andando al lado del celador, que en ese instante maldecía y arrojaba el extintor vacío al suelo.

—Abrid las ventanas —dijo ella con serenidad.

Luego atravesó las llamas sin dudar. Ni uno solo de sus cabellos negros se rizó al ser envuelta por el fuego.

—¿Alguien más ha visto lo que yo? —preguntó Bono con el tono de quien duda de su propia salud mental.

—¡Bono! Las mujeres, protégelas —dijo Elías—. Voy a abrir las ventanas.

Amanda quería ayudarle, pero la tripa pesaba mucho y se había formado un gran alboroto alrededor. Todos chillaban. Algunos hombres trataban de gritar órdenes, generalmente contradictorias. Amanda se abrazó a Nerea mientras se dirigían, junto con el resto, hacia el centro, lo más lejos posible de las dos paredes de fuego.

Elías abrió las ventanas con la ayuda del chaval. El loro se escapó volando entre una nube de humo. Bono apartó la cabeza del doctor de una patada.

—Vendrán a por nosotros, tranquilas —farfulló Elías—. Solo tenemos que conservar la calma.

Lo dijo tan nervioso que sus palabras produjeron el efecto contrario. Amanda no quería ser negativa, pero después de lo inútil que había resultado el extintor contra las llamas, no pudo evitar sentir pánico. Tosió. Se cubrió el rostro. Soltó a Nerea y se abrazó el vientre.

La morena regresó a través de las llamas con algo muy abultado sobre un hombro, una lona o una alfombra enrollada. Arrancó el cuadro de Escher de la pared con las manos desnudas, sin que el fuego le causara ningún daño. Lo partió sobre la rodilla. Luego cogió la lona que había traído y la desenrolló de modo que cubriera las llamas. En pocos segundos, las extinguió.

—Deprisa, no durará mucho —advirtió—. Las mujeres con el embarazo más avanzado, primero.

—Buena idea —dijo Bono.

Hubo quien no estuvo de acuerdo y trató de escapar sin importarle quién tenía la barriga más grande, sino quién estaba más cerca. La morena lo impidió. Repartió empujones y bofetadas, y algún puñetazo. Al celador lo agarró por el cuello.

—Haz tu trabajo y mantén el orden.

El hombre asintió.

Elías había vuelto con Amanda y la ayudaba a caminar. Su vientre y el de Nerea eran de los más abultados, por lo que la morena no puso objeción a que pisaran la lona y salieran de allí.

—Por las escaleras. Hacia abajo —ordenó, señalando la puerta abierta del fondo.

—¿Eso es sangre? —preguntó Bono.

—¿El qué? —preguntó Elías, alarmado.

—Los garabatos que hay pintados en la lona.

—Luego te preocupas de eso, ¿quieres? —dijo Nerea tosiendo con violencia.

La puerta daba a unas escaleras, donde algunas personas discutían. Amanda se retorció por una leve contracción. Elías, que la sujetaba, le susurró algo tranquilizador.

—¡Tenemos que salir de aquí! —gritó al revuelo de embarazadas y acompañantes—. ¡Bajad de una vez! Es lo que ha dicho la morena.

El chico se acercó un poco hasta ellos.

—Están histéricas. Una mujer dice que ha visto un monstruo ahí abajo y las demás se han asustado.

—¿Y el fuego no les da miedo? —gruñó Bono—. Tranquilos, si algo sé es apaciguar a mujeres alteradas. Tendríais que ver a mis hijas. Cuando la madre tiene el periodo es como si…

Nerea le soltó otro pescozón.

—¿No puedes dejar de hacer el ganso por una vez? ¡Sácanos de aquí! ¡Amanda está de parto!

Todas las cabezas se volvieron hacia ella, que se agarraba la tripa con una mueca de dolor. Elías fue el primero en reaccionar.

—¡Haremos caso a la morena! Nos ha salvado del fuego. Bajaremos ordenadamente y...

—Hay un monstruo abajo —exclamó una mujer.

—Y esa morena no se quemaba. ¿Lo visteis?

—Yo creo que fue ella la que mató al doctor.

Se oyeron muchas más cosas, cada una más disparatada que la anterior. Amanda lo escuchaba todo mientras soportaba el dolor. Tiró del brazo de Elías.

—Vámonos —le suplicó.

Pero había demasiadas personas bloqueando el paso.

Entonces la puerta se abrió de nuevo y salió la morena.

—¿Qué hacéis aquí todavía, idiotas? No servís para nada.

Atravesó el grupo con paso resuelto, sin rozar a nadie, pues todos se apartaron de su camino, incluso Amanda, a pesar de sus dolores. La morena se dirigió a las escaleras y comenzó a bajar.

Elías, Bono y el joven no vacilaron en seguirla, cogiendo del brazo a sus respectivas parejas. Frente a la puerta que daba acceso a la planta inferior, la morena pasó de largo y continuó descendiendo.

—¿No entramos aquí?

—No —contestó ella sin volverse.

—Hay personal médico que puede ayudarnos. Mi mujer está...

—¿Como os ayudó el doctor de arriba?

Amanda le apretó el brazo. Elías entendió el gesto y siguió a la morena, igual que los demás. Ahora no murmuraban. Avanzaban en silencio, salvo por algunos que tosían de vez en cuando. La presencia de la mujer morena mantenía el miedo a raya, seguramente por la seguridad que mostraba. En una situación crítica era importante que alguien aparentara al menos que sabía lo que estaba haciendo.

—¿Quién eres? —le preguntó Elías, sin recibir respuesta—. ¿Cómo te llamas?

—Nilia. Ahora cierra la boca y ocúpate de tu hembra.

Amanda tenía sentimientos encontrados respecto a ella. Era obvio que la tal Nilia les estaba ayudando, que sin su intervención ahora estarían pasando apuros en medio de un incendio. Pero también había algo extraño en aquella mujer. Era demasiado fría, ni un rastro de nervios asomaba en su expresión.

Las contracciones no le dejaron pensar más. Amanda se concentró en bajar los peldaños encogida. Lo último que necesitaba era caer escaleras abajo.

Nilia abrió una puerta que se resistía de una patada.

Las nueve parejas que formaban el grupo irrumpieron en el aparcamiento subterráneo del hospital. Varias mujeres jadeaban. Los hombres tenían miedo, todos, aunque trataban de disimularlo.

—Al autobús —ordenó Nilia.

—Nosotros nos quedamos —dijo un hombre—. Mi mujer no se encuentra bien y esto es un hospital.

Nilia le cruzó la cara de un guantazo. El hombre se desplomó. Nilia, tan veloz como un rayo, se agachó y lo recogió antes de que cayera al suelo. Se lo cargó al hombro.

—Al autobús —repitió.

Obedecieron. Subieron en relativo orden a uno de los autobuses verdes del transporte público de la ciudad de Madrid. Nilia dejó sobre dos asientos al hombre que había abofeteado.

—¿Alguien sabe conducir?

Una mujer alzó tímidamente la mano.

—Un hombre —exigió Nilia.

—Yo soy taxista —dijo Elías.

Nilia le agarró por el brazo y le llevó prácticamente a rastras hasta el asiento del conductor. Amanda le tranquilizó con un gesto cuando él volvió la cabeza para mirarla.

—Las llaves están puestas —dijo Nilia.

Luego se dirigió a una mujer que estaba sentada al lado de la puerta. De un empujón, apartó al hombre que la acompañaba y retiró las manos de la mujer de su propia tripa.

—Me encuentro bien, de verdad —dijo la mujer, atemorizada.

El hombre no estaba menos asustado, pero no se atrevía a intervenir, aunque observaba con atención. Nilia agarró a la mujer y la obligó a bajar del autobús. El hombre gritó, protestó, al final se armó de valor y dio un tirón fuerte del brazo de Nilia, que no causó el menor efecto.

—Vosotros os quedáis —dijo Nilia.

Apoyó los brazos en la cadera y ladeó un poco la cabeza con aire desafiante. El hombre no aceptó la invitación de llevarle la contraria. Tomó a su mujer y se alejó.

De pronto resonó un golpe en el aparcamiento, fuerte aunque amortiguado. Provenía del otro lado de la pared. Nilia volvió el rostro hacia la puerta por la que habían llegado.

—Arranca —le ordenó a Elías.

Bajó del autobús, corrió hacia la puerta con decisión y tiró del pomo con brusquedad, hasta atrancarla. Más golpes sonaron al otro lado. Tres puntas de una garra enorme perforaron la puerta, escasos centímetros del rostro de

Nilia, que retrocedió. Rodeó un coche que había aparcado cerca y lo empujó hasta dejarlo pegado a la puerta. Luego regresó corriendo al autobús.

La puerta tembló. Unas uñas negras y curvadas abrían surcos en ella.

—Pisa el acelerador.

Elías obedeció.

—Más deprisa —ordenó Nilia.

Se acercaban a la salida del aparcamiento y no parecía prudente acelerar más. Nilia se inclinó sobre Elías y le empujó la rodilla derecha hacia abajo. El pie de Elías pisó el acelerador a fondo, el motor del autobús rugió mientras rozaba el borde de la puerta del aparcamiento. La calle estaba atestada de coches aparcados. Nilia tiró del volante, forzando una curva demasiado cerrada, dada la elevada velocidad a la que circulaban. Resultó excesivo. El autobús embistió a un coche estacionado. A su lado había otro, aparcado en doble fila. El primero quedó convertido en una masa de hierros y cristales; el otro, el que estaba en doble fila, salió despedido dando vueltas de campana.

—Acelera hasta llegar a alguna calle principal, que tenga varios carriles.

Bono se levantó cuando la velocidad del autobús se redujo hasta un ritmo aceptable y dejaron de dar botes en los asientos.

—¿Qué era esa cosa que rompía la puerta en el aparcamiento? ¿Eh? ¿Y tú? Oye, estarás muy buena, pero eso no explica que seas superfuerte —dijo con nerviosismo—. ¿Esto es un secuestro? ¿De qué vas? Tenemos derecho a saber qué pasa. No creas que me impresionas...

Nilia solo tuvo que mirarle de reojo para que regresara a su asiento.

—¿A dónde voy? —preguntó Elías. Parecía algo más tranquilo que Bono, pero no mucho—. ¿Quieres que vaya por...?

—Quiero que te calles y conduzcas.

Nilia mantenía la cabeza muy cerca de la luna delantera. Estudiaba el exterior, sin duda. Nadie decía nada, se miraban unos a otros, se abrazaban, sus ojos reflejaban un miedo que no tardaría en estallar.

—Ahí —dijo Nilia, señalando algún lugar en el exterior—. ¿Lo ves?

—¿El qué? —preguntó Elías inclinando la cabeza hacia adelante.

—El loro negro. ¿Lo ves? Sigue a ese asqueroso pájaro.

—¿Qué?

—Que lo sigas —insistió ella—. Hazlo o matarán a tu mujer.

Rex sangraba por un corte en la ceja y la herida de una flecha clavada en el muslo. El dolor del pecho le hacía sospechar que tenía una costilla rota. Los mechones claros, empapados de sudor, estaban pegados sobre la frente bañada por el esfuerzo y el sufrimiento. Jadeaba. Sus ojos claros había perdido todo rastro de brillo.

—¿Crees que fue así la primera vez? —Agarró la flecha y tiró. Dolió, brotó más sangre, que enseguida caló el pantalón, pero solo hizo una mueca. No interrumpió su discurso—. Hermano contra hermano. El peor conflicto que se pueda concebir.

Edgar no estaba en mejor forma que él. Se acababa de colocar el hombro que hasta hacía un instante tenía dislocado.

—¿Nos comparas con los ángeles?

—Comparo nuestra situación —matizó Rex.

Edgar se sentó en el suelo y resopló. Después de mirarle fijamente, asintió.

—Es posible. No podemos saber cómo sucedió en realidad, aunque ambos bandos tuvieron que creerse en posesión de la verdad para llegar tan lejos. La diferencia es que esto no es una guerra, Rex, y nunca lo será.

Rex se habría sentado también, de no ser porque tenía la mano izquierda esposada a la pared.

—Es mucho peor, solo que no te das cuenta, Edgar. Miriam, el santo...

—No sigas. No sé cómo has podido cambiar tanto, hermano, pero no sigas, por favor. Ya es suficiente.

—Y un ángel —dijo Rex ignorando la petición de Edgar—. Un ángel ha muerto. ¿Cuándo ha sucedido algo semejante? No hay un solo registro de que ni siquiera se haya despeinado uno de ellos en toda la historia. Y ahora Samael... ¿No lo ves? El viejo código ha muerto. Se avecina un nuevo orden.

Edgar se levantó.

—Te dejé ir una vez. ¿Por qué no te escondiste?

Por toda respuesta, Rex le sostuvo la mirada.

—Debiste huir —prosiguió Edgar—. Escapar. Cualquier cosa menos lo que has hecho. No me dejas opción, hermano.

—A mí también me costaría matarte.

—No voy a matarte. Te entregaré y...

—¿Hay alguna diferencia? —le interrumpió Rex—. En realidad sí la hay. Y muy grande. ¿Me dejarás al menos tomar esa decisión a mí? Nadie lo sabrá nunca.

Edgar reflexionó en silencio. Rex sabía que aceptaría, que Edgar era un centinela razonable, aunque le faltara dar un paso para abrir los ojos a la verdad y comprender la mentira que siempre habían vivido.

—No te quitaré las esposas —cedió Edgar. Rex asintió—. ¿Cómo quieres hacerlo?

—La flecha. —Rex alzó la saeta ensangrentada que se había arrancado del muslo, la que Edgar le había disparado durante la pelea—. Me la clavaré en un ojo tan fuerte que atravesaré mi cráneo por la parte de atrás. Será rápido.

—Tal vez Mikael...

—Por favor, Edgar, no me insultes. ¿Te entregarías de estar en mi lugar? Sé sincero.

—Sí, lo haría. Pero te entiendo. Sé que no tomas decisiones sin pensar.

—Gracias, hermano. Es un consuelo saber que las últimas palabras que me diriges son para decirme que te consideras mejor que yo. Oh, no me discutas eso. Te agradezco que me dejes decidir mi destino. También me gustaría agradecerte una última cosa. —Rex describió un círculo con el dedo índice de la mano derecha, la que tenía libre—. ¿Te importa darte la vuelta? Es mi final y me gustaría tener algo de intimidad.

Edgar accedió. Le dio la espalda, dado que no tenía nada que temer. Rex estaba indefenso. Las runas de las esposas le impedirían romperlas aunque no estuviese debilitado y herido por la pelea. Como mucho podría lanzarle la flecha a Edgar, lo que tal vez le causaría un leve desgarro en la ropa.

Rex agarró la flecha con fuerza y observó la punta manchada de sangre. Respiró hondo. Ahora solo era cuestión de voluntad, algo que le sobraba, ya que toda su vida se había regido bajo la más estricta disciplina imaginable.

Apoyó la mano izquierda, la que tenía esposada, contra la pared. Retiró la derecha para tomar impulso, apretó y se la clavó en la base del pulgar de la mano izquierda. Sin darse ni un instante para sentir dolor o para pensar, tiró con todas sus fuerzas. La mano izquierda se escurrió entre las esposas y se separó del pulgar clavado en la pared. De nuevo sin pensar, ejecutando las órdenes que había interiorizado, arrancó la puerta con la mano derecha. En ese instante se volvió Edgar, quien tardó un segundo en comprender lo que había sucedido. Demasiado. Rex le arrojó la puerta a la cabeza y acertó.

Salió de la habitación a toda prisa. Trataba de no pensar en sus múltiples heridas, de las cuales la de la pierna era la que más le perjudicaba para moverse deprisa. Escapar era lo único en lo que debía concentrarse.

Varias personas le observaron atónitas al salir a la calle. No era para menos, con la cara cubierta de sangre, los pantalones manchados y un muñón rojo por mano izquierda. La suerte quiso que hubiera un coche a pocos metros en el que una mujer acababa de arrancar el motor. Rex abrió la puerta del conductor.

—Largo.

La mujer salió de inmediato con cara de espanto. Le fallaron las piernas y resbaló. En vez de levantarse, se alejó a cuatro patas. Rex ya se había puesto en marcha cuando la mujer por fin se incorporó. Deseó darle las gracias mientras la veía por el espejo retrovisor. Condujo durante unos minutos rápido, pero respetando las normas de circulación para pasar inadvertido.

Cuando estuvo convencido de que Edgar no le seguía, se detuvo en un semáforo en rojo.

Entonces fue consciente de verdad de cuánto le dolía la mano, y el cuerpo entero, en realidad. Cogió una camiseta que había en el asiento de al lado y la rasgó, valiéndose de la mano derecha y los dientes. Se ató la pierna y apretó a modo de torniquete. Luego envolvió la mano izquierda como pudo.

La mantenía en alto mientras conducía. Soltaba el volante para cambiar las marchas y lo volvía a agarrar con la mano derecha. Llegó al hospital sin percances, aunque estaba un poco mareado. Tenía mucha sed.

Rex no tenía tiempo de buscar aparcamiento. Detuvo el coche cerca de la entrada, en doble fila. Si se hubiese limpiado la sangre de la cara, la que se derramaba desde el corte de la ceja, tal vez habría visto a tiempo una mole de color verde que se acercaba a toda velocidad.

Un autobús embistió al coche junto al que había estacionado. El impacto fue brutal y Rex agradeció la suerte de no haber sido él quien recibiera el choque directo. Pero las perspectivas tampoco eran prometedoras. Los dos coches salieron volando. El que se encontraba entre el autobús y el de Rex quedó reducido a un amasijo de hierros. Rex perdió la cuenta de las veces que vio el hospital dando vueltas a su alrededor mientras sufría sacudidas y golpes por todas partes.

Terminó, por fin. Rex apenas podía moverse. Solo había humo y cristales. Estaba tumbado sobre el techo del coche, así que la última vuelta de campana lo había dejado boca abajo.

Unas manos tiraron de él. A Rex se le escapó un gemido. Había al menos dos personas, una de ellas le cargó sobre los hombros y se alejó corriendo. Rex quería preguntar, saber qué pasaba, pero no tenía fuerzas. Se dejó llevar sin prestar la mínima atención. De nada le serviría. Incluso un niño podría vencerle ahora.

Por las luces dedujo que entraban en el hospital. Quien quiera que le transportara caminaba deprisa. Al final, tras recorrer algunos pasillos, le llevaron a un cuarto sin ventanas y cerraron la puerta. Parecía un almacén. Había muchas estanterías repletas de... Rex no veía bien. Esperaba no haber sufrido ninguna lesión permanente en los ojos. Hoy no le apetecía perder más partes de su anatomía.

—Estás hecho un asco.

Rex reconoció la voz de su compañera, que era poco más que un borrón. Podía distinguir la melena rubia y ondulada, y estaba convencido de que el rostro estaría contraído por una mueca de decepción, incluso de desprecio. Notaba las manos de Estrella sobre su cuerpo, escuchaba las protestas y maldiciones.

—Puede que tengas una hemorragia interna. ¿El pulgar lo has perdido en el accidente? Lo dudo... ¿Ha sido Edgar? Debió de ser una buena pelea —se relamió Estrella—. Y la perdiste, claro... No hace falta que contestes. Al menos has escapado, aunque no sé si nos vendría bien a todos que hubiesen acabado contigo, Rex. Siempre he dicho que eres débil.

Rex apartó las manos de Estrella con un movimiento que requirió casi la totalidad de las fuerzas que le quedaban. Le habría gustado rebatir a su compañera, pero cada palabra era un tormento, así que debía administrar su aliento.

—Estoy bien —mintió. Se empezaba a marear, le costaba mantener la concentración—. ¿Lo conseguisteis?

—No —contestó otro borrón. Rex también lo reconoció por la voz. Lobo era más alto que Estrella, de voz más grave, y mucho más gordo—. Escapó.

Rex trató de reflejar su frustración.

—No habéis podido capturar... a una mujer embarazada... —gimió.

Estrella bufó.

—Porque tú no nos informaste de...

—Ahora no —interrumpió Lobo—. Vuestras diferencias pueden esperar. Rex, la ayudaron. Se suponía que estaría sola, pero alguien la salvó. Todavía no sabemos quién.

Rex estaba realmente irritado. Su altercado con Edgar, su antiguo hermano, le resultaba indiferente. Podía haber perdido el brazo en lugar del pulgar y aun así estaría satisfecho si hubieran atrapado a la mujer.

—Habéis fracasado —se levantó con un esfuerzo sobrehumano. Apoyó la mano en la pared para no caer—. ¿Sois conscientes de lo que habéis hecho? Os encomendé una tarea sencilla.

—Aún te consideras el jefe, ¿verdad? —le interrumpió Estrella—. Aparte de traernos problemas a todos por la cantidad de centinelas que te persiguen, no veo qué puedes aportarnos ahora que solo eres un despojo.

Rex consiguió controlar a duras penas un temblor que le recorrió la pierna herida por la flecha.

—No sois capaces de entender lo importante que es esa mujer.

Una tos roja le impidió seguir hablando.

—Rex, tienes que descansar —dijo Lobo—. Curarte. Apenas te tienes en pie.

—Estoy bien —repitió tan firme como pudo—. Tenéis que capturarla... —La tos le obligó a hacer un pausa—. Averiguad quién la ha ayudado y acabad con...

Rex no pudo acabar la frase. Se desplomó a los pies de sus compañeros.

El fisioterapeuta dobló la pierna de Eneas, la que no estaba escayolada, y empujó hasta que la rodilla casi tocó el pecho. Eneas tuvo que levantar el cuaderno en el que tomaba notas para poder seguir escribiendo.

—He tratado con muchas lesiones como la tuya —dijo el fisioterapeuta. Estiraba la pierna y volvía a doblar y empujar—. Los médicos no lo saben todo. Puedes curarte, recobrar la sensibilidad. No sería la primera lesión de columna supuestamente incurable que termina remitiendo.

Eneas no despegó los ojos de su cuaderno. Pasó una página y siguió con su tarea.

—Para los deportistas puede ser muy duro verse en una silla de ruedas —continuó el fisioterapeuta—. ¿Por eso te aíslas y solo prestas atención a esos dibujos que pintas todo el rato?

—¿Qué más da lo que yo haga? —protestó Eneas—. No puedo colaborar en el ejercicio, ¿verdad? Haz tu trabajo y déjame en paz.

El fisioterapeuta negó con la cabeza.

—Así no lo lograrás. No puedes perder la esperanza o...

Eneas cerró el cuaderno.

—Yo nunca pierdo la esperanza. —Consultó el reloj—. ¡Nunca! Ahora suéltame. Tengo prisa. —El fisioterapeuta acercó la silla de ruedas y se acercó a Eneas para ayudarle—. ¡No! Puedo yo solo. Todavía tengo control sobre la mitad de mi cuerpo.

—La sesión no ha terminado.

—¿Sabes por qué estoy aquí? —preguntó Eneas—. Yo tenía la esperanza de salvar una vida. Fracasé. Y acabé lisiado. Te contaré un secreto. Aún conservo esa esperanza. Esa parte de mí no se ha insensibilizado. Pero no es la solución. La esperanza es mi maldición, la culpable de que siga adelante y algún día termine muerto en vez de en esa asquerosa silla de ruedas, porque te aseguro que me habría ido mucho mejor dejando morir a aquel pobre desgraciado. Pero la esperanza de poder evitarlo... Ahora sí ha terminado la sesión. Fíjate que tengo la esperanza de que tú hayas aprendido algo de todo esto. Ahora apártate.

Eneas se incorporó en la camilla. Estiró el brazo derecho, lo colocó sobre el reposabrazos de la silla. Con la mano izquierda hizo presión sobre la camilla. Se elevó en el aire y giró sobre sí mismo, ayudándose del brazo derecho. Ejecutó bien la maniobra. Sin embargo, no había calculado bien el peso extra de la escayola ni había tenido en cuenta que las ruedas de la silla no estaban atrancadas. La silla se deslizó hacia atrás y Eneas acabó en el suelo tras una caída aparatosa.

—¡Estoy bien! —gritó enfurecido.

El fisioterapeuta, que había dado un paso hacia él para ayudarle, se quedó quieto. Eneas se arrastró hasta la silla y trepó sobre ella. Le costó. Se sintió humillado, pero ya acabaría acostumbrándose. Aquel armatoste con ruedas era ahora sus piernas.

Fulminó al fisioterapeuta con una mirada llena de autosuficiencia y una pizca de arrogancia. Era consciente de que aquel hombre solo trataba de hacer su trabajo, no merecía su desprecio. Pero Eneas necesitaba reafirmarse, y seguro que alguien acostumbrado a tratar con discapacitados ya habría lidiado con personas peores que él. Con todo, tomó nota mental de controlar su temperamento en el futuro, o corría el riesgo de que su nueva condición moldeara quién era en realidad.

El fisioterapeuta esbozó una sonrisa franca y amable.

—Todos necesitamos ayuda, no solo quienes han sufrido una lesión.

—Yo no.

Eneas giró la silla de ruedas hacia la salida.

—¿Entonces no quieres esto? —El fisioterapeuta agitó el cuaderno con las notas de Eneas.

Eneas retrocedió y trató de cogerlo, pero el fisioterapeuta retiró el brazo y puso el cuaderno fuera de su alcance.

—Debería considerar la silla de la que le hablé. Tiene un pequeño motor y se puede dirigir con un mando que... ¡Ay!

Eneas se había cercado y le había pisado con una de las ruedas. Cuando el sorprendido fisioterapeuta bajó el brazo, Eneas le arrebató el cuaderno.

—Me gustan los modelos antiguos de madera. Gracias.

Eneas se marchó sin mirar atrás. Había un número considerable de personas circulando por los pasillos del hospital. Una enfermera le miró con desaprobación, probablemente por lo rápido que iba. Impulsaba las ruedas con bastante fuerza, aunque cuidando de no llamar la atención en exceso. La mayoría de la gente se apartaba. Le cedieron amablemente un espacio en el ascensor. También le dejaron salir el primero al llegar a su planta y una mujer alta le dedicó una sonrisa demasiado amplia, acompañada de un ligero pestañeo, que podría interpretarse como algo más que simple cortesía.

Un celador salió a su encuentro en medio del pasillo.

—No puede pasar, señor.

—No me diga lo que no puedo....

—Se ha declarado un incendio —insistió el celador—. No hay por qué alarmarse, pero hasta que no lleguen los bomberos... ¡Eh! ¡Deténgase!

Eneas no podía esperar. Empujó las ruedas con todas sus fuerzas. Oía al celador corriendo detrás de él. Eneas apretó la rueda izquierda con la mano hasta detenerla por completo. El giro salió bien, brusco, aunque estuvo a punto de volcar de lado. Sin duda el celador no se lo esperaba, pero aun así no tardaría en darle alcance.

Dio un último impulso con los brazos quemándole por el esfuerzo. Luego separó las piernas con las manos y repasó una pequeña runa que había pintado para activarla. La silla continuó sola, algo más rápido. Eneas repitió la maniobra que había hecho para sentarse en la silla desde la camilla, con idéntico resultado. Se pegó un buen costalazo en el suelo mientras la silla seguía adelante.

El celador llegó hasta él poco después.

—¡Está usted mal de la cabeza! —jadeó—. ¿Se encuentra bien?

—¿No decía que hay un incendio? Consígame una silla, hombre. ¿O piensa cargar conmigo para sacarme de aquí?

El celador miró con preocupación el corpulento tamaño de Eneas.

—Apóyese contra la pared. Ahora mismo vuelvo.

Se alejó corriendo por donde había venido.

Poco después se acercó a él una mujer con la silla de ruedas de vuelta.

—Creo que es tuya.

—En efecto. —Eneas subió por sus propios medios—. ¿Te importaría empujar? Estoy un poco cansado. Gracias.

VERSÍCULO 2

Tenían miedo, todos, en especial la esposa del hombre que Nilia había noqueado en el hospital de un solo golpe. La mujer sollozaba abrazada a él, que continuaba inconsciente. El resto del autobús permanecía en silencio.

Nerea, sentada junto a Amanda, se giró hacia la ranura que había entre los asientos y susurró:

—Pregúntale qué pasa.

—¿Yo? —repuso Bono desde atrás, también en voz baja. Acercó la cara a los asientos de delante para no alzar la voz—. ¿Estás loca? ¿No viste el sopapo que le soltó a ese tipo por llevarle la contraria? Pregúntaselo tú.

—¿Yo? Estoy embarazada...

—Esa excusa ya no cuela, cariño. La Nilia esa es una feminista. A las mujeres no las atiza, pero a los hombres...

—No seas cobarde —le reprendió Nerea.

—Lo siento, nena, pero ella me da más miedo que tú.

—Yo lo haré —dijo el chico joven.

—Me parece bien —dijo Bono.

—¡Bono! —Nerea habló en alto sin querer—. Tú eres un adulto o deberías serlo. No puedes dejar que un chico...

—¿Le toque las narices a una mujer que puede empujar un coche y es inmune al fuego? Tienes razón. Chaval, no seas imbécil. Cierra la boca y ocúpate de tu chica.

Amanda intervino en la conversación.

—¿Cómo te llamas, chico?

—Aldo.

—Pues haz caso a Bono y no digas nada.
—Voy a sacar a mi novia de aquí. Solo me importan ella y mi hijo. Si no os atrevéis a abrir la boca es vuestro problema. —Aldo se levantó antes de que nadie pudiera objetar nada—. ¡Oye! ¿Qué tal si nos cuentas lo que está pasando?

Nilia estudiaba las calles por las que circulaban, junto a Elías, que continuaba al volante. No dio muestras de haber oído nada.

—Tienen miedo —dijo Elías—. Si no les hablas, cundirá el pánico. Tranquilízales o corres el riesgo de enfrentarte a un brote de histeria colectiva.

—No pierdas de vista al loro —le advirtió Nilia y se levantó. Se volvió hacia los pasajeros. Aldo estaba de pie, en el pasillo central—. Tu chica va a morir, chaval, y también el hijo que lleva dentro. Quieren matar a las mujeres. Y cuantas más estupideces decís, más ganas me entran de dejar que lo hagan. Si no servís para proteger a vuestras mujeres o al menos ayudar a cuidarlas, estáis estorbándome, sois un problema, y os arrojaré por la ventanilla.

Aldo regresó a su asiento.
—No me refería a eso —dijo Elías.
—¿Tú no tienes miedo, taxista? —preguntó Nilia.
—Más que nadie.
—El miedo es bueno. Hace que solo una cosa importe: sobrevivir.
—Solo me importa que sobreviva Amanda —dijo Elías.
—Mejor todavía —dijo Nilia—. Sigue conduciendo o también te convertirás en un estorbo. Yo iré a ver cómo le va a tu mujer.

Nadie se atrevió a mirar directamente a Nilia mientras avanzaba por el autobús. Una mujer había juntado las manos y, con la cabeza inclinada, murmuraba.

—Nada de rezos —gruñó Nilia—. Me producen náuseas.

Luego se sentó delante de Nerea y Amanda, de rodillas, con los brazos apoyados sobre el respaldo. Nerea dio un pequeño bote al encontrarse tan cerca de ella, de esos ojos negros que la observaban con descaro.

—¿Quién... nos persigue? —preguntó con una considerable dosis de valor.

—¿Vas a dar a luz? —le preguntó Nilia a Amanda—. Eso dijo alguien en el hospital.

—Falsa alarma —contestó Amanda—. Estoy bien.
—Avísame si tu niña decide salir antes de tiempo.
—Es un niño. No creo que...
—Cállate —atajó Nilia. Miró a Nerea—. ¿Ese de atrás es el padre?
Nerea no habló, intimidada por la brusquedad de Nilia.
—Soy yo. Bono. El padre de la criatura —dijo, asomándose desde los

asientos de atrás—. El mío también es niño, lo sé. Dios no puede maldecirme con tres hijas, ¿verdad?

—Dios maldice de formas que no podrías imaginar.

—Que me lo digan a mí —contestó Bono sosteniendo la mirada de Nilia—. Oye, creo que deberías contarnos algo más. En mi pueblo las tías buenas arden igual que las feas cuando atraviesan un muro de fuego que... ¡Au! —Su mujer le había interrumpido con un manotazo—. Nena, yo no me refería a... Tú eres mucho más guapa que esta...

—Cállate, imbécil —se encendió Nerea—. Y no es por eso. ¿Antes te daba miedo y ahora quieres enfadarla?

—¡Nilia! —gritó Elías—. ¡Ven! ¡Deprisa!

Fue mucho más que deprisa. Nilia se desplazó hasta la parte delantera del autobús con una agilidad y rapidez difíciles de creer.

—¿Por qué te paras?

—El pájaro —dijo Elías—. Ha desaparecido. Voló hacia arriba, muy alto. No lo entiendo, antes iba despacio, esperaba en los semáforos, pero... ahora... de repente ya no está.

—Continúa. Toma la calle de la derecha. Estamos al norte, ¿verdad? Sigue en esa dirección. Y pisa el pedal, taxista.

Nilia regresó al pasillo. Se fue sentando con las parejas, haciendo preguntas y cortando las conversaciones sin un sentido aparente. A veces se interesaba por el estado de las madres, otras por el padre. Su tono era duro, de interrogatorio, no era raro que las respuestas estuvieran acompañadas de tartamudeos.

Algo más tarde regresó junto a Elías. Le indicó algo, pero Aldo, el chico joven, la interrumpió.

—¡Quiero bajarme de este autobús! ¡Ahora!

Estaba de nuevo en pie y se dirigía a Nilia con gesto desafiante. Bono le tiró del brazo para que se sentara, pero Aldo se lo sacudió de encima. Nilia dio un paso hacia él.

—Llevamos mucho tiempo circulando. No sé qué pasó en el hospital, pero no veo nada raro. Voy a llevar a Zoe al médico. Así que detén el autobús para que podamos bajarnos.

Nilia echó un vistazo por el lateral del autobús.

—De acuerdo —dijo—. Taxista, para el autobús. —Elías obedeció. Nilia señaló a Aldo—. Coge a tu chica y bajad.

—No —dijo Nerea—. Si alguien nos persigue de verdad... Debemos quedarnos con ella.

—¡Abajo! —gruñó Nilia. Aldo y su mujer bajaron ante las miradas nerviosas de los demás. Nilia se acercó a Bono—. Tú también. Saca a la bocazas de tu mujer de aquí.

—Lo que tú digas, morena.
—Y tú —le dijo Nilia a Amanda—. Ve con tu amiga y con tu marido.
—¿Por qué a nosotros no nos dejas ir? —preguntó alguien.
—Las llaves del autobús están puestas —contestó Nilia bajando la última—. Podéis ir donde queráis. —Y mirando a las tres parejas que habían salido del autobús, añadió—: Vosotros os quedáis conmigo.

—Si no aparta ese trasto, no le gustará nada el orificio en el que se lo meteré —amenazó Elena.
El doctor Costa detuvo su mano.
—Es un espéculo, un instrumento médico que se utiliza para dilatar cavidades corporales con el fin de proceder a un examen que me permita diagnosticar el problema. Su uso es muy común en casos como el suyo.
—No me va a dilatar nada, doctor, no se lo repetiré. Ocúpese del diagnóstico. Y deprisa, que para eso le pago.
Costa vaciló. Se recostó en la silla y dejó el espéculo sobre la mesa. Elena sabía que el doctor calibraba la situación. A juzgar por cómo la nuez se movió cuando tragó saliva, llegó a la conclusión de que, por fin, Costa entendía lo que le estaba exigiendo.
—De acuerdo —cedió el doctor—. Aunque sin un examen pélvico ni una ecografía, algo que debería reconsiderar —se aventuró a añadir—, mis opciones son limitadas. Tengo que preguntarle por su vida sexual.
—¿Eso qué tiene que ver con mi sangrado?
El doctor Costa fracasó al disimular un suspiro.
—El cuello uterino puede sangrar debido a las relaciones sexuales.
—No es eso —atajó Elena.
—Una frecuencia excesiva o ciertas prácticas...
—He dicho que no se trata de eso.
—Como diga. —Costa alzó las manos en gesto conciliador—. Entonces no será nada.
Elena se inclinó levemente hacia adelante.
—Sigo sangrando y quiero saber si mi embarazo corre alguna clase de riesgo.
—El análisis de sangre revela que los niveles de gonadotropina coriónica humana son normales, por lo que...
—¿Qué?
—Es una hormona producida durante el embarazo. Todo está bien. No veo riesgos de un aborto natural...

—Quiero garantías.

—¿Sin examen pélvico ni ecografía? Está bien, aproximadamente, la mitad de las mujeres que sangran durante el embarazo sufren un aborto natural, pero puedo asegurarle que no es su caso. Aun así, le ruego que reconsidere...

—No es necesario. —Elena se levantó—. Si pierdo al bebé, le haré responsable. Y mi marido tomará las medidas oportunas. —Dejó un fajo de billetes sobre la mesa—. Y si mi marido llega a enterarse de algo por una indiscreción suya...

Dejó la frase en suspenso y salió de la consulta. Elena sabía que no había una amenaza más temible que la que acababa de lanzarle al doctor Costa. Ahora estaría sudando y aflojándose el cuello de la corbata.

El ascensor tardaba mucho en llegar, tanto que Elena consideró bajar por las escaleras. No, no era eso. Estaba demasiado impaciente por salir del hospital. Debía calmarse. Cuando se abrió la puerta no había más que tres personas dentro, una mujer gorda que sin duda era la razón de que el ascensor hubiese tardado tanto en subir, una chica escuchando música tan alto que se podía oír a pesar que usaba auriculares, y un niño pequeño. Elena repasó sus rostros antes de darles la espalda en el interior. Lo hacía por rutina, una costumbre que la había mantenido viva hasta el momento.

La puerta casi se había cerrado cuando una mano la detuvo y la abrió de nuevo.

—Dejen sitio, por favor —pidió un enfermero.

Empujaba una cama sobre la que yacía un paciente que parecía dormido. Elena y los demás se hicieron a un lado.

En la siguiente planta bajaron las tres personas que había al principio, y Elena se quedó a solas con el enfermero y el paciente. En cuanto se cerró la puerta, el enfermero la apuntó con una pistola. En el extremo del cañón había acoplado un silenciador.

—Al fin te encuentro, Elena. Has resultado ser muy escurridiza.

Elena maldijo. Allí encerrada no tenía la menor oportunidad de escapar. Y debía pensar con urgencia; ese hombre era un asesino profesional, no le cabía duda.

—¿No dices nada? —se burló el sicario—. Eso está bien. Detesto a las mujeres que hablan demasiado. El señor Tancredo se alegrará mucho cuando le lleve a su mujer de vuelta a casa. Te echa mucho de menos, ¿lo sabías?

—Tengo dinero —dijo Elena—. Puedo pagarte más que él, mucho más.

El asesino frunció los labios.

—Una afirmación muy osada —dijo con aprobación—. ¿No conoces a tu marido? Por supuesto que puedes pagarme más que él, pero no puedes amenazarme como él, ¿verdad? ¿Crees que estoy tan loco como para engañar a Mario Tancredo? Tú eres el vivo ejemplo de lo que le sucede a quien se interpone en su camino.

El ascensor se detuvo y en cuanto las puertas se abrieron, el hombre salió del ascensor sujetando a Elena por un brazo y dejando al paciente dentro. Mantenía el silenciador apretado contra su costado en todo momento, ocultándolo con su propio cuerpo, muy cerca del de Elena, mientras caminaban.

No había casi nadie en aquella planta, lo que resultaba muy extraño. Se toparon con un policía y un médico del hospital.

—¿Qué hacen aquí? —preguntó el policía.

—Acompaño a esta paciente a la sala de... —dijo el sicario.

—Nadie puede estar aquí. Se ha declarado un incendio en un piso de arriba y...

Elena se soltó con un tirón. El arma quedó a la vista. El médico palideció, el policía trató de desenfundar su pistola, pero el sicario apretó el gatillo sin vacilar. Los cuerpos del médico y del policía cayeron al acto, cada uno con un agujero en la frente.

El sicario agarró a Elena.

—Esta ha sido la última tontería que te consiento. Mario me paga más por entregarte con vida, pero también por tu cadáver. Si te soy sincero, cuando alguien me contrata para atrapar a alguien con vida, sé que no es para nada bueno. A lo mejor prefieres acabar ahora mismo y te ahorras lo que venga después. Tú decides.

Apoyó el silenciador sobre la frente de Elena. Quemaba. Elena dio un paso atrás.

—Quiero vivir. No lo volveré a intentar.

—Yo creo que sí —dijo el asesino—. Pero puedo esperar para meterte un balazo. Andando.

Siguieron por el pasillo, que estaba desierto. Debían de haber desalojado aquella planta a causa del incendio. Elena miró hacia arriba, temiendo ver humo o que una sección del techo se derrumbara sobre ellos. Lo que vio fue un pájaro negro que se acercaba moviendo las alas muy deprisa. Al sicario también le sorprendió el pájaro.

—Uaaaac... Fuego... Idiotas.

Si hablaba, tenía que ser un loro. El pájaro sobrevoló la cabeza del asesino y soltó una deposición que se le derramó sobre la cara. Era una ocasión para escapar, mientras se limpiaba el rostro y maldecía, pero el sicario había tenido la precaución de sujetarla con más fuerza. Lo cierto era que Elena tenía miedo. No dudaba de una sola de las palabras de su captor. Le dispararía sin pensarlo dos veces. Y acertaría.

Le llamó la atención un sonido extraño que se aproximaba. Elena se volvió a tiempo de ver una silla de ruedas que avanzaba hacia ella a una velocidad considerable. El asesino no la vio, ocupado en limpiar su rostro. Ella se echó a un lado en el último momento. La silla se llevó al sicario por delante y lo empotró contra la pared.

Elena miró en la dirección opuesta. Un hombre estaba en el suelo con una pierna escayolada y la espalda apoyada contra la pared. No había nadie más, de modo que era él quien había lanzado la silla. ¿Lo habría hecho a propósito? Aquel hombre señaló con insistencia. Ella siguió su mirada temiendo que el asesino se hubiera recuperado, pero no se trataba de eso. En el asiento de la silla había grabada una runa. Tras un rápido análisis, no reconoció el símbolo. Elena volvió a observar al tipo, con una mezcla entre sorpresa e inquietud. Recogió la pistola y se la guardó. Luego le dio una patada en la cabeza al sicario, que ya estaba inconsciente. Cogió la silla y la llevó hasta el hombre de la pierna rota.

—Creo que es tuya.

—En efecto. —El hombre subió por sus propios medios—. ¿Te importaría empujar? Estoy un poco cansado. Gracias.

Elena obedeció. Los dos guardaron silencio hasta salir del hospital.

—¿Por qué?

—Me llamo Eneas, Elena.

—¿Por qué?

—Porque necesitabas ayuda —dijo Eneas—. Y porque estás embarazada de un demonio.

Nilia, plantada en medio de la calle, escudriñaba el cielo con la mano de visera. A pocos metros de distancia, un hombre se estampó contra una farola; había caminado hacia delante sin dejar de mirar a la imponente mujer de pelo oscuro.

—¡Andando! —bufó Nilia.

—¿Dónde vamos? —preguntó Amanda.

—A esconderos, a poneros a salvo —respondió con naturalidad.

—Vosotros podéis hacer lo que queráis. Nosotros nos vamos al hospital —dijo Aldo. El chico sostenía a Zoe, que se sujetaba el vientre como si tuviera molestias.

—No llegaréis a ningún hospital —repuso Nilia—. Son los primeros lugares que vigilarán.

—¿Quiénes? —preguntó Elías.

—No lo sé.

—¿Pretendes que creamos…?

—Pretendo que andéis y cerréis la boca. ¡En marcha!

Incluso Aldo, que parecía el más reticente, echó a andar, ayudando a su chica. Avanzaban despacio por la acera, lo que irritaba a Nilia, a juzgar por las miradas furiosas que les dedicaba de cuando en cuando.

—¿Cómo sabes que los hospitales están vigilados? —preguntó Bono.

—Es el primer lugar al que acudirían mujeres embarazadas —contestó Nilia sin volver la cabeza—. Sobre todo si sus parejas son idiotas y después de haber escapado de uno insisten en volver a otro. Por desgracia, nuestros perseguidores tendrán algo más de cerebro.

—Eso no es justo —intervino Elías. Había visto que Aldo se disponía a replicar y prefirió evitar que el joven sacara a relucir su orgullo—. El chico está preocupado por su familia. Es lo normal. Cualquiera con su mujer en un estado tan avanzado del embarazo...

—Cuento con ello —dijo Nilia—. Es lo que harán los que se han marchado en el autobús. Así entretendrán a nuestros perseguidores.

—¡Estás loca! —Amanda se paró de repente, obligando a Elías a detenerse a su lado—. No les advertiste, entonces. Has dejado que...

—Para salvaros a vosotros —terminó Nilia.

—Mientes —se revolvió Amanda. Elías trató de calmarla, sin éxito—. No te importa lo que les pase.

—Nada en absoluto —confirmó Nilia. Retrocedió hasta quedarse a un palmo escaso de Amanda—. Camina.

Amanda se negó en un principio, hasta que Elías la empujó con gesto protector y una pizca de urgencia.

—Al menos dinos por qué te ocupas de nosotros.

—Solo vosotros vais a tener un hijo. Las demás parejas esperaban niñas.

Amanda recordó brevemente que Nilia se había paseado por los asientos con un interrogatorio sobre el estado de las madres. Sin embargo, lo que en realidad le interesaba era averiguar el sexo del bebé, y una vez que lo sabía, cortaba la conversación con esa falta de tacto que debía de formar parte de su carácter.

—¿En serio es por eso? —preguntó Bono, muy molesto. Puso una cara muy fea y se dirigió a su mujer—. Excelente idea, cariño, la de esperar al nacimiento para saber el sexo del bebé —dijo claramente con voz de falsete—. Es mejor no saberlo, cielo, es más emocionante, me decía. Pero si la ecografía está ahí, le dije yo. Podemos saberlo ahora mismo. Pero no, la emoción es lo primero. Pues mira qué emocionante se ha puesto todo. Y encima tu padre ya ha pintado el cuarto de rosa.

—¡Cállate! —se enfadó Nerea—. Estás haciendo el ridículo. Además, ¿no estabas seguro de que es un niño?

—Bueno..., sí... —se ruborizó Bono—. No cambies de tema. ¡Tu padre pintó el cuarto de rosa sin consultarme!

Nilia iba a intervenir en la discusión, que iba subiendo de tono. Bono y Nerea intercambiaban acusaciones con verdadero odio, se habían puesto rojos y se les habían hinchado las venas del cuello. Entonces Nerea se dobló y soltó un leve gemido. Bono la abrazó de inmediato.

—Cariño, ¿estás bien? —dijo lleno de dulzura. Todo el odio que rezumaba hacía un instante se había desvanecido—. ¿Te duele? Deja que te ayude. No deberías alterarte. Culpa mía. No vuelvo a abrir la boca, lo juro. ¿Por qué me dejas hablar? Da igual, no digas nada.

Nerea se calmó poco a poco. Las caricias y la voz de su marido parecían causar en ella un efecto superior al de cualquier narcótico.

—¿Quieren a los bebés? —preguntó Elías—. Esos... quienes sean... ¿Quieren a nuestros hijos que aún no han nacido?

—Al fin lo habéis entendido —bufó Nilia.

—Tú no das las órdenes, Estrella —le soltó uno de los que menos confianza le inspiraban. Uno de esos que muestra debilidad solo con la mirada. Seguramente por eso no recordaba su nombre—. La verdad, empiezas a cansarnos con tu actitud.

Estrella iba a pasar de largo, pero Lobo la sujetó con una de sus manazas, con la que le agarraba casi medio brazo. Era un hombre grande y con sobrepeso, mientras que ella era justo lo contrario, pequeña y fibrosa, diminuta en comparación. Ella le miró de mala manera y él retiró la mano.

—Puede que no dé órdenes, pero tampoco las recibo. —Estrella se encaró con el primero—. ¿Quieres esperar a que Rex os diga qué hacer? Muy bien. Ahí le tenéis, dormido. Recuperándose. Gracias a dos cosas, por cierto: una que yo le he curado, la otra que es lo suficientemente estúpido para dejar que le hayan dado una paliza. Seguidle a él. A mí no me importa. Solo quiero saber dónde está la mujer.

Lobo se acercó a ella.

—Si vas sola te matarán.

—Un problema menos para vosotros. ¿Te pones de parte de ellos?

—No se trata de eso. Necesitamos a Rex...

—Mentira. Hay otros.

—Él es el mejor —insistió Lobo.

—¿Y? —replicó Estrella—. Para ser el mejor, tiene que haber otros peores. Es decir, que no es el único.

—Debes entenderlos. —Lobo señaló al compañero de Rex con el pulgar—. Ellos funcionan así. Es su adiestramiento. Son...

—No —le interrumpió ella—. No son, eran. Ya no son centinelas, sino proscritos. Más les vale espabilar. Si siguen creyendo que son centinelas, morirán, como casi le ha pasado a Rex, y puede que nos lleven a ti y a mí con ellos. No saben qué pensar sin que alguien se lo diga.

El proscrito que antes era un centinela dio un paso al frente.

—Entonces, ¿por qué te uniste a nosotros? Si tan lista eres, ¿por qué no te vas por ahí tú sola?

—Todos cometemos alguna estupidez. —Estrella se encogió de hombros.

—Estrella, ya basta, por favor —pidió Lobo—. Te conozco bien, desde hace tiempo. Si vas sola, matarás a las mujeres. No sabemos a qué nos enfrentamos.

—Averigüémoslo. Tú, centinela —dijo con desprecio. Sabía que nada les dolía más que se les mencionara su antigua condición, la que habían perdido desde que murió Samael—. ¿Habéis localizado a las mujeres? Rex está inconsciente, así que tendrás que decidir tú solito. O bien capturo a nuestra presa, o bien muero intentándolo. ¿Qué puedes perder?

La expresión del proscrito cambió. Un amago de sonrisa le cruzó la cara. Tras reflexionar unos segundos, asintió.

—Te diré dónde está el autobús.

Había un pequeño corro de chavales a la salida del instituto. Algunos vitoreaban. En el centro dos chicos se revolvían en una pelea ridícula por desigual. Uno de ellos era grande y pasado de peso; el otro, más delgado y más bajo, pasaba apuros para mantenerse en pie bajo las acometidas del grandote, que lo sujetaba por el cuello.

—Esto es para que aprendas a no contar mentiras —se burló el gordo—. ¿Por qué no viene un demonio a salvarte?

Varios adolescentes se rieron.

El chico pequeño se zafó de la presa. Reculó un paso, lo suficiente para tomar impulso y descargar con todas sus fuerzas un puñetazo sobre su adversario. El puño se hundió en la barriga del grandullón sin apenas efecto alguno. El chico grande respondió con un revés de la mano en la cara del pequeño, que giró y cayó al suelo. Farfulló algo tirado boca abajo mientras el otro le abría la mochila y le quitaba el bocadillo.

Los amigos del grandote aplaudieron.

—Es que nunca aprende —comentaron.

El gordo le dio un mordisco al bocadillo.

—No está mal —dijo—. Pero la próxima vez que sea un poco más grande, que además de mentiroso eres un rácano.

Retiró el pie con la evidente intención de asestarle una patada. Y lo habría hecho de no ser por una mano que apareció por detrás, le agarró del pie y tiró hasta que el gordo también acabó en el suelo.

Se levantó como un rayo, considerando sus dimensiones.

—¿Quién ha sido?

Todos estaban callados. Frente a él había una mujer morena impresionante, de esas que revolucionan las hormonas de los adolescentes.

—He sido yo, gordinflón —dijo la mujer, pisando el bocadillo que le había quitado al chico pequeño—. Te conviene adelgazar un poco. También te conviene desaparecer antes de que te cruce la cara.

Puede que fuese la voz o la mirada de la mujer, el caso es que el grandullón retrocedió, con sus amigos, que también dieron algunos pasos hacia atrás sin perder de vista a aquel monumento, entre atemorizados y fascinados, y terminaron por alejarse.

—¡Nilia! —El chico pequeño se levantó con una sonrisa—. Tía, sigues estando tan buena como siempre. Gracias. Podía manejar a ese elefante, no creas... ¡Ay! ¡Aaaay! Digo, gracias, me ha venido muy bien tu ayuda.

Nilia negó con la cabeza.

—Me sorprende que aún no te hayan roto todos los huesos, Niño. Sigues siendo un bocazas, ¿verdad? ¿Qué habrías hecho si no aparezco yo para ayudarte?

Diego se palpó la cara donde había recibido el revés, cerca del lunar que tenía en la barbilla.

—¿Ayudarme? Lo has jodido todo. Ese mastodonte siempre me manga el bocata. Esta vez estaba preparado.

—Ya lo veo.

—Me había pasado los dos pedazos de pan por el culo, después de subir varias veces las escaleras de los condenados brujos, no creas. Estaba bien sudado. Pero tú has tenido que pisotear el bocadillo. Bueno, al menos le dio un mordisco. ¡Ja! Cuando lo cuente...

Nilia se agachó y le sujetó por los hombros.

—En vez de mantener la boca cerrada... —le dijo zarandeándolo un poco—. En fin, hace tiempo que sé que nunca aprenderás.

Diego se rascó el lunar de la barbilla.

—¿Aprender? ¿El qué? No lo pillo.

—Da lo mismo. Escucha, enano, necesito que me hagas un favor. ¿Puedo contar contigo?

El Niño ensanchó la cara en una sonrisa, que desapareció casi al instante, tras una corta reflexión.

—¡No! Paso de líos. Tú nunca te traes nada bueno entre manos. ¿Piensas que me gusta meterme en follones?

—No sabes hacer otra cosa —dijo Nilia—. Tengo prisa, así que atiende.

—He dicho que paso.

—Y no me interrumpas. —Nilia alzó la mano. Diego retrocedió, y se mantuvo callado y atento—. Si me ayudas te contaré cómo es el Infierno.

La sonrisa regresó al rostro del Niño, esta vez para quedarse.

—¡Haberlo dicho antes! Venga, va, ¿de qué va este rollo? ¡Espera! Seguro que puedo sacar algo más —murmuró pensativo—. A ver... Déjame pensar... ¡Lo tengo! Hay un profesor, el de Inglés, menudo capullo. Tal vez si tú...

—No voy a atizar a nadie por tu incapacidad para tener relaciones sociales, Niño.

—¿Incapacidad? Yo molo, tía. Todo el mundo me quiere. Soy algo más que guapo, ¿sabes? Y no quiero que le sacudas. Aunque bien mirado... No, no, solo quiero que le des un beso.

Nilia arrugó la frente.

—No es para tanto —insistió el Niño—. Se quedará embobado contigo y sabrá que eres mi colega, así que no me tocará más las narices. Me tiene manía, te lo juro. Un beso. Nada más.

—No tengo tiempo para chorradas.

—Pues sí que eres fina —se molestó Diego—. Cómo te pones por un beso. ¿Y si es sin lengua?

—Te daría un buen sopapo, Niño, pero tengo demasiada prisa. Nos vemos.

Nilia no llegó a dar un paso antes de que Diego la cogiera del brazo.

—¡Lo haré! ¡Lo que sea! —suplicó—. Si me cuentas lo del Infierno... ¡No me hagas esto, por favor!

Nilia asintió antes de que Diego rompiera a llorar en medio de la calle.

—De acuerdo.

—¡De puta madre! ¡Venga, un abrazo, guapa!

El Niño ya había separado los brazos y se acercaba a ella, pero la mano de Nilia le detuvo.

—Si me tocas el culo, te sacudo —le advirtió.

—Quisquillosa, ¿eh? Veo que aún te acuerdas. Debía de tener ocho o nueve años y era bajito. Fue sin querer. Un culo muy duro, por cierto, prieto, respingón.

—No has crecido mucho desde entonces —dijo Nilia.

—Qué graciosa, en serio. Bueno, ¿de qué va el favor ese?

—Escucha con atención, Niño. Es lo bastante sencillo como para que incluso tú puedas hacerlo.

—Veo que seguimos de cachondeo, ¿no?

Estrella se inclinó desde el tercer piso en el que se encontraba para observar la calle.

—Algo no me gusta. ¿Por qué no han ido a otro hospital?

—Porque tienen miedo —contestó Lobo a su lado—. Después de lo que les ha pasado es normal que vacilen antes de acudir a otro hospital.

La explicación no convenció a Estrella, pero como no contaba con una mejor, se abstuvo de replicar. Lobo también permaneció en silencio. Ni siquiera hablaron cuando apareció su objetivo.

—Recuerda que no sabemos a qué nos enfrentamos —dijo él, justo antes de saltar al vacío.

Estrella sabía que lo había hecho a propósito, para dejarla con la palabra en la boca. Lobo no era dado a las discusiones y los enfrentamientos, lo que en su opinión le restaba carácter, y esa era una de las muchas diferencias que había entre ellos. Con todo, Lobo era la única persona hacia la que sentía cierta… cercanía. Tal vez incluso era algo así como un amigo.

Desde que la vida de Estrella cambió, esa idea, la de congeniar con un extraño, le repugnaba, aunque era consciente de que no podría sobrevivir sola. Mientras lo veía caer, reconoció que hacía ya tiempo que Lobo había dejado de ser un mero instrumento, otro repudiado como ella. La necesidad mutua ya no era la única razón de que siguieran juntos. Negar lo evidente sería absurdo. Sí, Lobo era en cierto sentido un amigo para ella. Y era más que suficiente. Pasar de ahí sería peligroso, suponiendo que él tuviera alguna intención al respecto, que desde luego, de ser el caso, había cuidado de no mostrar. Estrella no estaba preparada todavía para trastocar su mundo hasta ese punto.

Le vio aterrizar sobre el autobús con una suavidad envidiable, dado su tamaño. La agilidad de Lobo no dejaba de sorprenderla. No obstante, y aunque ella era más pequeña, tenía la intención de hacer mucho más ruido.

Saltó. En su descenso sobrevoló el autobús hasta que la cuerda que aferraba se tensó y le tiró del brazo. Para entonces ya se encontraba a la altura de las ventanillas, que atravesó con un estruendo, despidiendo cristales por todas partes.

Estrella giró en el suelo y se incorporó, preparada, con los músculos en tensión y las piernas ligeramente separadas, de espaldas a la parte por la que había entrado, de modo que dominara todo el autobús con la visión periférica.

No advirtió ningún signo de peligro. Solo rostros asustados, pálidos, hombres que abrazaban a sus mujeres. Se permitió mirar hacia el asiento del conductor. Lobo amenazaba a un tipo que temblaba frente al volante. Le ordenó desviarse por una calle lateral, luego le indicó hacia dónde debía dirigirse si quería que su mujer viviera para dar a luz al bebé que llevaba dentro. El conductor se desvivió para cumplir todas las órdenes.

—Es este —dijo Lobo cuando se reunió con ella—. Hay runas grabadas. Por eso ni siquiera se abolló la carrocería cuando embistió el coche de Rex.

Una deducción brillante, considerando que solo había mujeres embarazadas y sus respectivas parejas. Las probabilidades de que se hubieran equivocado de autobús eran nulas.

—¿Qué piensas? —preguntó Lobo.

—Demasiado fácil.

Quienquiera que hubiese ayudado a esa gente en el hospital no había hecho nada por evitar que ahora asaltaran el autobús. Nadie se tomaría tantas molestias para proteger a aquellas mujeres para luego abandonarlas. A menos que...

—No está —bufó Estrella.

Lobo arrugó la nariz. Barrió el interior del vehículo con un giro rápido de la cabeza. Su expresión se oscureció. A Estrella le produjo un placer extraño comprobar que, por fin, su compañero se alteraba y perdía la compostura.

—Faltan al menos tres parejas —confirmó Lobo.

Estrella se acercó a una mujer pelirroja que estaba sola y de un tirón la levantó del asiento.

—¿Dónde están los demás? —la interrogó con tono amenazador.

La pelirroja se sujetó el enorme vientre al tiempo que la miraba asustada.

—Se... fueron —balbuceó—. ¿Quiénes sois? ¿Qué queréis?

—¡Estrella! —Lobo le apoyó una mano sobre el hombro—. Está embarazada, no tiene la culpa.

—No le pasará nada si contesta a mis preguntas. ¡Tú vigila y déjame en paz! —Estrella se sacudió la mano de su compañero de encima. Luego fulminó a la pelirroja con la mirada—. ¿Quién os sacó del hospital? ¡Habla! A los demás os advierto que si hacéis cualquier tontería, vuestras mujeres lo pagarán.

La pelirroja sollozó.

—Eran tres hombres muy grandes... Dijeron que queríais matarnos. ¿Es cierto? Por favor, dejadnos ir, creo que estoy a punto de romper aguas.

—Entonces habla. ¿Qué dijeron esos hombres? ¿Cómo eran? Sus nombres, sus ropas. ¡Quiero saberlo todo!

La mujer se derrumbó entre gimoteos y temblores.

—Estrella, para —protestó Lobo, que de nuevo se había acercado a su compañera.

—¿Quieres dejar de meterte? La hemos perdido. No tengo tiempo para andarme con rodeos. Si no averiguamos…

—No me refiero a eso —la cortó Lobo—. ¡Cuidado!

El enfado de Estrella le hizo confundir la expresión de su compañero. Le consideraba débil hasta cierto punto, y eso la había llevado a creer que él estaba defendiendo a las mujeres embarazadas del autobús. Pero un destello en sus ojos le revelaron la verdad, tarde, con toda probabilidad.

Estrella se giró tan rápido como pudo. No fue suficiente. La mujer pelirroja ahora era morena. No lloriqueaba ni reflejaba el menor atisbo de temor. En la mirada le ardía una llama desafiante.

—Ahora vosotros vais a contestar a mis preguntas.

A los pies de la morena había una peluca y una especie de almohadón con el que había simulado el embarazo. Estrella apenas lo vio venir, pero lo sintió. Notó con claridad un fuerte impacto en la mandíbula, por la izquierda.

El puñetazo la elevó en el aire como una hoja seca en un tornado. Chocó contra una ventana, que atravesó y le abrió cortes por todas partes. Terminó estrellándose contra otro cristal, la luna delantera de un tráiler. El conductor del camión perdió el control al quedarse sin visibilidad y empezó a dar bandazos. Invadió el carril contrario, acabó empotrado contra una furgoneta que circulaba en la dirección opuesta a mayor velocidad de la permitida.

Estrella salió despedida otra vez. Atravesó el escaparate de una tienda y se llevó por delante varios maniquíes y una columna. La última colisión, la que por fin detuvo su vuelo, fue contra una pared, que agrietó.

Mientras estaba en el suelo, dolorida y desorientada, oyó un crujido que la envolvió. Abrió un poco más los ojos, a tiempo de ver que el techo se resquebrajaba y se venía abajo.

—Tampoco se está tan mal aquí. —Bono colocó las manos detrás de la cabeza, y los pies, cruzados, sobre la mesa—. El sofá es cómodo, hay cervezas en la nevera y ponen Rambo en la televisión.

Elías no sabía qué pensar de él, no lo conocía. Puede que esa calma fuera solo aparente, una manera de ocultar el miedo y afrontar lo que les había ocurrido. Por lo menos no se derrumbaba, no contribuía a generar un clima de histeria, aunque esa actitud ejercía un efecto extraño en Aldo. El joven se mantenía junto a su chica y de vez en cuando deslizaba miradas a Bono que no auguraban nada bueno.

La preocupación principal de Elías eran las mujeres, en especial Zoe, la más joven de todas, y con toda probabilidad primeriza. La chica trataba de ocultar sin éxito las molestias que sentía. Las tres mujeres estaban en el último mes del embarazo, y podrían requerir de atención médica en cualquier momento. Elías reprimió la tentación de preguntarle cuándo salía de cuentas. Seguramente a Aldo no le haría gracia, y ya había dado muestras de ser algo temperamental.

Permanecer allí encerrados no era una buena idea, sobre todo porque Nilia no les había dicho cuánto tardaría en volver de a dondequiera que hubiese ido. Elías no sabía qué pensar de ella. Parecía evidente que les protegía. Al menos en el hospital lo había hecho, ya que no habían vuelto a correr peligro desde entonces. Sin embargo, Nilia les negaba mucha información. Y le costaba creer que lo hiciera por el bien de ellos.

—¿Vas a ver la tele? —le preguntó a Bono.

—¿No te has enterado? Ponen Rambo. Tengo dos hijas. ¿Sabes cuánto tiempo hace que en mi casa no se ve una película que no sea de colorines y vocecitas chillonas? Joder, quiero tacos y puñetazos. Además, por si lo has olvidado, el que se acerque a la puerta se va a llevar una descarga de narices. Esta mano todavía me tiembla.

—Déjale —intervino Nerea—. Cuando se pone en ese plan no hay quien le aguante.

—Yo también te quiero —dijo Bono subiendo el volumen de la televisión.

Elías siguió a Nerea hasta una mesa en el extremo opuesto del salón, donde se sentaba Amanda. Le cogió la mano, la miró con ternura, sonrió. Ella asintió. Era su modo de decir que todo estaba bien.

—Tenemos que salir de aquí —dijo Amanda.

—Con mi marido no contéis —gruñó Nerea—. Ni un terremoto le moverá hasta que termine la peli, o al menos hasta los anuncios. A veces me dan ganas de...

—Debemos permanecer tranquilos —dijo con suavidad Elías—. Deja que Bono se distraiga. Es mejor eso que discutir entre nosotros. Quizás... Quizás deberíamos esperar a Nilia.

—No —dijo Amanda muy deprisa. Nerea y Elías la miraron, intrigados—. No me fío de ella. ¿Por qué nos ha encerrado? Y esas cosas que hace... Lo del fuego y...

—Yo no sé qué pensar —admitió Nerea.

Elías tampoco, pero tenía que tomar una decisión. Consideraba que, en una situación tan extraña como aquella, alguien tenía que mantenerse sereno y tomar las riendas. Con Bono no podía contar, Aldo parecía inestable, nervioso, y las mujeres estaban preocupadas por sus bebés.

—Hagamos lo que hagamos, ninguna os acercaréis al símbolo ese que lanza descargas. Sin excusas. Yo me ocuparé de intentar lo que se nos ocurra. ¿Alguna idea?

—¿Probamos las ventanas? —sugirió Nerea.

Elías se apresuró a negar con la cabeza.

—No se abren. Ya lo he intentado. Y no van a descender desde un sexto piso tres mujeres embarazadas en alguna especie de cuerda improvisada.

—Pero podemos pedir ayuda —dijo Amanda—. Alguien nos oirá y llamarán a los bomberos.

Elías no tuvo más remedio que contar lo que había averiguado.

—También lo intenté en el cuarto de al lado. Lancé una silla contra la ventana, pero no hay forma de romperla. Nilia ha hecho algo... No hay teléfono... No sé qué hacer, la verdad.

Esa última confesión no era la más apropiada si quería ponerse al mando y tener la situación bajo cierto control. Por desgracia, Elías no acostumbraba a mentir, menos aún cuando estaban en juego las vidas de tres bebés que todavía no habían nacido, pero que no tardarían demasiado en hacerlo. Después de todo, solo era un taxista. ¿Cómo iba a estar preparado para algo así?

El miedo comenzaba a propagarse en su interior a pesar de sus esfuerzos por contenerlo. Tal vez no era lógico, ya que Nilia había tenido ocasiones de sobra para causarles daño, de ser ese su propósito. Volvería. Elías se dio cuenta de que en el regreso de esa extraña residía su esperanza. Nilia les estaba ayudando, cualquier otra posibilidad carecía de sentido.

—Podríamos probar con un incendio —dijo Amanda.

—Es una broma —se espantó Elías, y sintió cierto alivio al advertir en Nerea una reacción similar.

—En la habitación del fondo —explicó Amanda—, la que está más alejada del salón, quemamos algo. El fuego y el humo alertarán a la gente y vendrán a rescatarnos.

—Es una locura —replicó Nerea.

—¿Y si el fuego se descontrola? —preguntó Elías—. Si este piso está sellado, el humo se expandirá por todas partes y lo respiraréis. Y... Nilia es inmune al fuego. Todos lo vimos cuando nos salvó en el hospital. Puede que sitio también lo sea, con lo que el fuego no quemará gran cosa.

—Entonces no hay tanto peligro —insistió Amanda.

—Quemará el oxígeno. ¡Y nos quemará a nosotros! Prefiero esperar a Nilia.

—Te ha encandilado, ¿verdad? —se enfadó Amanda—. ¿Es eso? Como es tan guapa, no puede ser mala, ¿no? Por Dios, Elías, no es momento para pensar con la...

—Tranquila —terció Nerea—. Si fuera Bono..., todavía. Pero yo también creo que hay que confiar en esa mujer y yo no soy sospechosa de estar encandilada con ella. Estás asustada, yo también, pero no podemos ponernos en peligro. Como mínimo, vamos a esperar a ver si se nos ocurre una solución mejor. Solo llevamos una hora o dos encerrados. ¿De acuerdo?

Amanda no pareció conforme. Se levantó de mala manera y se fue al sofá, con Bono.

—Gracias —dijo Elías—. Lo has hecho bien. Si ya empezamos a considerar ideas tan descabelladas, no quiero imaginar lo que se le ocurrirá a Amanda de aquí a unas horas.

—Yo me encargaré de ella —se ofreció Nerea—. Te aseguro que para convivir con ese —dijo señalando a su marido—, he desarrollado una paciencia casi infinita.

La iban a necesitar. De hecho, a Elías no le vendría nada mal una dosis extra de serenidad porque vio a Aldo frente a la puerta de salida, a un paso del símbolo de las descargas. Le recorrió un súbito ataque de ira. Si los demás no dejaban de darle problemas, no podía detenerse a pensar, y lo que menos necesitaba ahora era hacer entrar en razón a un chaval incapaz de comprender que debía estarse quieto y cuidar a su novia.

Elías se levantó sin decir nada. Respiró hondo mientras se acercaba a Aldo.

—No toques ese garabato —dijo más firme de lo que había pretendido—. ¿No viste lo que le pasó a Bono?

Aldo ni siquiera pestañeó. Entonces giró un poco el cuello, lo suficiente para una fugaz mirada de reojo.

—¿Qué? Ah, el dibujo... No, no es eso, tío. Es el pomo de la puerta. Se ha movido. Hay alguien al otro lado.

Elías no vio ni oyó nada.

—No quiero que te acerques a esa puerta, ¿me oyes?

—¿Desde cuándo me das órdenes? Ocúpate de tus asuntos.

Aquel enfrentamiento parecía inevitable. Mejor tenerlo ahora antes de que llevaran más tiempo encerrados y todos estuvieran demasiado nerviosos para razonar. Si Elías pretendía afianzar su posición como líder provisional, debía...

La puerta se vino abajo de repente. Se desencajó con un solo golpe y el marco superior acabó a pocos centímetros de los pies de Elías. Un desconocido bajaba el pie con el que resultaba obvio que acababa de derribar la puerta.

—Atrás —dijo con una voz neutra y poco agradable.

Apenas les prestó atención. Se agachó y retiró la puerta, que había cubierto el símbolo que había pintado Nilia. Se trataba de un hombre de aspecto algo descuidado. A Elías no le resultó fácil adivinar su edad. Habría dicho que tenía poco más de treinta años, de no ser por el pelo, completamente gris, hasta el último cabello, más propio de alguien que ha pasado los cincuenta. Sus ojos eran del mismo color, inexpresivos, la tez algo pálida, que sumada a una gabardina negra y desgastada le conferían una apariencia poco tranquilizadora, como la de un tipo que hubiera dormido vestido.

El desconocido, en cuclillas, sacó un libro antiguo, de hojas amarillentas, con las tapas cuarteadas, y muy, muy grueso. Elías no entendió dónde lo había guardado hasta entonces. Entendió todavía menos dónde lo metió tras consultar varias páginas mientras examinaba el dibujo de Nilia. Habría jurado que acercó la mano al interior de la gabardina y el libro desapareció. En la misma mano sostenía ahora un palo de madera, una especie de estaca carcomida y astillada. Sin perder la concentración, se ocupó de repasar el símbolo.

—¿Quién es ese vagabundo? —preguntó Bono desde el sofá.

Los demás se habían acercado al desconocido, intrigados. Elías no tenía una respuesta. Estaba tan desconcertado como el resto.

—Eh, tú —gritó Aldo—. Avisa a la policía para que nos saquen de aquí.

El vagabundo se levantó.

—Nada de policía —dijo. Les estudió rápidamente con sus ojos grises—. ¿Habéis visto un loro por aquí? ¿Algún pájaro?

Sin duda se refería al loro de Nilia, el que Elías había seguido al conducir el autobús hasta que lo perdió de vista. El desconocido estaba relacionado con Nilia y todo lo que les había sucedido. Faltaba entender cómo, y averiguar si eso era bueno o malo, si suponía algún peligro para ellos.

Aldo, una vez más, se adelantó a Elías.

—Has anulado ese símbolo, ¿verdad? No veo que le den temblores —dijo a los demás—. Nos largamos de aquí. —Dio un paso a delante—. Nena, ven, ya no funciona. Nos vamos ahora mism...

El vagabundo le empujó.

—No vais a ninguna parte.

Aldo le miró muy sorprendido, durante un segundo; después le asestó un puñetazo en la cara. Aquel individuo sin duda vio venir el golpe, pero no se movió. Ladeó la cara ligeramente a un lado, lo justo para evitar el golpe, y eso fue todo. No dio muestras de estar nervioso ni sorprendido, ni siquiera irritado. Eso le dio miedo a Elías, pero no a Aldo, que volvió a intentarlo. El mismo puñetazo, con la misma mano, en el mismo lado de la cara. Y el mismo resultado.

—¿Has acabado? —preguntó el vagabundo—. El siguiente te lo devolveré.

Aldo estaba fuera de sí. La impotencia y la frustración nublaban su juicio, cosa que Elías entendió. La puerta abierta le atraía como un imán y era probable que ni siquiera hubiese escuchado la advertencia del desconocido.

Elías no fue lo bastante rápido para evitar que Aldo cometiera el error de atacar por tercera vez al hombre que se interponía en su camino a la salida.

El tipo alzó la mano, detuvo el puñetazo del chico sin apenas pestañear. Luego apretó, retorció el puño de modo que obligó a Aldo a caer de rodillas y soltar un chillido.

—¡Suelta a ese niño, maldito indigente! —gritó Bono, abalanzándose sobre aquel hombre.

El vagabundo, aunque Elías dudaba que lo fuera, estiró el brazo que tenía libre sin soltar a Aldo. Golpeó a Bono de revés, sin mirarle, sin aparente esfuerzo. Bono cayó al suelo de espaldas. El desconocido se dirigió a Elías.

—¿Tú también?

—Deberíamos calmarnos —dijo Elías alzando las manos en señal de rendición.

El vagabundo soltó a Aldo, quien retrocedió frotándose la muñeca y lanzando juramentos.

—Contrólales —le dijo el desconocido a Elías—. Pareces el único sensato. No quiero tener que hacer lo mismo con las mujeres.

Elías posó la mano sobre Aldo y le invitó a retroceder detrás de él. Por fortuna, el chico parecía haber entendido el problema al que se enfrentaban.

—¿Quién eres?

—Nadie.

—¿Amigo de Nilia? —Elías esperaba que la respuesta fuese afirmativa, porque en caso contrario, se trataría de uno de sus perseguidores.

—Me llaman el Gris y vais a venir conmigo, sin rechistar, sin hacer preguntas.

Elías sintió el peso de las miradas de los demás sobre él. Nadie se atrevía a hablar. De repente se había convertido en el líder del grupo. Lástima que no tuviera la menor idea de qué hacer. Tratar de superar a aquel hombre físicamente era absurdo, como había quedado claro. A pesar de su constitución delgada, resultaba obvio que era fuerte y rápido. Elías no creía que pudieran con él ni siquiera los tres hombres a la vez, por no hablar de que una pelea podría acabar por herir a una de las mujeres.

—No veo por qué debemos acompañarte sin que nos digas a dónde o por qué.

—Eso no me importa. De momento, me voy a llevar a las mujeres. Los hombres podéis venir o podéis iros. También podéis intentar detenerme. Me da exactamente lo mismo. Tenéis treinta segundos para decidir.

Lo peor de todo era la indiferencia con la que había explicado que se iba a llevar a las mujeres. Eso daba miedo. Elías malgastó los treinta segundos en buscar una solución en los ojos de sus compañeros. No encontró ninguna, solo rostros asustados. Bono, que se había levantado del suelo y había retrocedido junto a Nerea, tenía más miedo del que admitiría. Igual que Aldo. Del semblante del chico había desaparecido cualquier rastro de desafío o determinación.

Así que, tal y como había dicho el Gris, la decisión parecía ser suya.

—Vamos a esperar a que vuelva Nilia —probó como último cartucho.

—Nos vamos ahora mismo —repuso el Gris—. Nilia no vendrá porque ha muerto.

Nilia sacó una espada larga. Brillaba su filo, excepto allí donde los trazos de las runas ensuciaban el metal.

—Lobo, ¿verdad? —dijo apuntando con el metal al cuello del hombre—. Ese es tu estúpido apodo. Ya has visto lo que le ha pasado a tu amiga. Ahora vas a decirme quiénes sois o será tu cabeza lo siguiente que salga volando del autobús.

Lobo dio un paso atrás. Nilia advirtió que estaba inquieto, pero no asustado. Mala señal. Los adversarios dominados por el miedo cometen muchos errores, casi tantos como los que se confían demasiado. Los precavidos eran los más peligrosos, en especial los que contaban con la capacidad de reconocer una situación de desventaja y buscar el modo de equilibrarla. Lobo parecía de este tipo.

El pánico, en cambio, había hecho mella en los pasajeros, que sollozaban e imploraban. Algunos se aferraban a las cruces que llevaban colgadas de los cuellos, como si eso bastara para salvarse. El suelo y los asientos del autobús estaban sembrados de pequeños cristales, que rebotaban y se esparcían a cada tumbo que daba el vehículo; el estúpido que conducía no había tenido el sentido común de detenerse.

Nilia no podía contar con nadie. Tendría que hacerlo todo ella sola.

—No tenemos nada contra ti —dijo Lobo.

—Eso lo dudo mucho —dijo Nilia—. No vas a ganar tiempo, te lo advierto.

—No lo necesito.

El interior del autobús se oscureció. Habían entrado en una especie de nave industrial. Lobo aprovechó para saltar hacia atrás. Nilia, que no había despegado los ojos de él, anticipó el movimiento cuando vio que flexionaba las rodillas ligeramente. Lo que no previó fue su agilidad. Lobo giró en el aire y fue a parar varios metros atrás, sin tropezar ni errar la trayectoria, con la naturalidad de quien ha ejecutado ese movimiento incontables veces y no precisa apenas de concentración.

Por suerte, ella no era precisamente lenta, y ya corría hacia él cuando afianzó los pies en el suelo. Logró darle con la parte plana de la hoja de la espada, pero por poco. Además de ágil, ese tal Lobo era rápido. El golpe apenas le desestabilizó. No le impidió que saliera del autobús.

—¡Salid todos después de mí! —gritó Nilia a los asustados pasajeros.

Luego salió en busca de su enemigo. Sin embargo, encontró a tres. Dos tipos, uno a cada lado de la puerta, la atacaron nada más poner un pie en el suelo. Cada uno sostenía un bastón corto en cada mano, cuatro garrotes que cayeron sobre ella con sorprendente velocidad, coordinados, con movimientos precisos. Esquivó tres. El cuarto la golpeó en la espalda, lo que la ayudó a escapar hacia adelante. Antes de volverse vio a Lobo alejarse corriendo.

Los dos nuevos enemigos vestían ropas oscuras. Por sus movimientos y posturas de combate, Nilia supo de quiénes se trataba.

—Centinelas —se relamió—. No puedo creer que tenga tanta suerte.

Sin embargo, no la tenía, porque llegaron dos más, y escuchó pisadas detrás de ella que le indicaron que al menos había otros dos allí. Estaba rodeada. Todos portaban bastones en las manos, lo que probablemente significaba que la querían viva.

Los centinelas fueron cerrando el círculo en torno a ella, sin prisa, calculando, alertas. Ella conocía de sobra su disciplina y sabía que no podría provocarlos ni incitarles a cometer un error. Tampoco lo pretendía.

Se acercó a uno de ellos. Amagó, para acto seguido retroceder y amenazar con la espada al que se encontraba en el extremo opuesto del círculo. Pudo haberle alcanzado, pero ya había calculado la secuencia de ataque y no podía echarse atrás. Esa secuencia implicaba rodar por el suelo hacia un tercer centinela que no se lo esperaría.

Recibió un bastonazo en la pierna y otro en la espalda, pero cuando se levantó aprovechó para propinarle un cabezazo en la barbilla al centinela que había escogido y desencajarle la mandíbula. El resultado fue mejor de lo que había previsto. El círculo estaba roto.

Nilia no tuvo problemas para esquivar los bastones de los centinelas y escapar. Ahora disponía de espacio. Echó a correr hacia un lado, rodeándoles, obligando a que unos se situaran detrás de otros si querían alcanzarla. Corrió más, saltó y esquivó un bastón. Entonces se detuvo en seco. Derribó a uno con una patada. Luego volvió a correr y cambió de dirección. Detuvo dos bastonazos, resistió un impacto en el hombro, con la espada segó dos bastones. Lástima de no haber alcanzado las manos. Entonces dio un paso atrás, solo uno, suficiente para tomar impulso y meterse en medio de los centinelas.

No se esperaban esa maniobra. Nilia repartió codazos, patadas y cabezazos. Se agachó, logró asestar un puñetazo en una rodilla. El crujido le indicó que ese centinela tardaría mucho en caminar de nuevo, a menos que un ángel lo curara.

Quedaban dos en condiciones de seguir la pelea, frente a ella. Hicieron un movimiento que Nilia no esperaba: se apartaron. Nilia lo entendió cuando se dio cuenta de lo que se abalanzaba sobre ella. Era Lobo, pero en otro cuerpo. El apodo no lo habían elegido al azar. Era un hombre lobo, y no había huido, solo había buscado tiempo para transformarse. Quedaba claro de dónde provenía la agilidad que había exhibido en el autobús. El licántropo era inmenso y fibroso. Saltó varios metros, directamente sobre ella, con las patas por delante y el hocico abierto. Nilia maldijo por no haber considerado aquella posibilidad.

Consiguió evitar quedar atrapada bajo el lobo rodando hacia un lado, aunque no lo suficientemente deprisa. Cuatro surcos rojos aparecieron en su espalda cuando la zarpa de Lobo la recorrió de arriba a abajo. Dolió. Uno de los centinelas aprovechó para atizarla en la cabeza con un bastón. El siguiente golpe no supo de dónde vino. Lo recibió en un costado y la arrojó por los aires hasta empotrarse contra el autobús.

Le faltaba el aliento y se mareaba. Dejó que el instinto tomara el control de sus movimientos para esquivar un nuevo ataque. Entró en el autobús.

—¿Qué haces aquí todavía? —le bufó al estúpido que había conducido el autobús.

El hombre había palidecido y no era capaz de articular palabra. Nilia cerró la puerta justo cuando iba a entrar un centinela. Le pateó la cabeza aprovechando la estrechez de la entrada. Luego abrió la puerta del conductor y salió por el lado opuesto, arrastrando al hombre afuera.

—¡Lárgate!

Podría haber intentado huir con el autobús, pero era demasiado arriesgado. En el interior contaría con un espacio reducido y necesitaba libertad para esquivar, saltar y cabriolar entre un número imprevisible de adversarios.

Un bastón que rebotó contra la chapa del autobús y luego en el suelo a punto estuvo de alcanzarla. Le habría dado de lleno de no ser porque se apartó doblándose hacia atrás. Nilia cogió al conductor, que continuaba paralizado por el miedo, y lo llevó a empujones hasta el fondo del almacén. Encontraron un escondrijo entre varias cajas apiladas cerca de la pared. El conductor rompió a llorar cuando les envolvió el gruñido de Lobo. Nilia consideró asestarle un codazo en la sien y dejarle sin sentido. Luego lo pensó mejor. El llanto delataba su posición, el centinela sabría dónde se encontraban, por tanto vendría por...

Con un movimiento del hombro, embistió contra las cajas tras las que se ocultaban y las derribó. En efecto, el centinela estaba al otro lado y había quedado sepultado. El hombre lobo saltó hacia ella desde lejos; podría haberlo esquivado, pero no lo hizo. Prefirió descargar una patada brutal en la cabeza del centinela antes de que se levantara y así dejarlo fuera de combate.

Solo quedaba el licántropo. Pero el precio que pagó por no haberse apartado cuando pudo resultó excesivo. Lobo la mordió en una pierna, hasta el fondo, los colmillos le atravesaron la carne hasta tocar el hueso. Nilia escuchó con claridad cómo se astillaba, sintió la sangre resbalando hasta el tobillo.

Aun así, dobló la otra pierna y le dio un rodillazo en la cabeza. Un zarpazo le arrancó piel del brazo. Entonces soltó todos los puñetazos que pudo sin pensar en nada más. El dolor no existía, ni los posibles daños que pudiera sufrir, solo aplastarle la cabeza, a cualquier precio, mover los brazos arriba y abajo, una y otra vez, hasta que se le cayeran los puños si hacía falta. No tenía ni idea de cuánto tiempo pasó así. Al final, la presión sobre su pierna cedió, las fauces del hombre lobo se habían abierto. Lobo no se movía. Su cabeza era una masa de pelo negro y sangre. Le había dejado inconsciente.

—¿Qué es eso? —preguntó el conductor, espantado.

Nilia necesitó todas sus fuerzas para ponerse en pie, de modo que no se molestó en ofrecerle una explicación.

—La espada. Cógela.

Mientras el conductor obedecía, examinó al centinela que había derribado con las cajas. Estaba vivo y recobraba la consciencia poco a poco.

—Creí que le habías matado con esa patada en la cara.

—No.

Nilia se agachó, le agarró el pie y se lo retorció hasta romperlo. El centinela aulló de dolor, algo extraño en ellos, dado su entrenamiento. Probablemente se debía que no estaba consciente del todo ni en plenas facultades de su autocontrol.

—¡Por Dios! —exclamó el conductor—. ¿Por qué has hecho eso?

—¿Eres idiota? No estoy en condiciones de pelear más. Ahora córtale la cabeza.

—¿Qué?

—Con la espada. ¡Vamos! Estos tipos persiguen a tu mujer. Acaba con él.

El conductor miró al centinela y tembló tanto que a punto estuvo de soltar la espada.

—No puedo.

—Sí puedes. Hazlo o se curará y volverá a por tu mujer. Cuando eso pase te acordarás de este instante y lamentarás no haberlo hecho. ¡Hazlo! ¡Mátalo! Antes de que se despierten los demás.

—¡No puedo!

Nilia escupió algo rojo.

—Eres patético. De verdad que ahora mismo siento un asco indescriptible. Ojalá os atraparan a todos y pudiera dedicarme a mis cosas.

—Solo soy un... Yo no he matado a nadie en mi vida. Ni siquiera me he peleado. Hazlo tú, por favor. Toma.

Le tendió la espada.

—Yo no puedo matarlo —dijo Nilia—. ¿Crees que alguno de ellos seguiría con vida si pudiese? ¡Vete! Lárgate de una vez.

El conductor apretó la empuñadura, miró al centinela que se debatía en el suelo y trataba de enderezar el pie que Nilia le había torcido. Por un instante ella dudó si lo haría. Al final se confirmaron sus peores sospechas. El conductor soltó la espada y salió corriendo, temblando y llorando a lágrima viva.

El centinela sonrió.

—No puedes matarme... —murmuró con los dientes apretados por el dolor—. Interesante.

—No veo por qué eso te alegra, centinela. Significa que voy a causarte tanto dolor cómo me sea posible, y no va a ser poco —se relamió—. Esta sonrisa no es fingida, te lo aseguro.

—La mía tampoco, Nilia. Mira... allí.

Nilia siguió la dirección que le indicaba el centinela. Y lo vio, demasiado tarde. Habría tenido problemas para esquivarlo, pero con la pierna rota por el mordisco del licántropo no tenía opción alguna.

El autobús volaba, literalmente, hacia ella. Antes del impacto alcanzó a ver a Estrella de pie con los brazos extendidos hacia adelante. Otro error por su parte, se había olvidado completamente de Estrella tras verla rebotar contra el camión, salir despedida y acabar debajo de una tienda que se había derrumbado sobre ella. Este error lo iba a pagar muy caro.

El autobús chocó contra el suelo a un metro escaso de Nilia. La embistió con la inercia de toneladas de peso. El autobús continuó su trayectoria y atravesó la pared, aplastando a Nilia en medio.

El autobús estaba intacto, gracias a las runas que protegían su estructura. De Nilia no se podía decir lo mismo.

Había un montón de escombros, mezclados con vísceras, huesos aplastados, sangre y toda clase de fluidos corporales. Un cúmulo de carne despedazada imposible de identificar, mezclada con los restos de lo que fue una larga melena negra y sedosa.

Elena abrió la puerta de su casa.

—Un ático lujoso en pleno centro de Madrid. —Eneas entró empujando las ruedas de la silla—. ¿No sería mejor renunciar a los lujos y pasar inadvertida?

Elena se quitó los zapatos de tacón con un gruñido de alivio y los dejó olvidados en medio del salón. Se acercó al mueble bar y sacó una botella y dos copas. Eneas rechazó la oferta con un gesto de la mano.

—Eso es lo que espera mi marido. —Elena se sirvió un generoso vaso de vino—. Que me oculte en algún cuchitril de las afueras. Lo que menos se imagina es que esté aquí, en un piso como este.

—No está mal pensado —concedió Eneas.

—No me des lecciones sobre ocultarme. Preferiría huir del mismísimo diablo antes que de Mario Tancredo. Y por cierto, ya va siendo hora de que me expliques quién eres y cómo me has encontrado.

Elena sacó una pistola de un cajón y apuntó a Eneas.

—No necesitas eso conmigo. Te he salvado, ¿recuerdas?

—Esa no es una respuesta.

Elena apretó el gatillo. La bala impactó en el muslo de Eneas, la que no estaba rota y escayolada. Empezó a salir sangre. Eneas abrió los ojos al límite.

—¿Estás loca?

—Sigues sin responder.

Lo cierto era que Elena quería asegurarse de que realmente fuera paralítico de cintura hacia abajo. Era evidente que sí. En su rostro no había rastro de dolor.

—¡Dame una venda, un cinturón! ¡Algo para detener la hemorragia!

Eneas taponaba la herida con las manos; en su voz, en sus movimientos, tan solo se reflejaba la urgencia de no morir desangrado. Elena se ablandó. Guardó el arma y fue hasta el baño para traerle una toalla. También trajo un cinturón. Eneas se apresuró a hacerse un torniquete.

—Puedes hablar mientras te ocupas de la pierna —dijo Elena—. De todos modos, no te sirve de mucho, ¿no?

—¿Te dice algo el nombre de Ramsey?

—Le conozco. Es un chalado.

—Yo también le conozco. Me habló de la posesión de tu hija y de cómo le echasteis cuando no pudo ayudaros.

A Elena no le agradó recordar aquel episodio.

—Es un maldito charlatán. Tuvo suerte de que no le pegara un tiro.

Eneas al fin se sintió satisfecho con el torniquete y pasó a limpiarse las manos lo mejor que pudo.

—Necesito agua, por favor, tengo que reponer líquido. Ramsey no es un charlatán. Fueron sus premoniciones lo que me llevaron hasta ti.

Elena fue a la cocina.

—Entiendes de runas y sabes muchas cosas. —Regresó con una jarra de agua y un vaso para Eneas—. Te iría mejor con el vino. En fin, todavía no tengo claro que pueda fiarme de ti. Lo del hospital no es suficiente.

—Estás sola y asustada. Por eso te cuesta confiar en...

—No necesito que me digas cómo crees que me siento.

Eneas bebió un vaso entero de agua de un trago. Se sirvió otro.

—Yo también tengo problemas y necesito tu ayuda. Mis problemas son con un demonio. ¿Lo entiendes?

—Si eso es cierto, morirás pronto. No es problema mío.

—Bueno, me gustaría evitarlo y tú...

—Yo tengo bastante con mi marido. —Elena deformó el rostro en una mueca de esfuerzo—. Está bien. No te mataré. Te dejaré marchar, a pesar de que no debería. Vete antes de que cambie de idea.

—Ojalá pudiera —dijo Eneas—. Yo también he perdido mi vida, como tú. No puedo acercarme a mis seres queridos, oculto mi identidad, vivo en las sombras... ¿Te suena de algo todo eso?

—¡Cállate!

—Tengo que recuperar lo que perdí. Igual que tú. Podemos...

—¡He dicho que te calles! —se enfureció Elena—. No sabes nada de mí. ¿Has perdido a un hijo? He estado casada con el peor hombre que se pueda imaginar. Es culpa mía. Me merezco lo que me está pasando. Ahora se acabó la charla. Sigues sin demostrarme nada, solo que eres un inválido medio tonto que da crédito a las palabras de Ramsey. Es la peor credencial que podrías haber escogido para acercarte a mí.

—No lo es —dijo Eneas—. Ramsey no está loco. Te lo demostraré. No te hiciste una ecografía en el médico, ¿verdad?

Elena titubeó.

—No.

—Por miedo a que se revelara algo de la naturaleza del bebé. Lo entiendo. Sin embargo, habrías descubierto algo muy interesante. —Eneas se inclinó un poco hacia adelante, como si fuera a desvelar un gran secreto—. Estás embarazada de gemelos, Elena. Una simple ecografía te demostrará que no miento.

VERSÍCULO 3

Una lápida derruida asomaba entre la tierra, sembrada de líquenes, helechos y rosales. Apoyada contra la lápida ardía una antorcha. El Gris clavó otra en el suelo, a unos cuatro metros de distancia. La luz que proyectaban aquellas pequeñas llamas era muy superior a lo que se esperaría de ellas. Además, solo iluminaban el espacio entre ellas, como un foco abierto en la noche, pero apenas proyectaban luz hacia fuera.

En el centro de aquel foco, entre un círculo de piedras ennegrecidas, se amontonaban varios troncos y ramas. El Gris se agachó, los encendió con un golpe de su cochambroso cuchillo.

—No echéis más leña —dijo—. El fuego durará toda la noche.

—Necesitamos agua y algo de comer —dijo Elías.

—Ya han ido a comprar todo lo necesario. Junto al fuego no pasaréis frío. No salgáis de este claro. Si os internáis en el bosque, os perderéis, y yo no voy a ir a buscaros.

—Así que estamos encerrados otra vez —protestó Amanda—. ¿Por qué nos has traído a un cementerio?

—Porque aquí nadie dará con vosotros. Es posible que aparezca... alguien que hablará sin cesar sobre dragones. No le hagáis ningún caso. Es un loco inofensivo.

—Algo me dice que no es el único al que le falta un tornillo —murmuró Bono.

—¿Quién nos persigue? ¿Por qué? —preguntó Elías—. Nilia dijo...

—No lo sé. —El Gris se incorporó—. Nilia me pidió que os pusiera a salvo si algo le sucedía. No me dio ninguna explicación.

Elías también se levantó. Enseguida le atravesaron los ojos inexpresivos del Gris.

—¿No te contó nada? Eres su amigo, ¿no?

El Gris pareció meditar la respuesta.

—Yo no tengo amigos como tú lo entiendes. Le debía un favor, lo que en mi mundo es similar a la amistad.

Se volvió.

—Espera. —Elías se acercó a él, bajó la voz—. Si está muerta, como dices... No podemos quedarnos aquí. Nuestras mujeres necesitan cuidados, protección. Lo sé, alguien nos persigue, pero podrías... ayudarnos a llegar a un hospital o una comisaría de policía. Por favor.

—Eso no serviría de nada.

—Entonces, ¿te vas? ¿Nos abandonas en este lugar?

—No sois responsabilidad mía —dijo el Gris—. Aún no he decidido qué hacer con vosotros.

—Las mujeres te necesitan.

—Yo también tengo mis necesidades y mis propios problemas. Además, no sabes lo que me pides. Conmigo correríais más peligro todavía. Mañana tomaré una decisión. Pasad la noche aquí o marchaos. Yo he cumplido con mi parte. La decisión es vuestra.

Se marchó. Pasó bajo un enorme árbol sin hojas que dominaba el centro de aquel claro, y desapareció entre las sombras de la noche. Sus botas no habían producido el menor ruido.

Elías se dio la vuelta y regresó junto al grupo, al lado de Amanda.

—No has conseguido nada, ¿eh? —le dijo Aldo.

Se acurrucaban en torno al fuego, sobre sacos de dormir. La temperatura era confortable, no daba la impresión de que se encontraran a la intemperie, de noche. El fuego les ofrecía una sensación de seguridad que Elías no podía evitar sospechar como falsa.

—¿Cuál es el plan? —preguntó Bono.

—Pasaremos aquí la noche —dijo Elías—. A menos que nos parezca bien atravesar un bosque de noche con tres mujeres embarazadas. Mañana... No tengo ni idea.

—Yo sí —dijo Aldo—. Nosotros nos vamos a un hospital. Si el bosque es tan complicado de atravesar, lo quemaré con ese fuego que no se consume. Vosotros podéis quedaros con ese vagabundo, si queréis, pero Zoe sale de cuentas en siete días.

—Nosotros vamos contigo —dijo Amanda.

—Y nosotros —dijo con convicción Bono—. No vamos a quedarnos solos en este sitio. Decidido. ¿Verdad, nena?

Nerea tenía los ojos perdidos en el fuego, no dio muestras de haber seguido la conversación.

—Un fuego que no se apaga, Nilia, que es inmune al fuego... ¿Desde cuándo hay un bosque como este en el cementerio de La Almudena? Todo esto es muy raro. Y ese hombre, ese... Gris. No es un simple vagabundo que vive aquí.

—Un modelo de Ralph Lauren seguro que no es —comentó Bono.

Zoe, la más callada del grupo, se atrevió a decir algo por primera vez.

—Deberías escuchar a tu mujer en vez de hacer chistes malos. Ese Gris es muy raro. ¿Nadie más lo ha notado?

—Sí, sí —dijo Bono, excitado—. El pelo, ¿verdad? No es tan viejo como para...

—¿Quieres dejarlo ya? —se enfadó Zoe—. Le miré junto al fuego y... No tiene sombra.

—¿Por eso me diste el codazo? —preguntó Aldo.

—¿Y yo soy el de las bromas? —se indignó Bono—. Si no tuviese sombra nos habríamos dado cuenta antes.

—¿En serio? —insistió Zoe—. ¿Te fijas mucho en la sombra de los demás? Además, a veces sí tiene sombra, otras no. No me gusta.

—Tiene razón —dijo Aldo—. Y creo que sé por qué. Es un poco absurdo, lo reconozco, pero oí una historia de un hombre que perdió su alma y por eso no tiene sombra. El detalle concuerda y... ¿Se puede trucar el no proyectar sombra? Y si se pudiese, ¿con qué fin lo haría?

Elías agradeció que Amanda se mantuviese callada. Debía de haberse tranquilizado una vez tomada la decisión de que se marcharían por la mañana.

—Creo que no tenemos que dejarnos llevar por el miedo. Hay muchas cosas que no podemos explicar, pero de ahí a concluir que ese hombre no tiene alma...

—¡Aquel que no tiene alma! —chilló Bono—. Sí, conozco esa historia. ¿Es él? ¿Ese? Yo diría que ese tipo es aquel que no tiene dinero, por cómo viste. El de verdad es un hombre que hace tratos para robar el alma a las personas y llenar su vacío. Hasta que esté completo. Entonces se convertirá en un demonio que acabará con todos.

—¡Válgame Dios! —suspiró Nerea—. Que mi marido crea en esa historia es una garantía total y absoluta de que es falsa. ¿Se puede saber de dónde sacas esas tonterías?

—Me lo han contado.

—¿Y quién ha podido contarte una imbecilidad como esa? Dime, ¿a qué clase de lunático se le ha ocurrido tomarte el pelo?

—A tu hija.

—¿Cómo? —se extrañó Nerea.

—Sí, sí, la nena. A ella se lo contaron en el instituto. Al parecer hay un chico muy gracioso que cuenta muchas historias sobrenaturales, y esa es una de ellas. ¿No te dijo nada? ¡Ja! Y luego dices que yo no presto atención a nuestras hijas.

—Si pusieras el mismo interés cuando te piden ayuda para hacer los deberes...

—¿Por qué no dejáis la charla familiar para cuando estéis en casa? —se enojó Aldo.

Elías desconectó de la conversación para tratar de pensar y contribuir con un poco de sentido común. La historia del Gris era bastante ridícula, parecía un cuento malo de los que les gusta a los niños. Lo extraño era que Aldo y Bono habían oído rumores al respecto, con lo que era una historia que circulaba por ahí. Que se contara en el instituto le parecía posible. Podía tratarse de una nueva moda entre los adolescentes. Pero a Elías no le gustaba que un grupo de adultos considerara en serio que un hombre sin alma les había traído a un cementerio.

Por eso le molestaba no poder descartar la idea de sus pensamientos, casi tanto como el hecho de que los troncos que alimentaban el fuego no se hubieran consumido ni las botas del Gris causaran siquiera un murmullo al pisar hojas y ramas secas. Aquel ambiente antinatural propiciaba dar crédito a teorías inverosímiles. Eso no era bueno.

Al menos Amanda permanecía tranquila, recostada contra una roca, ensimismada, ausente. Los demás se habían enfrascado en una discusión familiar. Bono y Aldo mantenían posturas opuestas en torno al concepto de familia. Parecía que a Aldo le costaba guardar la compostura. Bono, medio riendo, le decía que se preparara, que dentro de poco sería padre y entonces comprendería lo que es mantener una familia de verdad. Empleaba un tono claramente machista, lo que motivaba que Nerea estuviera reprendiéndole y dándole coscorrones a cada rato, sin resultado alguno, porque Bono ni rectificaba ni variaba su discurso. Estaba inmunizado contra las regañinas de su mujer.

Debido a la discusión, Elías fue el único en reparar en un sonido que provenía de... alguna parte del bosque.

—¡Silencio!

Obedecieron, para su sorpresa. Todos pudieron oír un silbido que se acercaba.

—¡Más despacio, gato asqueroso! —gritó alguien—. ¿Te crees que yo veo en la oscuridad como tú? ¡Au!

Varias ramas se removieron entre dos rocas inmensas que delimitaban uno de los bordes de aquel claro. Asomó una figura pequeña. Poco después un niño llegó silbando hasta el círculo alumbrado por el fuego.

—¡Eh, tíos! ¿Qué pasa? —dejó en el suelo una mochila grande que había llevado a la espalda. Resopló, aliviado—. ¡Hostias! ¡Cuántas gordas! No sé si habrá suficiente papeo para todos. Bueno para los tíos sí, pero las señoras se ve que no se privan de nada a la hora de llenarse la barriga.

—Están embarazadas, imbécil —protestó Aldo.

El chaval se rascó un lunar muy peculiar que tenía en la barbilla.

—Qué alivio. Venga a papear todo el mundo.

El chico abrió la mochila. Sacó varias botellas de agua, pan, queso, fiambre, algunos bollos, una bolsa de manzanas, y dos o tres de patatas fritas.

—¿Quién me pone al día? —preguntó el chaval, engullendo un trozo de queso—. Oye, no iréis a parir aquí, ¿no? Porque esas barrigas parecen planetas. ¿No seréis hippies o algo por el estilo?

—¿Hippies? —se extrañó Bono—. ¿Y eso qué tiene que ver?

Elías descubrió que tenía tanta hambre como los demás, que ya estaban cortando el pan y preparando bocadillos.

—Y yo que sé. —El chico se encogió de hombros—. ¡Lo tengo! Sois unos chiflados góticos que pensáis que mola mucho lo de parir en un cementerio. Ahora os pintaréis la cara de blanco y los labios de negro y…

—Nadie va a dar a luz aquí —le tranquilizó Elías, dando un mordisco a una manzana.

—Genial, tío, sería una guarrería, ¿sabes? No quiero ni imaginar la de sangre que ensuciaría nuestro asqueroso cuartel general.

—¿Cuartel general? —preguntó Elías.

Bono se inclinó hacia él.

—Este debe de ser el chiflado de los dragones que nos dijo el Gris —le murmuró al oído—. Observa. Eh, niño, ¿te gusta el fuego? Ha venido un dragón y lo ha encendido con su aliento. Luego se ha ido volando.

Bono le guiñó el ojo a Elías.

—¡Plata! —gritó el chico.

Antes de que nadie pudiera reaccionar había saltado sobre Bono. Elías creyó que le atacaba, hasta que advirtió que solo se trataba de un abrazo efusivo. Puede que demasiado efusivo. Bono, sorprendido, forcejeaba para quitárselo de encima.

—¡Plata! Cuánto me alegro. ¿Qué haces con estos tipos? Este cuerpo no es el mejor que has tenido, pero yo te quiero, tío.

—¡Quitádmelo de encima o no respondo de mí! —rugió Bono.

Elías y Aldo se levantaron al mismo tiempo, aunque no llegaron a intervenir porque el chaval se soltó por su cuenta.

—¿Esta es tu mujer? —preguntó divertido.

—Sí —dijo Bono frotándose el cuello.

—¿Y el bebé es tuyo?

—¡Sí! Si lo tocas te sacudo, chaval, te lo advierto.

El chico le dio un golpe amistoso en el hombro.

—¿Cómo lo has hecho? ¿La dejaste preñada hace nueve meses y ahora has vuelto al mismo cuerpo? No sabía que pudieras repetir.

—¿Alguien sabe de qué habla este niñato? —se encendió Bono—. El Gris se quedó corto al decir que estaba loco.

—¿El Gris? —se sorprendió el chico—. ¿Está aquí? Siempre me enchufa a mí los recados, el muy... ¿Y encima me llama loco? ¡Pues me va a oír esta vez!

Y el chaval se alejó a grandes zancadas, furioso, tropezando a cada paso y blasfemando.

—No necesito escayola —gruñó Estrella—. ¡Ni vendas!

Lobo asintió con desgana.

—Debes recuperarte. Te rompiste el brazo al lanzar el autobús contra Nilia.

—Sé cuidarme sola. Y no te equivoques, tenía el brazo roto antes de levantar el autobús. Tú eres el que debe curarse. Mira cómo te dejó la cara. Erais siete, Lobo, te dije que no te fiaras de esos centinelas, pero nunca me haces caso. Bah, no sé por qué me preocupo por ti. Estoy mejor sola. De todos modos, este plan es una estupidez.

Se levantó de la camilla. Lobo no hizo ademán de detenerla porque no era necesario. Estrella no se iría, no podría sobrevivir sola y lo sabía. Solo era una rabieta. O quizás no.

Dudó al verla caminar tan decidida hasta la puerta. No era la primera vez que Estrella le salvaba la vida, ni que se enfurecía con él. Sí era la primera vez que amenazaba con marcharse sola.

La puerta se abrió antes de que Estrella llegara a tocarla. Rex entró con paso vacilante. Llevaba la mano vendada donde debería tener el dedo gordo, el que él mismo se había arrancado para escapar de los auténticos centinelas. Una maniobra que decía mucho de él, en opinión de Lobo, de lo desesperado que estaba.

—¿Ya te has despertado? —Estrella se apartó para dejarle ir hasta una silla sobre la que se desplomó—. Deberías seguir durmiendo, curarte. Aunque para lo que habéis servido tú y tus amigos...

—¿Por qué sigues con nosotros, Estrella? —preguntó Rex—. Es pura curiosidad. No te gustamos, no encajas y no haces más que causar problemas y desobedecer órdenes.

Estrella ladeó la cabeza.

—Es culpa de Lobo. Él me convenció de luchar por tu causa.

—Ambos sabemos que eso es una excusa. Sigues conmigo porque tú no tienes ninguna causa por la que luchar. Desde que te echaron no sabes qué hacer. Sola no harías más que vagar por ahí hasta que te mataran, pero eres demasiado orgullosa y estúpida para aceptarlo y superarlo de una vez.

Ante la sorpresa de Lobo, Estrella mantuvo la calma.

—Prefiero vagar sin causa alguna que perseguir la tuya. Además, ya no servís para gran cosa. Ni siquiera sois centinelas de verdad. Desde que mataron a vuestro ángel, no gozáis del favor de los obispos. Ya no recargarán vuestras armas, ni a vosotros. En cuanto se os agote lo poco que os queda, no seréis nada.

—Somos mucho más que nuestra capacidad para la lucha. Y todavía no estamos agotados del todo.

—Se nota. —Estrella repasó de arriba abajo el lamentable estado de Rex, herido por todas partes, con evidente desprecio—. No pudisteis con esa Nilia a pesar de superarla en número.

—A ti te dejó fuera de combate la primera. De no ser por mis hermanos, que la entretuvieron, habría acabado contigo.

—¡Eso fue culpa de Lobo! Sí, tú. Tú eres el del olfato, el que tardó en reconocerla.

—Todos cometemos errores, Estrella —dijo Lobo—. Pero a algunos no nos cuesta reconocerlos. Tú siempre tienes que justificar cada uno de tus descuidos. Nadie va a pensar que eres débil solo porque a veces te equivoques. Yo nunca te despreciaré por eso.

—Porque no me he equivocado. —Estrella cruzó los brazos.

—No debiste matarla —dijo Rex—. Ahora no sabemos dónde escondió a las otras mujeres. Podríamos haberla interrogado, saber si cuenta con aliados o actuaba sola, por qué interfiere en nuestra misión...

—Tu misión, querrás decir. Rex, habla claro. Quieres que me quede, me necesitas, dilo y ya está. Pero no esperes que acepte tu liderazgo. Es imposible.

—Por supuesto que te necesitamos y quiero que te quedes. Eres la mejor luchadora que tenemos. También quiero ayudarte.

—¿A qué?

—A aceptar mi liderazgo. En el fondo sabes que soy el indicado, el único con visión a largo plazo. Entiendo que te cueste ser subordinada de un centinela.

—Excentinela —puntualizó ella—. Y tienes razón. Eso no ocurrirá nunca.

—Debe ocurrir, con tiempo. O todos moriremos. Tus reticencias pertenecen a tu vida anterior, al orden arcaico del que te expulsaron. Como a mí, como a todos los que estamos juntos. Pero es hora de avanzar y aprender que hay otros caminos. Lo que nos enseñaron era falso, tanto como el código por el que nos regíamos antes.

—Eres más listo que yo, Rex, eso no lo he discutido nunca. Pero no aceptaré tus órdenes. Las cumpliré si creo que son acertadas; si no, haré lo que me dé la gana. Lo tomas o lo dejas.

Rex asintió.

—Lo tomo. Es un buen comienzo. Ahora retomemos nuestro plan. Es prioritario.

—Lo sé, no te preocupes. No me importa ayudaros a recuperar...

—No, Estrella —se adelantó Rex—. No es por nosotros. O mejor dicho no es solo por los centinelas, es por todos nosotros. El plan inicial que os conté era mentira. Necesitamos a esa mujer, pero no para recargar nuestras armas.

Lobo se preocupó de verdad por la vida de Rex. Justo cuando parecía que había solventado las diferencias con Estrella, algo que él mismo había creído imposible y que sin duda era una señal de que, efectivamente, Rex era un buen líder, cometía la imprudencia de revelarle que les había engañado todo este tiempo.

Estrella apretó los puños.

—Entonces, ¿para qué perseguimos a esa mujer? —preguntó Lobo.

—Para algo mucho más ambicioso, algo que de verdad podría cambiarlo todo, cambiar el mundo —dijo Rex—. La necesitamos para hablar directamente con Dios.

El Gris permanecía inmóvil entre las sombras, agazapado, alerta. Mantenía la postura desde hacía más de una hora. Dominaba las inmediaciones del claro. Su visión deteriorada no era la adecuada para la vigilancia, menos de noche, y con tantos árboles, como borrones, apenas percibía una masa confusa de tonos oscuros. Pero era una masa que conocía a la perfección. El movimiento de una sola hoja de manera antinatural llamaría su atención.

Sin embargo fue una voz lo que le hizo abandonar su puesto de vigilancia.

—¡Gris! Maldito desalmado. ¡Aparece de una vez si te atreves!

Se inclinó hacia atrás hasta caer de la rama, giró en el aire, aterrizó justo delante del descerebrado que iba llamándolo a gritos.

—¿Qué quieres, Niño?

Diego miró arriba, al árbol, luego al Gris.

—Buen salto, tío. ¡Eh! No me distraigas que estoy cabreado contigo. ¿Qué es eso de mandarme siempre a mí de recadero? ¿Es que soy el pringado del grupo o qué? Exijo respeto, colega. Yo... yo soy... porque el respeto... si yo te dijera... respetooorefdsasded...

Al Niño se le quedó la boca abierta. No se dio cuenta de que la saliva le resbalaba sobre el lunar de la barbilla mientras trataba, sin éxito, de hablar con coherencia. Ante sus ojos pasó Nilia, que había salido de entre los arbustos y caminaba resuelta, erguida, se mecía la melena negra sobre su espalda. Diego ni pestañeaba.

Nilia estaba completamente desnuda.

—Me sorprende que sigas vivo —le dijo al Gris.

—Supongo que se lo debo al Niño, que siempre me cura.

—¿A ese? —Nilia le señaló con el pulgar, sobre su hombro, sin volverse—. Mira que lo dudo.

—Resperessvfkljgdoewew... —babeó Diego.

El Niño estaba temblando. Las manos, que había extendido hacia Nilia, se movían tanto que parecían borrosas. De repente parpadeó y se cubrió los ojos.

—¡Tápate! —chilló como si le atravesaran con una espada—. ¡Nilia, por favor! ¡Vístete o no respondo de mí mismo! Me estás matando, te lo juro. ¡Soy un adolescente! No podré contenerme mucho más tiempo... —Por caminar con los ojos cerrados, se golpeó la cabeza contra la rama de un árbol. Maldijo y tropezó con una piedra. Maldijo de nuevo, más alto—. Me largo. Me voy con Plata.

Y se alejó corriendo sin mirar atrás.

—Reconozco que no hay otro como él —dijo Nilia.

—Si hubiera más, el mundo no lo soportaría, me temo —dijo el Gris—. Pero tenía razón, deberías vestirte.

—Me han dado un cuerpo nuevo, pero nada de ropa. ¿No tienes algo para mí?

El Gris extendió un lado de la gabardina y enterró la mano en el interior. Extrajo varias prendas de ropa interior femenina y un pantalón de cuero negro.

—Me gusta —dijo Nilia tras ponérselo—. ¿Algo a juego para la parte de arriba?

Completó su indumentaria con unas botas y una chaqueta, un conjunto completo de cuero negro, ajustado, que realzaba su esbelta silueta y la elegancia de sus movimientos.

—Bueno —dijo el Gris—. ¿Vas a contarme quién te mató?

Debía de haber como un millón de cosas que podían fallar en el plan de Rex. Con todo, Lobo apenas pudo contener su admiración ante una idea semejante. Incluso Estrella había abandonado su actitud agresiva al conocer los detalles de una estrategia para comunicarse con Dios.

—¿Estáis conmigo o no? —preguntó Rex.

Las palabras sobraban. Hasta en el aire se palpaba la ilusión que había prendido en el grupo. En la escala de respeto de Lobo hacia su líder, Rex había subido varios peldaños, y el licántropo supo que no volvería a dudar de él. Nunca había tenido una opinión pobre del antiguo centinela, al contrario, pero acometer una idea tan ambiciosa era más de lo que había creído posible.

—El problema sigue siendo dar con la mujer —dijo Estrella—. Nilia la ocultó. Quién sabe si la habrá matado. Si quiere impedirnos que la capturemos...

—La mujer sigue viva —aseguró Rex en un tono que no dejaba espacio para las dudas—. Nilia ocultó a tres mujeres, según Lobo. Dos de ellas esperan un niño, la otra no conoce el sexo del bebé porque así lo decidió.

—¿Y qué? —preguntó Lobo.

—Nilia sabe que buscamos a un niño que nacerá pronto —explicó Rex—, pero no sabe quién es la madre.

—¿Y dices que los otros eran centinelas? —El Gris pensaba en voz alta.

—Lo son —dijo tajante Nilia.

Para el Gris, esa contundencia era más que suficiente, dado que Nilia llevaba siglos enfrentándose a los centinelas. La posibilidad de que se equivocara en eso era tan reducida que podía despreciarse.

—Me intriga tu interés en esto —dijo ella—. Pensaba que la política no te interesaba.

—Siempre me acaba involucrando alguien en contra de mis deseos. Como tú ahora, al pedirme que pusiera a salvo a esas personas. Te debía una, pero ya estamos en paz.

Nilia curvó ligeramente la comisura de los labios, no era propensa a sonreír.

—Yo decido cuándo estamos en paz, Gris, no lo olvides.

—No estás tratando con un cualquiera. A mí no puedes embaucarme como si esto fuera uno de tus tratos habituales.

—Por eso no te ofrecí algo habitual. —Nilia suavizó más su expresión, una advertencia inequívoca de peligro para quien la conociera bien—. Te enseñé a tomar almas prestadas, un conocimiento que no se ha ofrecido a nadie más. Sigues respirando porque yo te mostré el único modo en que puedes confesarte.

—No te pedí que lo hicieras.

—Es cierto, fue tu amiguito Álex, pero tú aceptaste. Tú eres el responsable. Además, ya te dije que me permitieras matarlo de una vez. ¿Sigues queriendo a ese fantasma presuntuoso a tu lado?

El Gris asintió muy serio.

—Enviarían a otro. ¿De qué me serviría? Tengo la oportunidad de conocer a Álex antes de enfrentarme a él. Matarlo ahora no me serviría de nada, puede que el siguiente se limitara a vigilarme en la distancia y ni siquiera le viese venir.

—¿Aún crees que podrás acabar con él? —Nilia bufó con desdén—. Qué iluso. Yo sí sé acabar con un muerto, Gris. Tú tienes mucho que aprender. Me necesitas.

—No insistas. Por mucho que hicieras por mí, o que pudieses hacer, no eres mi dueña. Es normal que tengas esa sensación de posesión, pero conmigo no funcionará. ¿Cómo puedo saber que eres tú, Nilia, la que hace todo esto por mí?

—Confiando en mi palabra. ¿Eres capaz de algo así? Lo dudo. Sin embargo, sí confiarías en Álex. ¿No es irónico?

—Las intenciones de Álex son claras, no las esconde.

Nilia pareció dudar, como si no encontrara modo de rebatir ese argumento. Se encogió de hombros.

—Cada vez pierdo más el interés en ti, Gris. —Sonaba decepcionada—. Con lo que eres, lo que podrías ser... Yo estoy atada por mi condición, como todos los demás, de un modo u otro. Pero tú no le debes lealtad a nadie, a ningún bando. Eres el único que de verdad es libre... No te entiendo. ¿De verdad quieres recuperar tu alma y ser como los demás? —preguntó con un desprecio imposible de pasar por alto.

—No quiero ser como los demás —aclaró el Gris—. Quiero dejar de sufrir. Tú tienes que obedecer, cierto, por eso ansías tanto la libertad, pero gozas de un cuerpo perfecto. Si mueres, te dan otro. Yo... No sé cómo explicar mi tormento.

—Lo soportaría encantada —aseguró ella.

—Eso dicen todos —repuso el Gris—. Pero soy yo el que lo soporta. Así que no me interesa lo que pienses que harías en mi lugar. No es personal. Volvamos a tu problema, a la rubia que te mató.

—¿Es que ahora quieres ayudarme?

—Quiero que te marches, Nilia, y me dejes tranquilo de una vez. Es lo único que quiero ahora.

—De acuerdo, Nilia no lo sabía —razonó Estrella—. Pero eso no significa que siga viva. A lo mejor mató a las tres mujeres.

Lobo prestaba atención, no al argumento, sino a la disputa interior de Estrella, que rebatía a Rex sin verdadero afán. Solo quería que la convencieran porque ella misma no era capaz de hacerlo. Estrella estaba pidiendo ayuda para creer. Lobo se alegró por su compañera. Después de tanto tiempo vagando sin destino, huyendo, ocultándose, por fin había encontrado una meta que tal vez, con esfuerzo, podría llegar a sentir como suya, algo por lo que luchar, aunque proviniera de un centinela proscrito.

Si Rex era capaz de darle lo que ella tanto necesitaba, se la habría ganado definitivamente.

—Ya puestos, ¿por qué no matar a todas las mujeres en el hospital? —dijo Rex—. ¿Por qué escapar con ellas? Habría evitado enfrentarse a nosotros. No, la necesita viva. Quiere al bebé que aún no ha nacido, así que no la matará.

—¿Por qué hablas de ella en presente? La maté, ¿recuerdas?

—No lo hiciste. —Rex miró el muñón de su dedo pulgar. Había una mancha en la venda. Necesitaba una cura, puede que coser la herida de nuevo—. No le cortaste la cabeza a Nilia, ¿verdad?

—Su cuerpo ni siquiera era reconocible —dijo Lobo—. Nadie puede sobrevivir a algo así a plena luz del día —aclaró, por si Rex consideraba la posibilidad de que Nilia fuera un vampiro, cuya capacidad de regeneración, entre los más fuertes, era extraordinaria.

Rex apoyó la mano vendada en la mesa.

—Su cuerpo no sobrevivió, pero ella sí, porque es un demonio. Apuesto a que ahora le han dado uno nuevo en el Infierno. Volveremos a encontrarnos con Nilia, os lo aseguro.

Estrella apretó las mandíbulas.

—¿Cómo estás tan seguro? —preguntó Lobo.

—Hay un detalle muy revelador —contestó Rex—. No mató a nadie cuando pudo hacerlo.

—Ya veo —gruñó Estrella—. Crees que le dieron esa orden.

Rex asintió.

—Es la única explicación posible. Los demonios son mucho más salvajes que nosotros y que los centinelas, no se puede confiar en su lealtad. Por eso, al crearlos, les impusieron la necesidad de obedecer a sus amos.

—Eso no es del todo correcto —apuntó Lobo—. Hay dos casos documentados de demonios que actuaban con libertad. Y dudo que fueran los únicos. Lo sabe todo el mundo.

—Lo que nadie sabe, excepto los centinelas, es que esos demonios tenían libre albedrío precisamente porque es lo que sus amos decidieron.

—Solo un ángel caído puede controlar a un demonio —dijo Estrella—. Así que de ser cierto lo que dices, los centinelas lo saben porque lo habrían averiguado los ángeles. Los mismos ángeles que ahora te dan caza, Rex. ¿Vas a fiarte de ellos?

—Lobo tiene razón —dijo Rex—. Hubo más casos, pero no están documentados porque logramos ocultarlos. Uno de esos casos sucedió hace diez años y en él participó un centinela que conozco bien. La información es correcta. O miradlo de este otro modo, si lo preferís: dos demonios que actúan en libertad contra miles y miles de ellos que obedecen fielmente las órdenes que reciben. ¿Qué posibilidades hay de que Nilia sea del primer grupo? Alguien la dirige.

—¿Cuánto conoces a ese centinela? —preguntó Estrella, escéptica.

—Demasiado. Es excepcional en un sentido poco convencional.

—Diría que le admiras —opinó Lobo.

—Antes sí. Ahora... —Rex levantó la mano vendada—. A él le debo la pérdida de mi dedo gordo.

Esa aclaración zanjó la cuestión sobre los demonios. Lobo advirtió que Estrella no dudaba ya de la veracidad de sus palabras.

—Entonces —dijo Estrella—, el asunto se complica. Un ángel caído se interpone en nuestros planes utilizando a Nilia. Solo un completo imbécil ignoraría lo peligroso que puede resultar.

—No necesariamente —repuso Rex—. Para empezar, significa que el caído no está bien informado o le habría dicho a Nilia cuál es la mujer que necesita.

—¿Crees que tardará mucho en averiguarlo? —preguntó Lobo.

—No. El tiempo es un problema, cierto. Pero el caído no se mostrará, no intervendrá directamente, porque podría forzar la participación de Mikael o de los ángeles. Esta disputa será cosa nuestra.

—Sigue sin gustarme —dijo Estrella—. No me interpretes mal. No me opongo a una buena pelea, al contrario. —Hizo crujir los nudillos—. Pero enviará más demonios, más de los que podremos manejar. Si me meto en algo, es para ganar.

—Eso no nos perjudicaría tanto como crees —dijo Rex—. Los centinelas auténticos darán con nosotros antes o después, y esos demonios pueden ser una buena distracción... Suponiendo que eso llegara a ocurrir. Desconozco las intenciones del caído, pero si ha enviado solo a Nilia es porque pretende ser discreto. Puede que no quiera compartir al bebé.

—Eso es solo una conjetura.

—Pero plausible. Ni ángeles ni caídos están libres de disputas, o yo no sería un proscrito acusado de servir a un ángel traidor —dijo Rex—. Y lo más importante de todo: creo que nos toman por centinelas de verdad. No saben que ahora vamos por libre y ya no somos sus enemigos. ¿Lo entendéis? Tenemos que encontrar a Nilia cuanto antes para que pueda hablar con ella.

—Es difícil hablar con los muertos —dijo Estrella—. Si otra vez me topo con ese demonio de pelo largo le arrancaré la cabeza, a ver si le dan una nueva.

—Rex, ¿la opinión de Nilia no es irrelevante? Aunque te crea, aunque quiera ayudarte, cumplirá las órdenes que le hayan dado. ¿No es eso lo que nos has explicado?

—Puede que esas órdenes tengan relación con los centinelas, y ni yo ni mis hermanos podemos considerarnos ya como tales. Así que eso cambia la situación para ella. Además, no olvidéis que Nilia no puede matar.

—Estoy de acuerdo en que Estrella es una maga —dijo el Gris.

Nilia se había encaramado a una tumba y estiraba y flexionaba las piernas. Daba la impresión de estar probando su nuevo cuerpo.

—Y muy fuerte, si te lanzó un autobús. Luego está el hombre lobo y los centinelas. ¿Entiendes a qué me refiero?

Nilia apoyó las manos sobre la tumba y elevó las piernas hacia arriba, hasta ponerse completamente vertical. Luego levantó una de las manos.

—A mí también me sorprendió —dijo con la voz amortiguada por la cortina de pelo negro que le ocultaba la cara—. Yo tengo la respuesta, claro. Me intriga saber cuál es tu conclusión.

—No creo que te guste. —El Gris se sentó en una roca, con la gabardina negra extendida—. Es sencillamente imposible que esos tres bandos colaboren juntos. O bien es algo puntual o es cosa de esas personas en concreto, no de sus respectivas facciones.

—Por ahora vas bien. —Nilia se impulsó hacia arriba con el único brazo sobre el que se apoyaba. Giró en el aire y cayó en perfecto equilibrio—. Sigue pensando.

—¿De verdad no te dijeron quiénes eran? ¿Qué sentido tiene ordenarte proteger a una mujer sin prevenirte contra quién?

—Es obvio que no me han dado esa información porque no la tienen. Así de incompetente es mi amo. Ni siquiera me ha indicado a cuál de ellas persiguen. Cómo me gustaría estrangularle... Dime, Gris, ¿por qué tengo que tratar siempre con idiotas?

Era evidente que Nilia consideraba idiotas a todos, así que el Gris no contestó. En vez de eso, se centró en entender qué quería Nilia, porque no había acudido a él simplemente por cobrarse la deuda, como ella lo consideraba. Había algo más, le estaba probando de algún modo que debía de estar relacionado con su actual misión. Y si compartía tanta información con él era porque...

—¡No! ¡Espera! —No se apartó a tiempo, aunque logró evitar que el puñetazo de Nilia le diera de lleno. Aprovechó el golpe para dejarse caer y rodar lejos de ella—. Yo no tengo nada que ver. Detente.

Nilia ya estaba de nuevo sobre él, acosándole, amagando, saltando, haciendo fintas y piruetas alrededor. Era más rápida que él, más rápida que cualquiera que el Gris hubiese conocido. No le quedó más remedio que sacar el cuchillo.

Ella lo esquivó, se relamió, le alcanzó con una patada en el costado. El Gris se acomodó a su ritmo y danzó con ella, atacando y escapando. Quería alargar el enfrentamiento para estudiar sus movimientos y poder anticiparlos.

—¿Sabes una cosa, Gris? —dijo ella después de atizarle un revés en la cara—. Contigo no funcionan las normas. Eres especial, una excepción. Lo que significa que eres el único al que puedo matar.

El Gris saltó, la alcanzó con el codo en la espalda, y eso la desestabilizó. Pero no cometió el error de intentar otro golpe seguido. Saltó en la dirección contraria. Y así esquivó una nueva patada.

—No tengo nada contra ti, Nilia. No me obligues a matarte.

Aquello la ofendió. Nilia mostró una mueca feroz. Mostró también que rabiosa era más rápida. Pero el Gris esperaba esa reacción. Encajó un puñetazo en el estómago a cambio de golpearla en la cara, fuerte. Nilia cayó y se levantó casi inmediatamente.

—Diría que has mejorado —bufó ella.

Retomaron el baile de fintas y ataques entre las tumbas y las ramas de los árboles.

—Los centinelas —dijo el Gris sin despegar los ojos de los pies de Nilia— son proscritos, como la maga y el licántropo. Por eso colaboran. Son centinelas de Samael a quienes han repudiado. Y crees que yo...

—Reconocí a uno de ellos. —Nilia saltó sobre él, de frente. Sujetó por la muñeca la mano con la que el Gris sostenía el cuchillo. Él hizo lo mismo con la otra mano de Nilia. Se miraron de cerca mientras forcejeaban; ella furiosa, él impasible—. Su ángel no era Samael. Sin embargo, sí habían sido repudiados.

El Gris no podría mantenerla a raya mucho tiempo.

—Tienen que serlo. Samael murió, pero...

—¡No mientas!

Nilia se revolvió y le embistió con el hombro. Él evitó el golpe, pero perdió el puñal. Ella lo recogió del suelo. El Gris bajó las manos y se quedó quieto.

—No maté a Samael, Nilia.

—Sin embargo es lo que todo el mundo dice. —Nilia le arrojó el cuchillo. Se lo clavó en el muslo—. No entiendo por qué me mientes.

El Gris se arrastró hasta que logró apoyar la espalda contra una tumba.

—No lo hago. No he matado a ningún ángel.

—¿Y los centinelas?

—Es posible que no sean de Samael —admitió el Gris—. Pero no puedo decirte de quién.

Nilia se sentó a su lado.

—Interesante.

Parecía cavilar sobre el segundo ángel, el traidor que el Gris no podía mencionar. No tardaría en descubrir de quién se trataba. Un demonio conocía bien a sus enemigos, mejor que a la inversa, en muchos casos, porque los demonios, aunque no se supiera exactamente cuánto podían vivir, era mucho tiempo, siglos, tal vez más, y contaban con experiencia de primera mano. Los centinelas, en cambio, como el resto de los mortales, debían estudiar y entrenarse, nunca alcanzarían el conocimiento que podían acumular los demonios.

Al menos Nilia ya se había convencido de que el Gris no había tomado parte activa en el asunto y se había tranquilizado.

—Podías haberme preguntado sin más —se quejó.

El Gris estudió la sangre que empapaba su pierna, el cuchillo que sobresalía del muslo.

—Deja de quejarte. Preguntarte no sirve de nada porque no puedo leer tus emociones, podrías mentirme. Prefiero asegurarme. —Nilia agarró el puñal y lo extrajo de un tirón—. Ahora te mando al crío para que te cure. Agradece que no apuntara un poco más arriba.

El Gris sacó un trozo de tela y se la ató en la pierna, alrededor de la herida.

—¿Necesitas algo más?

Nilia empezó a juguetear con el cuchillo; lo hacía girar y se lo pasaba de una mano a otra.

—Me gusta. ¿Tienes otro?

El Gris extrajo otro más del interior de su gabardina, idéntico hasta en los detalles más insignificantes.

—La empuñadura es un poco grande para mis manos, pero... ¡me quedo los dos! Creo que les haré algunas modificaciones. Un par de runas más por aquí... Sí, creo que sí. Ya probaré. —Nilia se levantó—. Mantente con vida, Gris. Puede que me seas de utilidad.

—Creí que un demonio no podía explicarme cómo lleváis a cabo los contratos para robar almas.

—Técnicamente no es robar —explicó Nilia—. Pero no, no puedo contarte nada. Aunque tal vez pueda guiarte para que lo aprendas por tu cuenta.

—¿Has encontrado la página de La Biblia de los Caídos en la que se explica?

—Estoy en ello —dijo Nilia—. Cuando lo consiga, hablaremos sobre tu tarea. No temas, te compensaré. Mataré a Álex antes de que él acabe contigo. Cuídate.

—Creo que yo sería un buen padre —aventuró el Niño observando a las tres mujeres embarazadas que dormían plácidamente alrededor de la hoguera—. Enrollado, simpático, atractivo... Sí, sería un padre cojonudo. De esos que molan y entienden a los chavales. No como vosotros, que tenéis una pinta de estirados...

Bono y Elías intercambiaron una mirada. Aldo también dormía.

—No me hagas reír —dijo Bono—. Yo tengo dos hijas, además de mi queridísima esposa. No sabes la guerra que dan tres mujeres. Y tú, renacuajo, eres peor que trescientas juntas. No has cerrado la boca en toda la noche. Volverías loco a cualquiera. ¿Nunca te has quedado afónico?

—Puede que tengas razón —reflexionó Diego—. Una hija... —Se encogió de hombros, se estremeció—. Solo de imaginarla manoseada por un baboso... Es que me pongo malo. Un niño es otro rollo. Y sería tan guapo como yo. Me pregunto si heredaría mi lunar —añadió acariciándose la barbilla.

—¿Te refieres a esa verruga que tienes debajo de la boca? —preguntó Elías.

—Es un lunar, tío, que no te enteras. A las pibitas les flipa mogollón.

Bono le dio un golpecito en el hombro a Elías y le indicó con un gesto que lo dejara estar. Elías prefería mantener viva la conversación con Diego. El chico desvariaba considerablemente, pero también había mencionado cosas interesantes, que habían hecho pensar a Elías. Claramente, la imaginación de Diego gozaba de un extraordinario desarrollo que le conducía a la exageración, pero entre tantos relatos fantásticos debía de haber un poso de verdad, una base sobre la que crear historias con tan portentosa creatividad. El chico, además, hablaba con convencimiento; nadie juzgaría que estaba mintiendo basándose en su tono o en su expresión.

Lo más inquietante de cuanto les había contado era que Nilia había muerto. Bono se había inclinado para murmurar que el chico estaba loco y que no debían creerle. Y Elías, ansioso por seguir el consejo de su compañero, no había podido evitar una punzada de temor. Él creía en Nilia y en lo que estaba haciendo por ellos, y esperaba que su muerte fuera de verdad una fantasía del chico.

Esa esperanza se vio confirmada cuando Nilia apareció de repente, tras remover unos arbustos. Su ropa era diferente, pero era ella, inconfundible.

—¡Nilia! —Diego se levantó—. Estás toda buena con ese cuero negro tan ajustado.

Nilia entró en el resplandor que desprendía la hoguera. Miró de un lado a otro y se centró en el chaval.

—¿Por qué has traído a los hombres?

—¿No tenían que venir? —Diego se encogió de hombros—. ¿Y yo qué sé de tu misión y tus rollos?

—Me molestan —dijo Nilia—. No son gran cosa. Y seguro que al final me toca ocuparme de ellos. Con las mujeres era suficiente. ¿Es que ni siquiera puedes entregar un mensaje, Niño?

Elías no se atrevió a intervenir, ni siquiera teniendo en cuenta que hablaban de él y de los demás hombres y estaban a menos de dos metros de distancia. Bono sí se atrevió.

—¡Eh! ¡Morena! —gruñó—. No somos sordos, ¿sabes?

Nilia no dio muestras de advertir su presencia. Endureció el gesto atravesando a Diego con la mirada.

—¡Pero bueno! Díselo al Gris. Yo no fui a buscarlos. A mí me mandaron de compras, por cierto, como un vulgar mayordomo. ¿Tú te crees?

Ahora Nilia sí prestó atención a Bono.

—Tú y el otro, despertad a los demás. Nos vamos.

Agarró uno de los troncos de la hoguera con la mano desnuda y lo lanzó lejos. No se quemó, ni la más mínima imperfección deformó su piel, detalle que previno las protestas y las preguntas por parte de Elías y Bono.

—Un momento, muñeca —dijo el Niño—. Tenemos un trato, ¿recuerdas? Antes de pirarte con esos, tienes que largar sobre el Infierno.

El fuego se extinguía deprisa, la temperatura bajaba sensiblemente. Elías escuchaba con un oído mientras él y Bono despertaban a los demás.

—Niño, ¿de verdad pensaste que te contaría algo de eso? —preguntó Nilia—. Qué ingenuo eres.

—¡Pero si me lo prometiste!

—Tú no puedes mentir. Yo sí. Ahora, ¿qué tal si dejas de dar la tabarra y desapareces?

Diego cambió de color. Resopló, sacudió la cabeza.

—Es culpa mía fiarme de una tía buena —se lamentó—. Pero esta me la pagas. ¡Te vas a cagar!

—Estoy muerta de miedo —se burló Nilia.

—¡Deberías! Antes o después Plata ocupará tu cuerpo. Y es mi colega, siempre viene a verme. Cuando lo haga... Aún no se me ha ocurrido nada, pero te voy a crujir, zorra embustera. Te vestiré de monja y te haré beber agua bendita...

Cada vez se encendía más, hasta el punto de que el chico explotaría de pura rabia. Elías no entendía por qué se había enfadado tanto con Nilia, pero su ira era genuina.

Nilia lo agarró por un brazo y le zarandeó un poco.

—Te he dicho que no molestes.

—¡Ja! Pienso seguirte y no pararé de hablar. ¡Lo juro! Ya que tú te niegas a hacerlo, yo hablaré por los dos. Veremos quién aguanta más...

—El Gris se está desangrando —le cortó ella—. Le he hundido el cuchillo en la pierna.

—¡Serás hija de...! —Diego, que ya se había girado, se detuvo—. Es un truco. Otra de tus mentiras. ¿Te crees que soy un retrasado o qué?

—Tú mismo —repuso ella, indiferente.

Un segundo y el Niño se alejaba corriendo por el cementerio.

—¡Zorra! —le oyeron gritar antes de que desapareciera.

Caminaban en silencio, incluso Aldo y Bono, que eran los más locuaces; el joven para protestar y hacer gala de su rebeldía, Bono para... Elías no lo tenía del todo claro. Puede que de ese modo Bono pretendiera ahuyentar el miedo. Cada uno caminaba junto a su mujer, siguiendo a Nilia a través de un bosque espeso y laberíntico, en fila, apartando ramas, hojas y arbustos.

Nilia les había advertido sobre separarse y perderse en aquel lugar, igual que hizo el Gris la noche anterior, solo que él había dicho que no iría a buscarles; ella recalcó que le cruzaría la cara al que le hiciese perder el tiempo.

Como era de esperar, las mujeres retrasaban al grupo. No les resultaba sencillo avanzar por aquel suelo cubierto de vegetación que podía ocultar agujeros o desniveles, o raíces descubiertas que les pusieran la zancadilla. Con todo, no se quejaban.

El sol se filtraba tímidamente entre la maleza. No era nada fácil saber de qué dirección procedía. Con toda probabilidad se debía a que estaba amaneciendo y el cielo, casi siempre oculto bajo los árboles, podía estar nublado.

—¿Habéis visto esa palmera? —preguntó Bono con la boca abierta.

Nadie le contestó, aunque todos estaban igual de extrañados. Había muchos árboles que no debían estar allí, junto a pinos, sauces y un sinfín de variedades que Elías no identificaba. En cualquier caso, no hacía falta ser un experto en botánica para saber que no era natural el modo en que se mezclaban. Un bosque no contaba con semejante variedad de vegetación. Además de que estaba convencido de no haber oído nunca hablar de un bosque en el cementerio de La Almudena de Madrid. De vez en cuando, se topaban con tumbas enterradas en la maleza, debatiéndose por no terminar sepultadas. Debía de haber muchas más bajo sus pies.

Algo después, se cruzó un gato negro con unos ojos verdes relucientes. Nilia lo espantó. Elías temió que lo ensartara con un cuchillo oxidado que sacó de una funda que llevaba en el muslo, pero el gato se escabulló rápidamente, saltando de rama en rama. Elías creyó oírle maullar en alguna ocasión.

Al rato, ya no escuchaba prácticamente nada, salvo el ruido de las ramas que crujían a cada paso. Ahora había más luz, mayor distancia entre los árboles. Y de pronto, sin más, habían salido del bosque.

El aspecto habitual del cementerio se desplegó ante ellos. Amanda, a su lado, suspiró aliviada. Los demás también se animaron.

Vieron a algunas personas entre las tumbas. Más adelante había una carretera con varios coches aparcados y gente a su alrededor.

—Taxista —llamó Nilia—. ¿Puedo contar con que seas capaz de conducir un coche y seguirnos? Somos demasiados para ir en uno solo.

Elías asintió.

—No vamos contigo —dijo Amanda—. Aquí nos separamos.

—Nosotros sí vamos —dijo Aldo, para sorpresa de Elías—. He visto suficientes cosas raras y contigo está claro que estamos a salvo. Nosotros te acompañamos y...

—¡Aldo! —gritó Zoe.

—Ahora no, nena. Ya lo hemos hablado. Hasta que sepamos qué...

—¡Aldo!

Todos se volvieron hacia ella. La joven miraba hacia abajo. Tenía las piernas separadas y húmedas.

—¡Has roto aguas! —gritó Aldo corriendo a su lado.

—Ya solo necesitamos un coche. —Nilia se acercó a Amanda—. Nosotros nos vamos. Taxista, tienes diez segundos para convencer a tu mujer o la dejaré inconsciente y cargaré con ella.

—Aldo ha dicho que venían. No podemos dejarles ahora que...

—Sí podemos. La chica ya no es asunto mío.

Amanda colocó la mano sobre el brazo de Elías para tranquilizarle.

—No te enfrentes a ella.

Pero Bono estaba a punto de explotar de rabia y se encaró a Nilia.

—No voy a dejar a una chica que está a punto de parir en un cementerio. ¿Es que no te funciona la cabeza? Si quieres que te acompañemos ya puedes atizarme en vez de amenazar tanto. —Alzó los dos puños—. Venga, atrévete. Si crees que no voy a pegar a una mujer...

Aldo chilló algo ininteligible que sin duda era una petición de ayuda. Zoe gimoteaba en el suelo y se aferraba a los brazos de Aldo. Nerea se plantó delante de los puños de su marido.

—¿Por qué quieres abandonarlos ahora? —le preguntó a Nilia—. No puede dar a luz aquí.

—Pues que se vaya. No es mi problema.

—Tú la has traído, junto a todos nosotros. Escucha, si no recibe ayuda médica, podría... incluso morir si se presenta alguna complicación.

Nilia se dio la vuelta y descendió una suave pendiente hasta la carretera. Los demás no se lo pensaron y ayudaron a Aldo a transportar a Zoe, que continuaba sollozando. El chico estaba pálido, temblaba de nervios, la acosaba con preguntas que no hacían más que transmitirle a ella su aprensión.

Bono y Elías, sujetando cada uno un brazo de Zoe, prácticamente la llevaban en volandas, mientras Aldo le sostenía la cabeza y trataba de calmarla, aunque fuera a su manera.

Nilia se acercó a un taxi detenido en la carretera y apartó de un empujón a un hombre que se disponía a entrar en el asiento de atrás. Luego se metió y salió un instante después tirando de otro tipo, que lanzó al suelo como una bolsa de basura.

Aldo se adelantó y abrió la puerta del lado opuesto. Elías y Bono introdujeron a Zoe con la mayor delicadeza posible, conscientes de que no era el modo más ético de conseguir un transporte, pero de que las circunstancias lo justificaban.

El conductor del taxi no opinaba igual. Se había bajado con aires muy poco amistosos.

—¿Qué estás haciendo, tía? ¿Estás loca?

—Vas a llevar a esa mujer al hospital más cercano tan rápido como puedas, sin que le pase nada.

—¡Y encima me da órdenes! —se indignó el taxista. Sacó un teléfono móvil—. Ahora mismo llamo a la policía.

Nilia le quitó el teléfono de un zarpazo y lo estrujó ante sus ojos. El taxista contempló atónito cómo su nuevo y caro dispositivo crujía y se resquebrajaba entre los dedos de Nilia. Los dos hombres que habían sido expulsados del taxi se abalanzaron sobre Nilia, por la espalda. Ella estiró el brazo, agarró la puerta del taxi y la arrancó, sin volverse, a tiempo de que el primero de ellos se empotrara contra ella. El segundo atacante ya se alejaba corriendo para cuando ella se dio la vuelta.

Todos la contemplaban asombrados. Nilia cruzó la mirada con el taxista apenas un segundo, más que suficiente para que el conductor se apresurara a entrar de nuevo en el vehículo.

—Nos vamos al hospital —gritó.

—Vosotros no. —Nilia señaló a Elías y a Bono. Luego golpeó el techo del taxi—. Arranca.

Las ruedas del coche chirriaron un poco, se levantó algo de humo a causa de la fricción de los neumáticos. Nilia se acercó a un todoterreno que estaba aparcado y reventó la ventanilla de un puñetazo.

—¡Adentro! Taxista, tú conduces —le dijo a Elías—. Vosotros tres detrás.

Obedecieron sin rechistar.

—No tengo las llaves —dijo Elías una vez en el asiento.

Nilia sacó un palo alargado de madera, de unos veinte centímetros. Dibujó unas cuantas líneas cerca de la llave de contacto.

—¿Eso es pintura? —preguntó Elías, que no entendía cómo podía dibujar ese palo reseco sin nada en la punta.

—No. Es sangre —contestó Nilia. Repasó el símbolo que había dibujado y el vehículo empezó a traquetear con el sonido característico de los motores diésel—. En marcha.

—¿Por qué has abandonado a los chicos? —preguntó Nerea desde la parte de atrás.

—Su hijo no me interesa. Agradeced que les he conseguido un taxi para ir al hospital. No me dais más que problemas.

—Te interesaba hace unas horas —insistió Nerea—. ¿Qué ha cambiado?

—Busco a un niño que nacerá dentro de cuatro días —bufó Nilia—. Así que es el de una de vosotras dos.

Aquella especie de pinzas oxidadas y torcidas, asquerosas, debían de ser lo que consideraban el equivalente a unos fórceps. Eso supuso Elena mientras el mugriento muchachito hundía las puntas en la pierna de Eneas, en busca de la bala que ella le había disparado. El niño, de unos ocho años como mucho, contaba con una ayudante, una chica más joven y más sucia que él. Esas dos pequeñas y harapientas imitaciones de cirujanos ponían toda su atención en salvar la pierna de Eneas.

La operación tenía lugar en una cloaca apestosa. Elena sentía que iba a marearse con el hedor que los envolvía. Una rata pasó corriendo bajo la silla de ruedas de Eneas. Elena dio un respingo y a punto estuvo de torcerse el tobillo a causa de los tacones. De haber sabido que acabarían en ese lugar, habría escogido otra indumentaria. Pero no se le había pasado por la cabeza otra idea que no fuera un hospital, hasta que Eneas le pidió que le diera una moneda a un mendigo. En la moneda estaba dibujada una runa, y el mendigo, al verla, no tardó en abandonar su puesto y desaparecer por una alcantarilla. Fue bastante complicado seguirle cargando con Eneas y la silla de ruedas, que se atascaba entre la porquería continuamente.

—Me gustaría asegurarme de que no sientes nada. —El niño miró a Eneas con una sonrisa—. Puedo anestesiarte con una runa. Tu bienestar y satisfacción son muy importantes para nosotros.

—Me encuentro perfectamente —contestó Eneas.

Elena desvió la mirada. Había visto películas de terror, de zombis y otros horrores, y las había tolerado bastante bien. Sin embargo, aquella parodia de una operación en un lugar tan repugnante era demasiado para ella. Había oído hablar de los brujos. Sabía que Mario los odiaba, aunque hacía tratos con ellos de cuando en cuando. Sabía también que todos eran niños, aunque nunca había tratado con ellos ni los había visto.

—¿Un vaso de agua? —le ofreció la pequeña bruja.

Elena lo rechazó con un gesto de la mano. Se habían internado en una cavidad iluminada únicamente por antorchas, y el líquido que contenía el vaso no le pareció transparente en absoluto. Se prometió a sí misma que si alguna vez la herían y no podía acudir a un hospital, preferiría operarse ella misma a dejar que uno de aquellos pordioseros en miniatura le pusiera un dedo encima.

—Creo que he extraído el último fragmento —anunció el pequeño brujo—. La herida ha quedado muy limpia, impecable. Con el debido cuidado, sanará sin complicaciones. Me encuentro en disposición de garantizar que no padecerás ninguna infección.

—Excelente —dijo Eneas.

Elena debió esperar antes de volverse. Pensó que ya habían acabado, pero faltaba cerrar la herida. Una arcada le trepó por la garganta cuando el niño tiró de un hilo de la camisa grasienta que vestía, lo enhebró en un alambre cochambroso y comenzó a coser la pierna de Eneas. Por lo menos tardaron poco.

—¿Está todo bien? —preguntó Eneas a la niña, después de entregarle un buen fajo de billetes.

—No —dijo la pequeña—. Hay más de lo acordado.

—Quería dejaros una propina por lo bien que me habéis tratado.

—Lo tomaremos como una muestra de tu satisfacción por nuestros humildes servicios —dijo el pequeño brujo, agachando un poco la cabeza—.

Debes descansar. Nosotros recogeremos todo esto. Nos gusta que todo quede limpio.

Eneas cogió una antorcha y se la pasó a Elena; tenía que usar las dos manos para empujar las ruedas de la silla por una alfombra de adoquines mal encajados. La silla traqueteaba, temblaba hasta la última fibra del cuerpo de Eneas.

—Dime que había alguna runa que no he visto y que esterilizaba ese sitio y los instrumentos que han utilizado —dijo Elena.

—Son la mejor sanidad privada que existe, créeme. Un poco caros, si se le puede poner un precio a la salud.

—¿Puedes and... rodar más deprisa? Quiero salir de aquí antes de que me asfixie.

—Acaban de operarme —respondió Eneas.

—Por mi disparo, no hace falta que lo repitas. Te he ayudado. Ahora cuéntame lo de los gemelos. ¿Qué significa?

—No lo sé. —Eneas se inclinó a un lado al pisar con la rueda derecha un montón de basura—. Ramsey solo me contó que te vio dando a luz a gemelos. En un parto muy doloroso, por cierto. Diría que no te van a administrar la epidural.

—¿Y qué te importa a ti todo eso? ¿Vas siguiendo las visiones de ese lunático?

—Solo me interesa el demonio que te dejó embarazada —contestó Eneas—. Creo que las visiones de Ramsey no se pueden impedir. Yo lo intenté y acabé en una silla de ruedas, así que me quedan pocas ganas de probar de nuevo.

—Entonces... Tendré a mis hijos —murmuró Elena. Hasta ese momento no había pensado realmente en ello. Suponía que su marido daría con ella antes o después y la mataría, tal vez tras hacerla sufrir—. No estoy segura de que eso sea algo bueno.

—No te entiendo —dijo Eneas.

—Si sobrevivo a Mario Tancredo, tendré gemelos de un demonio. Ya he pasado por eso, ¿sabes? Yo... quería a mi hija. No puedo explicar la sensación, aun sabiendo lo que era. La mataron... en mi propia casa. ¿Qué haré ahora? ¿Ocultarme y criar a dos medio demonios temiendo siempre que alguien venga a por nosotros?

Elena tenía ganas de llorar. Sumida en las tinieblas del túnel, su debilidad no le parecía tan vergonzosa, y a punto estuvo de ceder al nudo que le ataba el pecho y la garganta.

—No lo había visto de ese modo —admitió Eneas—. Creía que tú...

Dejó la frase a medias.

—Todo el mundo piensa lo mismo. Una mujer joven y atractiva, casada con un multimillonario que le dobla la edad. Yo también lo pensaría. Pero no fue por el dinero, aunque no negaré que ayudó. Mario me gustaba. No estaba enamorada, pero me atraía su encanto, su poder. Yo era demasiado joven y demasiado estúpida. Esa es la verdadera causa: estupidez. Cuando me di cuenta ya estaba metida en una vida de lujo y corrupción. Tan joven... No tuve elección. Me engañó. Me dejé engañar. Ahora mi vida no vale nada.

—Tal vez haya una solución —dijo Eneas—. Ramsey me habló de un hombre capaz de logros que otros consideran imposibles, aquel que no tiene alma.

Elena se paró en seco.

—Él mató a mi hija.

Eneas desvió la mirada, nervioso, tragó saliva.

—Eso no me lo contó Ramsey.

—Ya veo que no sabes tanto como creía.

—Lo siento mucho. Entonces, ¿no es... voluntario? ¿No hiciste un trato con el demonio para engendrar a los niños?

—La primera vez sí. Con mi hija... —A Elena se le quebró la voz—. Pero este embarazo... No fue voluntario en absoluto. Me violó.

VERSÍCULO 4

Además de Nilia, que vigilaba el exterior a través de la ventana del restaurante, Elías era el único que todavía no había probado bocado. Las mujeres comían con apetito, aunque no tanto como Bono, que devoraba la comida de su plato como si acabara de regresar de una isla desierta.

—Creo que debemos hablar. —Elías bajó la voz. Sabía que Nilia podía oírles aunque estuviera algo apartada, pero no quería que también le escucharan los comensales de las mesas cercanas—. ¿Cómo es que estás tan callado? —le preguntó a Bono.

—Porque tengo miedo —dijo con la boca llena—. Así de simple. Y no me da vergüenza admitirlo.

Nerea también lo tenía, aunque le dedicó una tímida sonrisa con la intención de reconfortarlo. Elías no era inmune a sus propios temores. Uno de ellos, además, lo inquietaba especialmente, y era el de no entender cómo Amanda conservaba la calma ni por qué se había aislado, incluso de él. Respondía a las preguntas referentes a su estado, le aseguraba que se encontraba bien, pero no comentaba nada respecto a su situación. Elías sospechaba que Nilia le daba demasiado miedo, lo que no era sorprendente.

Durante el corto trayecto en coche desde el cementerio de La Almudena, habían interrogado a Nilia sobre sus intenciones, sin éxito. La imponente mujer se había limitado a ignorarles y a escrutar el exterior a través de las ventanillas. Solo se había dirigido a ellos para lanzar alguna amenaza y para darle indicaciones a Elías sobre dónde debía ir, hasta que le ordenó detenerse cerca del restaurante después de que Bono insistiera con que tenían que comer.

Elías no creía que Nilia hubiera accedido a los deseos de Bono, así que esa parada, en aquel lugar, debía de responder a alguna motivación. Con todo, a pesar de la hostilidad con que Nilia se dirigía a ellos, de vez en cuando atendía alguna de sus peticiones, aunque Elías sospechaba que se trataba solo de aquellas relacionadas con el bienestar de las futuras madres; al fin y al cabo, había estado a punto de abandonar a Zoe y Aldo en el cementerio, pero rectificó en cuanto Nerea la advirtió de que una complicación en el parto podría causarle la muerte a la chica.

Antes o después, Nilia se los llevaría a otra parte. Era el momento de tratar de reflexionar junto a los demás sobre qué debían hacer, mientras durara aquella calma relativa, rodeados de gente corriente.

El paréntesis de normalidad se desmoronó al escuchar un aleteo al otro lado del escaparate. Elías vio al loro picoteando la ventana y moviendo las alas muy deprisa.

—Quedaos aquí —ordenó Nilia.

Se levantó y salió del restaurante, seguida por las miradas embelesadas de varios hombres. El grupo la vio salir y caminar detrás de loro, que volaba unos metros por delante de ella.

—Tenemos que escapar —dijo Nerea en cuanto la perdieron de vista.

—¿Escapar? —preguntó Bono.

—¿No ves que nos ha secuestrado?

—Tal vez nos protege —dijo Elías.

—¿De quién? —preguntó Nerea—. Yo no he visto a nadie más que nos persiga. Nos ha llevado a un cementerio con un vagabundo extraño y un crío chiflado. Yo quiero irme a mi casa.

—Se va a cabrear —dijo Bono—. Y esa monada es capaz de arrancar la puerta de un coche. Vamos, ¿soy el único que se da cuenta de las cosas raras? Como esa fogata del vagabundo que nunca se apagaba. Aquí pasa algo raro y si de verdad nos persigue alguien... —Tomó la mano de Nerea—. No quiero que te pase nada. Sé que esa Nilia es más fuerte que cualquiera y quién mejor puede protegerte...

—¡Basta! —Amanda dio un golpe sobre la mesa—. Nosotros nos vamos y os recomiendo hacer lo mismo. Nilia quiere a nuestro bebé, a uno de los dos. ¿Has pensado en eso, Bono? Si nos protege es para quedárselo. ¿O te parece que Nilia es un alma caritativa a la que le guste ayudar a los demás? Yo no pienso estar con ella cuando nazca mi hijo.

Bono guardó silencio, pero su rostro y el de Nerea se crisparon bajo el pánico.

—Les estás asustando —dijo Elías—. No sabemos qué planea Nilia. Pero si has aceptado que nos protege es porque nos acecha algún peligro.

—Tú siempre estás de su parte —se enfadó Amanda—. ¿Por qué? ¡Quiero saber por qué de repente una extraña te importa más que yo!

—¡Porque no entiendo nada! —Elías perdió el control. No quería gritarle, pero tampoco era capaz de contenerse—. Y me estoy volviendo loco intentando decidir qué es mejor para todos. ¿Podrías hablar con nosotros en lugar de mantenerte callada todo el día y abrir solo la boca para ordenar qué debemos hacer!

—Parece que piensas que esto es una democracia —repuso Amanda. Se señaló la abultada tripa—. ¡Pues te equivocas! Es mi hijo y decido yo. ¡Nadie más! Tú puedes irte con Nilia si quieres.

Elías no estaba menos enfadado que ella, sobre todo por la frustración. Sin embargo, ni siquiera pestañeó al escuchar que él no tenía derecho a decidir sobre su hijo. Amanda había dejado bien claro que él no contaba, de hecho se había referido al bebé como «mi» hijo, no «nuestro» hijo. Eso le noqueó hasta el punto de dejarle paralizado cuando ella se levantó de la silla.

Bono y Nerea tampoco reaccionaron cuando Amanda salió del restaurante. Les observaban con los ojos abiertos y el reparo a intervenir en una discusión de pareja.

En su ensimismamiento, Elías tuvo un chispazo de sentido común y regresó a la realidad. No podía dejar marchar a su mujer, así que se levantó y corrió tras ella.

Amanda solo había dado dos pasos fuera del restaurante cuando un coche de policía se detuvo en doble fila y dos agentes salieron disparados hacia ella.

El loro volaba bajo. Ascendía y descendía esquivando peatones, revoloteaba entre ellos y con frecuencia se deslizaba entre sus cabezas.

—Uaaaaaaaaaaaaac —berreaba de vez en cuando.

Pasó muy cerca de la mano de una niña que trató de alcanzarlo. La niña, de unos siete años, acababa de salir del coche de su padre, que había aparcado en doble fila, en una calle ancha con dos carriles en cada sentido.

—Nena, estate quieta que pasan coches —dijo el padre cerrando la puerta.

La chiquilla miraba al loro extasiada. Al oír una notificación en el teléfono, el padre desvió su atención hacia la pantalla. Fue solo un instante, pero suficiente para que su hija estirara el brazo con intención de coger al pájaro y diera un paso en su dirección, hacia la carretera, sin advertir que un todoterreno negro se acercaba con la música tronando en su interior.

El instante había pasado y el padre alzó la vista. Descubrió que en la insignificancia de un breve momento podían cambiar muchas cosas, su vida entera, por ejemplo, si la mole negra que estaba a punto de atropellar a su hija no se desviaba a un lado. La niña perseguía al loro, ajena a cuanto ocurría a su alrededor.

Lo siguiente sucedió en menos de lo que se podía considerar un instante. Un borrón cruzó delante del padre. Después, una mujer morena ante él, que sostenía a la niña en brazos. La melena negra fue lo único que pareció cobrar vida cuando el todoterreno les sobrepasó a escasos centímetros.

El padre, paralizado de terror ante lo que había estado a punto de suceder, aturdido por la súbita aparición, apenas fue consciente de que la mujer le devolvía a su hija sana y salva. Sí reparó en la nueva notificación que recibió en el móvil, y fue tan incomprensiblemente estúpido, que la atendió sin dudar. La morena se lo arrancó de las manos y lo apretó hasta reducirlo a un amasijo irreconocible. Lo peor fue cómo le atravesaba con los ojos negros más aterradores y hermosos que había contemplado jamás.

—Vuelve a descuidar a esta mocosa en la carretera y te lo tragas —bufó la morena dejando caer al suelo los restos del teléfono. Luego agarró a la niña y le sacudió un azote bien fuerte en el culo—. Y tú, cría estúpida, si desobedeces a esta calamidad de padre que tienes cuando te dice que te quedes quietecita, volveré y me comeré tu cabeza de un mordisco.

La niña lloró, atemorizada. El padre, que apenas asimilaba los acontecimientos, continuaba paralizado.

—Gra-Gracias —logró articular mientras la morena se alejaba entre los coches.

Zigzagueaba entre ellos con una agilidad y rapidez inhumanas, sin mirar a los lados, sin inmutarse cuando los espejos retrovisores pasaban tan cerca de ella que parecían rozarla, ni cuando algún conductor la insultaba por temeraria. En unos segundos estaba al otro lado de la calle.

Nilia dobló la esquina. Un hombre maldecía con el puño en alto, y unas deposiciones le manchaban la cara y el hombro.

—Uaaaaaac… Palurdo —dijo el loro describiendo un círculo en el aire.

El ave lanzó otra descarga. El hombre se echó a un lado y tropezó con Nilia, que venía por detrás. Ella se lo sacudió de encima con un manotazo. El hombre tropezó y cayó, y arrojó nuevas maldiciones mucho más obscenas, de esas que relacionaban a Nilia con el oficio más antiguo del mundo.

El pájaro ascendió, dejó otro de sus regalos contra el cristal de una ventana, por la que no tardó en asomarse un hombre con uniforme, visera y una escobilla limpiacristales que goteaba y que a punto estuvo de lanzarle al loro.

Un par de deposiciones más tarde, ambas en lugares poco apropiados, el pájaro se posó sobre un contenedor de basura. Nilia llegó un segundo después.

—¿Ya sabes cuál es? —preguntó sin dilación.

—Uaaaaac... Una de las dos mujeres —contestó el loro.

—Brillante, pajarraco, realmente brillante tu ayuda. Así que todavía tengo que cargar con esos cuatro inútiles.

—Uaaaaac... Brillante... Uaaaac... Ese soy yo.

—Necesito matar —bufó Nilia.

El loro movió la cabeza de lado a lado.

—Escúchame, aberración con pico, nos acosa un grupo numeroso. Si no me cargo a alguno, no podré intimidarlos. ¿Quieres que salve a esa mujer? Pues tendré que matar. Punto.

El pájaro movió muy rápido sus alas negras.

—Uaaaac... Pobrecilla... Se me saltan las lágrimas.

Nilia le dio una patada al contenedor, que envió a varios metros de distancia. El loro se posó en su hombro. Ella le soltó un manotazo, pero el pájaro fue más rápido y voló hasta que se detuvo sobre una farola.

—¿Sabes al menos a dónde tengo que llevarla?

—Uaaaac... Sí.

Nilia tomó una honda bocanada de aire.

—¿Y te importaría decírmelo?

—Uaaaac... A una iglesia.

Nilia respiró hondo de nuevo.

—¿A cuál, imbécil?

El loro giró la cabeza hacia atrás y repasó sus plumas con el pico.

—No lo sabes... —dedujo Nilia—. Eres tan inútil como todos los necios que me obligas a proteger.

—Uaaaac... Suerte que te tengo a ti.

—Averígualo. Haz algo útil por una vez. Si no, los abandonaré en la primera iglesia que encuentre. De todos modos, es lo que me has pedido.

—Uaaaaac... Ordenado, no pedido.

—Lo que tú digas. —Nilia se giró para marcharse—. También me has ordenado no matar, recuérdalo cuando tu estúpida misión fracase.

—Uaaaac... Cuidado con los centinelas... Uaaaaac... Son muchos.

—No me digas cómo... —Nilia se detuvo, se giró de nuevo hacia el loro—. ¿Cómo sabes lo de los centinelas, pajarraco? Yo no te he contado nada.

—Uaaaac... Los espié. Si eres buena, te contaré...

Nilia derribó la farola de una patada.

—Lo has estropeado todo, imbécil —rugió mientras se alejaba corriendo—. ¡Hay un hombre lobo entre ellos!

Estrella observaba con fascinación ese pelaje oscuro y áspero que ahora había perdido el brillo de cuando era sedoso.

—Cada vez tardas más en transformarte.

Lobo se lamió la pata delantera, terminada en una zarpa tan grande como la cabeza de Estrella.

—Estoy bien.

La voz de los licántropos en su forma de lobo sonaba siempre grave; la de Lobo era, además, tenebrosa.

—Pues date prisa —dijo Estrella—. En cuanto la localices, vuelves a cambiar.

Lobo bostezó. Separó tanto las enormes fauces que daba la impresión de que iba a zamparse a Estrella de un solo bocado. La maga era de complexión pequeña y de baja estatura. Al lado de su compañero parecía una muñeca de juguete.

—¿Estás preocupada por mí? —preguntó él.

—No digas tonterías. No quiero que nadie vea a un chucho gigante en los tejados de Madrid. Anda, aléjate un poco del borde. Ponte allí. Más cerca de la pared, Lobo. Además, yo puedo sola con Nilia.

Lobo se sentó sobre las patas traseras y enroscó el rabo a su alrededor.

—No voy a dejar que te enfrentes sola a...

—Cambiarás en cuanto la localices —se encendió Estrella—. ¿Está claro? ¿Por qué tardas tanto, de todos modos?

—Es una ciudad grande.

—No me digas. Lobo, tampoco me advertiste a tiempo sobre Nilia en el autobús, ¿recuerdas? Si estás perdiendo el olfato quiero saberlo o...

—Oculta su olor. Esa mujer ha aprendido a hacerlo.

—Le habrá enseñado Nilia.

—En el hospital tampoco capté su olor y Nilia no tenía ni idea de quiénes éramos, mucho menos de que uno de nosotros es un hombre lobo. Esa mujer sabía desde antes.

Estrella se agarró las manos a la espalda, caminó en círculos con la cabeza baja.

—No tiene ningún sentido... Una menor no puede conocer las runas... —murmuraba. Miró a Lobo—. Entonces, ¿qué hacemos aquí?

—Capté el olor de los demás. Es solo cuestión de tiempo. Confía en mí, Estrella, mi olfato es insuperable.

—Lo haces por Rex, ¿verdad? Le temes. Y crees que nuestro grupo es tu nueva manada. Eres un iluso, Lobo. Ahora sobrevivimos, tú me lo enseñaste. Nuestro mundo quedó atrás.

—Grupo, manada... Llámalo como quieras. Antes o después lo entenderás. No temo a Rex, Estrella; tú sí.

—¿Qué? —chilló la maga—. ¿Crees que ese medio manco podría conmigo? Ni con todos sus hermanos juntos conseguirían...

—No me refiero a eso. No todo son peleas y combates, Estrella. Rex te preocupa porque es más listo que tú.

La maga dejó de pasear.

—Tal vez demasiado —concedió—. La gente como Rex discurre planes que a los demás ni se nos ocurrirían, como en el que nos ha embarcado ahora. ¿Crees que él está detrás de la muerte del ángel?

Lobo no dijo nada, se limitó a observarla y escuchar su teoría.

—Antes creía que era cosa de ese engendro sin alma, pero ahora... También ha muerto un santo, ¿lo sabías? Y Rex se enfrenta a los centinelas, a sus antiguos compañeros, a todo lo que suponía su vida.

—No le queda más remedio. Está bajo orden de captura.

—¿Y eso no es significativo? Además, no seas ingenuo, Lobo, a ti y a mí nos expulsaron y no luchamos contra nuestras facciones. Pero Rex... Ahora le veo capaz de eso y mucho más.

—Nuestra situación es distinta, sobre todo la mía.

—De eso nada —le amenazó Estrella—. No vas a contarle a Rex por qué te echaron. Me da igual si ahora le consideras de los nuestros, ¿me oyes? No le dirás una sola palabra.

—¿Crees que tomaría alguna represalia contra mí?

—Ya te dije que no me atrevo a imaginar lo que se le puede ocurrir a Rex. Hasta que le conozcamos mejor, ni él ni ninguno de sus hermanos deben saber que te estás muriendo.

Elías tuvo un mal presentimiento. Eran policías, los buenos, debería alegrarse de verlos acudir en su ayuda. Lo que no encajaba era cómo se habían enterado de que se encontraban en apuros y cómo les habían encontrado, porque no habían realizado una sola pregunta. Habían detenido el coche con un frenazo y ahora iban directamente hacia Amanda.

Sacudió la cabeza tratando de espantar sus temores. La policía les llevaría a un hospital y cuando escucharan su historia los pondrían bajo custodia. Debían de estar al corriente del incendio que les obligó a escapar del hospital. Puede que hubieran dado con los otros miembros del grupo y lo supieran todo. Por fin terminaría aquella pesadilla.

Uno de los policías extendió el brazo con gesto amistoso, dando a entender a Amanda que no tenía de qué preocuparse. Su compañero, un paso por detrás, salió despedido hacia un lado. Voló un par de metros y se arrastró varios más sobre el suelo, tras estrellarse de costado.

Nilia estaba allí, como una aparición. Derribó al policía que se había acercado a Amanda antes de que se girara, con una patada en la corva y un puñetazo en la frente. Después agarró a Amanda del brazo y tiró de ella. Para entonces, Bono y Nerea también habían salido del restaurante y estaban al lado de Elías.

—Sígueme —ordenó Nilia a Nerea—. Deprisa.

También la agarró del brazo y tiró. Amanda hizo amago de resistirse.

—¿Por qué has hecho eso?

—No son policías —dijo Nilia sin dejar de tirar de las mujeres.

—No podemos ir tan deprisa. —Nerea trataba de mantener el equilibrio a un ritmo tan rápido.

—¡Basta! —gritó Bono—. Te seguiremos, pero más despacio. ¡Están embarazadas!

Nilia se detuvo.

—Gracias —masculló Bono—. Nena, ¿puedes andar? ¡Nilia, más despacio, coño!

—Demasiado tarde —dijo Nilia señalando otro coche de policía que se paró en medio de la calle—. Nos han encontrado. Tendréis que cargar con vuestras mujeres o no escaparemos.

Un nuevo coche se detenía cerca, tras un frenazo que dejó las ruedas marcadas en el asfalto cuando Nilia cruzaba la puerta giratoria de un hotel. La siguieron, todos, sin rechistar, con cuidado pero deprisa. Se dirigieron al fondo, donde parecían estar los ascensores. Un empleado se acercó a Nilia para decirle algo. Un segundo después estaba a tres metros de distancia, tirado en el suelo. Nadie más se atrevió e interponerse en su camino.

La puerta del ascensor se abrió cuando llegaron junto a Nilia. Prácticamente los metió dentro de un empujón. A todos excepto a Bono, a quien agarró por el cuello y le obligó a retroceder.

—Tú te quedas aquí.

—¿De qué hablas? —se asustó Bono.

—Entretenlos. Diles que nos hemos ido por las escaleras. Luego, cuando no se lo crean, les cuentas la verdad: que planeamos huir por el garaje y las alcantarillas.

—¡No me separaré de...! —Bono recibió un guantazo.

Nilia entró en el ascensor y tapó la boca de Nerea con la mano mientras se cerraba la puerta.

—Al último piso —ordenó.

Elías pulsó el botón con el número dieciocho bajo la mirada asesina de Nilia, quien soltó a Nerea nada más ponerse en marcha el ascensor.

—¿Qué has hecho? ¿Por qué le has abandonado? ¡Pienso bajar en cuanto salga de esta caja!

—De eso nada. A tu marido no le harán nada, tranquila. Y tú, taxista, relájate o serás el siguiente.

Elías abrazó a Amanda. Cada vez tenía más miedo, a pesar de que Nilia no perdía la compostura. Protagonizaban una huida desesperada, pero ella daba la impresión de saber lo que hacía. No le temblaba la voz, no mostraba nervios. Lo único que parecía alterarla era la histeria de Nerea. Elías temió que también la golpeara si no dejaba de protestar, aunque, ¿quién podía culparla? Nilia no había titubeado al abandonar a Bono. No había razón para pensar que no haría lo mismo con él. Después de todo, su única prioridad eran las mujeres.

—Por las escaleras —dijo cuando salieron del ascensor—. Taxista, que las mujeres se den prisa o también me desharé de ti.

Por suerte eran pocas escaleras. Nilia llegó la primera, por supuesto. Tanteó la puerta y al final la derribó de una patada. La azotea era amplia, delimitada por un pequeño muro que llegaba por encima de la cintura. Tres edificios quedaban relativamente cerca, el más cercano a unos quince metros de distancia, calculó Elías. Nilia giró a su alrededor con los ojos apuntando hacia arriba. Luego maldijo. Se acercó hasta el final de la azotea y estudió el edificio de enfrente, que era algo más bajo.

—Ni se te ocurra —dijo Nerea.

—Puedo lanzaros —dijo Nilia—. Quizá os rompáis algún hueso, pero sobreviviréis.

—No hablas en serio. —Elías abrazó a Amanda con gesto protector—. ¿Qué hay de los bebés?

—Uno sobrevivirá seguro, por tanto su madre también. El otro... No tengo ni idea. Tú puedes irte, taxista. Ya no te necesito.

La frialdad con la que se expresaba era lo que más miedo daba. Lo decía en serio, evaluaba las posibilidades de éxito de su plan. Y si decidía llevarlo a cabo, no podrían detenerla.

—¡Vámonos! —gritó Amanda.

Se volvieron para huir por donde habían venido, aunque en el fondo, Elías sabía que no podría escapar de Nilia. Con todo, la idea de ver a aquella mujer lanzando a Amanda de un edificio a otro como si fuera un balón fue más que suficiente para reaccionar.

Por desgracia, su huida era imposible. Dos policías salieron por la puerta que daba a la azotea. Por si fuera poco, tres tipos aterrizaron allí mismo tras realizar un salto que era del todo imposible para una persona común. Algunos más subieron por otro lado. Primero aparecieron las manos sobre el muro, luego el resto del cuerpo. Elías se negaba a creer lo que veía, pero parecía que aquellos individuos habían escalado la fachada del hotel.

Nilia les hizo retroceder hasta el muro. Los perseguidores les rodeaban a distancia, sin prisas, seguros de que no había escapatoria.

—Quedaos aquí y no digáis ni una sola palabra —les advirtió Nilia—. No importa lo que escuchéis. Silencio total si queréis salir de esta.

Nilia se adelantó un par de pasos hacia el cerco que habían trazado en torno a ellos. Un hombre se adelantó a su vez. Cojeaba ligeramente de una pierna, y varios cortes y moretones le cruzaban la cara. Tenía una mano vendada. A Elías le dio la impresión de que le faltaba el pulgar. En conjunto, su aspecto era ruinoso, no le habría extrañado que se desplomara allí mismo.

—¿Quién eres, Nilia? —preguntó aquel hombre.

—Quien va a romperos la boca a todos —contestó ella—. ¿Y tú?

—Me llamo Rex y no soy tu enemigo.

—Eso lo decido yo.

El llamado Rex tosió, hizo una mueca clara de dolor.

—Creo que no. Otro decide por ti quién es tu enemigo. ¿Me equivoco, demonio?

Elías no entendió ese insulto tan torpe.

—Pues sí te equivocas. Otros deciden a quién le tengo que partir la cara, pero quién es mi enemigo es cosa mía. Y yo obedezco, como bien sabes. Deberías saber también que es tu cara y la de tus compinches las que esas órdenes me obligan a romper. No es nada personal.

Desde luego hacía falta mucho coraje para proferir amenazas con una inferioridad numérica tan abrumadora. La otra opción era que Nilia estuviese loca, pero continuaba sin dar muestras de perder la compostura. Sonaba tan fría como siempre.

En el otro grupo, solo hablaba Rex, mientras los demás se mantenían alertas y, aparentemente, inmunes a las palabras de Nilia. Mala señal. Eran síntomas de compenetración y puede que de alguna clase de entrenamiento, además de una confianza considerable en su jefe, el tal Rex.

Llegaron dos más. Contrastaban con el resto por sus ropas, tan corrientes como las de cualquiera, mientras que los otros vestían ropas oscuras, chaquetas y gabardinas amplias, o uniformes de policía. Uno de los recién llegados jadeaba un poco. Era grande y obeso, y parecía más grande aún en contraste con su acompañante, una mujer rubia y menuda. Los dos se acercaron y se colocaron cada uno a un lado de Rex.

Y un tercer personaje hizo aparición en el mismo momento. El loro, el pajarraco que Elías había seguido mientras conducía el autobús, descendió en círculos hasta posarse en el hombro de Nilia.

—¿A qué esperamos? —dijo la rubia pequeña—. ¿Me la cargo ya?

—No hará falta —dijo Rex.

—Será una broma. Ya la maté una vez. No pienso cometer el mismo error que...

—Cállate, Estrella.

La rubia obedeció, aunque no de buen grado. Elías advirtió cómo apretaba los puños.

—Y tú eres el chucho, ¿no? —le preguntó Nilia al grande.

Ese tipo parecía que centraba su atención en Amanda. Elías sintió un escalofrío.

—Cambias mucho de aspecto, ¿lo sabías? —continuó Nilia—. ¿Qué hacéis vosotros dos con estos perdedores?

—¿Cómo los habéis encontrado, Rex? —preguntó el hombretón—. La mujer todavía esconde su olor.

—Por el loro —se le adelantó Nilia—. Le siguieron cuando este imbécil con plumas negras tuvo la ocurrencia de espiaros. ¿Me equivoco?

—¿En serio? —preguntó Estrella, sin esconder su sorpresa.

—No es para tanto, enana. El pajarraco tiene la costumbre de cagarse por todas partes, así que tu jefe habrá seguido un rastro de mierda. —Nilia giró la cabeza en dirección al loro—. Si se te ocurre hacerlo ahora, encima de mí, te arranco las alas.

—Uaaaaaac... Me cago de miedo.

—¿Qué es esto? —gritó Estrella—. ¿Una comedia de tercera? Acabemos de una vez.

—¡Guardad silencio! —ordenó Rex. El esfuerzo de gritar le arrancó otra mueca de dolor. Se llevó la mano al pecho—. Nilia, piénsalo antes de cometer un error. Crees que estás arrebatando el bebé a los centinelas, pero no es el caso. Nosotros ya no lo somos. Tus amos no te han enviado a luchar contra nosotros. Se trata de un malentendido. ¿Comprendes?

—Perfectamente. Os han echado a patadas debido a la muerte de Samael. Una curiosidad... ¿tuvisteis algo que ver con su muerte?

—No —contestó Rex.

—Lástima. No es que importe, pero te habrías ganado mi simpatía. Ni le matasteis ni le protegisteis. Penoso... Solo sois bazofia y ahora estáis desesperados. A saber qué planeáis hacer con el bebé.

Estrella y el grandullón se movieron, pero Rex los silenció con un ademán de la mano.

—Lo intentaré por última vez —dijo Rex—. No somos enemigos. Los centinelas también nos persiguen a nosotros.

Nilia se encogió de hombros.

—¿Crees que me gusta cuidar de ese hatajo de inútiles? —dijo señalando con el pulgar a su espalda, donde se encontraban Elías y las dos mujeres—. La decisión no es mía, ya lo sabes.

—Consulta a tu amo.

—Un segundo —pidió Nilia. Y se volvió hacia el loro—. Tú decides, pajarraco... Te siguieron a ti, no a mí. Eres una calamidad con alas... Asume tu culpa ¿Y bien?... ¿Es tu última palabra?

El loro había ido contestando en susurros que Elías no entendió, aunque era obvio que mantenía una conversación con Nilia y que le daba instrucciones.

Al final, Nilia suspiró y encaró de nuevo a Rex.

—Qué desgracia la mía —se lamentó—. Esperad un momento. —Miró al loro una vez más—. Puedo matarlos, ¿no? —El pájaro negó con el pico—. ¿Es que no sabes contar? Al menos a la rubia. Ella me mató primero, así que podemos considerarlo defensa propia.

—Uaaaaaac... Pobre Nilia. —El loro se elevó en el aire.

—Esto es absurdo. —Estrella dio un paso adelante.

—Espera —la detuvo Rex—. Esa falta de respeto no es normal en un demonio... Ahora lo entiendo. No sirves a un ángel caído. Es otro quien te controla.

La rueda se atascó en un agujero. Eneas tiró con todas sus fuerzas, que eran escasas tras la operación. Después de varios intentos, Elena no tuvo más remedio que darle la antorcha y empujar desde atrás. Como resultado se rompió un tacón, pero sacaron la silla. Como iba cojeando, Elena rompió el otro tacón. Todavía no podía creer que estuvieran recorriendo aquel pasadizo maloliente lleno de ratas.

—Trae aquí —dijo cogiendo la antorcha de nuevo—. Tu turno.

Eneas avanzaba, aunque más despacio.

—Mi vida también corre peligro —explicó—. Necesito que me enseñes a pintar una runa.

—¿Qué te hace pensar que yo entiendo de runas más que tú?

Apenas conocía unas pocas. Debía de ser una de las más ignorantes en el mundo oculto, y con razón: ni le interesaban esas extrañas formas ni era mañosa dibujándolas. Le costaba memorizar los diferentes trazos de cada símbolo, que para ella no eran más que garabatos sin sentido. El orden en que se dibujaban y la mano que debía emplear lo complicaban todo en exceso. Además, la vida que Elena había llevado junto a Mario Tancredo la había acostumbrado a pedir, no a hacer las cosas por sí misma.

—Es la runa de un demonio —dijo Eneas.

—No puedo, lo siento. Ni siquiera puedo revelar quién es el... padre de los niños. Si me salvaste solo por eso, me temo que has perdido el tiempo.

Yo en tu lugar acudiría a un centinela para que se ocupe del demonio que atenta contra tu vida.

—No es tan sencillo. Hay un extraño equilibrio entre centinelas y demonios. Respetan sus espacios más de lo que se cree, y no siempre luchan si no se lo ordenan.

Eneas parecía un deshecho de lo que quizá fue antes de quedar incapacitado. Elena se lo imaginó alto, guapo, bien formado. Ahora era un despojo, pálido por la pérdida de sangre, incapaz de valerse por sí mismo en un mundo demasiado duro. Si de verdad le perseguía un demonio, no tardaría en pasar a mejor vida.

Con todo, le tenía cierta simpatía. Al principio creyó que era por ser la primera persona con la que podía hablar de su situación desde la muerte de su hija. Pero no, había algo más. Eneas demostraba valor, no era de los que se derrumbaban. No lo imaginaba compadeciéndose, como hacía ella.

—Hay otra cosa que necesito —dijo Eneas—. Sangre de demonio. ¿Puedes ayudarme a conseguirla?

—Tengo entendido que es carísima. ¿No me contaste que utilizaste sangre de demonio para entrar en la iglesia?

—Prácticamente eran mis últimas reservas. Apenas me queda una gota, insuficiente para las runas que necesito. Si no consigo más pronto...

—¿Qué pasa?

Eneas se había detenido. Se llevó el dedo índice a la boca y señaló la antorcha y luego hacia adelante y abajo. Elena, que había entendido que Eneas necesitaba más luz, guardó silencio y extendió el brazo. En el suelo había una runa que Eneas había dibujado cuando llegaron con los brujos, pero algo había ocurrido. Una pisada había deformado las líneas, sobre todo en la parte del centro.

—Tenía entendido que no era fácil borrar una runa...

—Sssshhh... tenemos que irnos —susurró Eneas, que giraba las ruedas de la silla para dar la vuelta.

—¿Qué pasa? ¿Qué significa esa runa?

—No es una runa —aclaró Eneas, visiblemente alarmado—. Pero lo parece. Nadie se atrevería a pisarla, a menos que no sepa que no se trata de una runa auténtica.

—Habrá sido un indigente —aventuró Elena.

Sonó un zumbido ahogado y se abrió un agujero en la pared de ladrillos junto a la cabeza de Elena.

—He fallado a propósito —retumbó la voz del asesino que se había disfrazado de enfermero en el hospital. Sonaba alta y clara por el eco, pero debía de estar lejos—. Sigo prefiriendo entregarte viva, Elena, pero no malgastaré otra bala. Quedaos donde estáis y dejaré al inválido con vida.

Eneas tiró del brazo de Elena y reanudaron la marcha. Otro zumbido, otro pedazo de pared agujereado. Avanzaban tan rápido como podían. Elena empezó a empujar la silla o no conseguirían escapar. Le temblaba todo el cuerpo por el traqueteo que producían los adoquines del suelo, y los zapatos, sin los tacones, eran una tortura para los tobillos. Sin embargo, debía sobreponerse y concentrarse en seguir adelante. Esperaba escuchar el silenciador de la pistola en cualquier momento. Eneas colocó la antorcha entre las rodillas para seguir empujando las ruedas con las manos, aunque se apreciaba su debilidad, había perdido demasiada sangre.

Elena se arriesgó a mirar atrás. No vio ninguna luz, lo que le indicó que el asesino no les seguía, a menos que contara con unas gafas de visión nocturna. Por si acaso, no aflojó, al contrario. Mientras corría, pisó una rata, pero logró contener un grito de asco.

Si había entendido bien la explicación de Eneas sobre la falsa runa, el asesino no pertenecía al mundo oculto. Debía de ser un sicario corriente que Mario había contratado para atraparla. Tal vez, no la consideraba un peligro, o puede que no quisiera involucrar a otros en su captura. En ese caso, sería por los niños, para que nadie más lo supiera. ¿Sabría él que estaba embarazada de gemelos? No lo creía, pero tampoco lo descartaba. Las influencias de su marido alcanzaban el lugar más recóndito imaginable.

Más adelante había luz. Elena se paró, indecisa.

—Sigue —dijo Eneas.

Le obedeció porque en realidad no se le ocurría qué más podía hacer, ya que dar marcha atrás sería la última posibilidad. Irrumpieron en una sala que debería haber reconocido antes.

—Eneas —dijo el brujo, alzando la cabeza—. ¿Algún problema con la pierna?

Los dos pequeños continuaban allí, limpiando. A Elena le había parecido más largo el camino la primera vez que ahora que habían vuelto.

La bruja, la más joven de los dos, se inclinó enseguida sobre la pierna de Eneas, con la intención de examinarla.

—Hicimos un trabajo a conciencia —dijo—. Pero, naturalmente, si algo ha ido mal, asumimos nuestra...

La frase quedó en suspenso, interrumpida por un zumbido característico y un chorro de sangre que salpicó a Eneas. El cuerpo diminuto de la bruja se desplomó junto a la silla de ruedas. En la frente de la niña había un agujero.

Rex debía de haberse dado cuenta antes de que algo no encajaba con Nilia.

—¿No la controla un caído? —preguntó Estrella—. ¿Es posible?

Lobo también estaba inquieto. Rex no podía culparles. De pronto se habían topado con un imprevisto difícil de solucionar. Tendrían que acabar con Nilia, algo que a Estrella le agradaría, sin duda. Rex contaba con que un ángel caído la había enviado porque pensaba que luchaba contra auténticos centinelas, sus enemigos de toda la vida, y que al enterarse de la expulsión, cambiaría de opinión. No previó que Nilia estuviese al corriente de todo y aun así se negara a cooperar.

—¿Quién es tu amo?

No esperaba una respuesta, solo ganar tiempo, necesitaba reflexionar.

—Es obvio que un deficiente mental —contestó Nilia.

Una evasiva. Ningún demonio hablaría de su dueño, ni revelaría su auténtico nombre, porque eso otorgaría poder a quien lo supiera. Se conocían casos, pocos, de demonios que no estaban conformes con las órdenes de sus dueños, incluso con su propia condición de siervos, pero ninguno que mostrara tanto desprecio por su amo. Eso era insólito, una muestra más de que Nilia no servía a un caído.

En alguna ocasión un demonio controlaba a otro, pero que se supiese, era por breve tiempo, y siempre porque el ángel caído le había cedido el control a dicho demonio. Rex intuía que no era el caso de Nilia. De ser controlada por otro demonio, no habría rechazado su oferta. En todo caso, habría negociado, algo que se les daba muy bien. De modo que el misterio era todavía mayor.

Además, si Rex no se equivocaba, el control que ejercía sobre Nilia quien quiera que la dirigiese no era tan férreo como debería. Los demonios gozaban de voluntad propia, de ahí la necesidad de controlarles, de privarlos de la libertad de decidir. Los demonios obedecían, no había excepciones. Eran creados así, era parte de su ser. Y Nilia estaba en claro desacuerdo con lo que su amo le exigía. No importaba que ellos fueran superiores en número. Si recibía la orden de luchar, Nilia se batiría hasta la muerte, quisiera o no.

A Rex le faltaba tiempo para reflexionar. Sus compañeros mantenían la posición, y seguirían así cuanto hiciera falta. Pero Estrella no se contendría mucho más. Las dos mujeres embarazadas y el marido tampoco tardarían demasiado en cometer alguna locura. Rex veía el miedo en sus ojos, mientras permanecían acurrucados donde Nilia los había dejado. Debía actuar ya.

—No quieres morir así. Puedo encontrar el modo de que no desobedezcas sin que lleguemos a enfrentarnos.

—¿Quieres ayudarme? —preguntó Nilia—. Me caías bien. Parecías el menos estúpido de todos. En fin… No creo que la rubita esté de acuerdo con tu idea. La sujetas bien. Nunca había visto a una maga tan sumisa con un menor.

—No le hagas caso, Estrella —dijo Rex—. Intenta dividirnos.

—Yo fui creada así —continuó Nilia—. ¿Cuál es tu excusa, enana? ¿Te da un caramelo si te portas bien?

Lobo fue a sujetar a Estrella para que no se abalanzara sobre Nilia.

—Te maté una vez, demonio de mierda —rugió Estrella.

—Por la espalda. Con ayuda del chucho y de los demás. ¿Recuerdas quién te sacó del autobús de un puñetazo antes de eso?

—¡Me pillaste a traición!

—Un solo golpe —dijo Nilia—. ¿Se te ocurre lo que te pasaría si te atizara más de uno?

—¡Basta! —intervino Rex—. No tienes escapatoria. Ni siquiera sabes a cuál de las mujeres debes salvar.

—Cierto —dijo Nilia—. Y ya estoy harta de eso. —Se giró y fue directamente hacia las mujeres—. ¿A cuál miraba el gordo ese? ¿A ti?

Agarró a Amanda por el cuello y extendió el brazo hasta dejarla suspendida en el aire.

—¡Suéltala! —chilló Elías.

Nilia también le agarró por el cuello y lo levantó. Nerea se alejó gateando y sollozando.

—Así que eras tú —le dijo a Amanda llena de odio—. Ocultas tu olor del chucho, es verdad.

Amanda le sostuvo la mirada y apretó los dientes.

—Qué bien disimulas… —siguió Nilia.

—¡No puedes hacerlo! —gritó Rex—. Incumplirás tus órdenes.

—No, si no tengo escapatoria, como has dicho. Comprobemos para quién es más importante el bebé. Para mí es solo un objetivo. Cuando esto acabe, me darán otra tarea. No importa si triunfo o fracaso, mi supervivencia depende de si consideran que puedo ser útil para la siguiente misión. Ahora es tu turno. Y sé sincero, si valoras en algo la vida de esta mentirosa.

Amanda y Elías habían dejado de intentar liberarse. Ahora solo pataleaban y boqueaban, al borde de la asfixia.

—Entregando al bebé podremos redimirnos —mintió Rex.

—¿Me tomas por estúpida? Reconocí a uno de tus hermanos. Ese, el de la cara de tonto. No servía a Samael, sino a Mihr, así que hay mucho más en todo el asunto de vuestra expulsión. Y Mikael no os concedería la redención por tan poca cosa.

—¡De acuerdo! —cedió Rex—. El bebé, con tiempo, con la educación adecuada… Lo usaré para enviar un mensaje a Dios.

Nilia se quedó sin respuesta durante unos segundos, que se hicieron muy largos.

—Vuelves a caerme bien. Lástima que tengan que ser así las cosas.

—Puedes participar. Si nos la entregas...

—¿Qué me importa a mí ese mensaje? A menos que sea un corte de mangas, no tengo nada que decirle. Ahora se acabó. No debiste mentirme, Amanda.

El loro descendió hasta quedarse frente a Nilia. Movía las alas muy deprisa.

—Uaaaaac... Detente. Te lo ordeno.

—Me ordenaste impedir que la capturaran —repuso Nilia—. La próxima vez, mide mejor tus palabras.

En dos pasos, Nilia llegó al borde de la azotea, con los cuerpos de Elías y Amanda en volandas. Dieciocho pisos más abajo, la ciudad hervía de coches y transeúntes. Sin entretenerse, sin dudar, abrió las manos y dejó que los cuerpos se escurrieran. Nilia se asomó un poco para ver cómo Amanda y Elías se precipitaban al vacío.

VERSÍCULO 5

Amanda solo pensaba en el bebé, en que no lo sentía en su interior. Ya no daba patadas ni se movía. Se preguntaba si el feto notaría el miedo y si, en tal caso, quedarse quieto era su respuesta. O puede que los nervios y el pánico hubieran nublado el resto de sus sentidos, porque tampoco notaba el viento que la zarandeaba de un lado a otro. Nada. Solo el martilleo del corazón en las sienes. El suelo cada vez estaba más cerca.

Creyó enloquecer cuando vio fugazmente a Elías, a su lado, hasta que dio una sacudida en el aire y desapareció de su vista. Le dio la impresión de que había estirado la mano hacia ella. Ni siquiera le pareció asustado.

Amanda notó una mano que la aferraba por el costado. Elías debía de haber conseguido acercarse a ella después de todo. O puede que no, puede que ya hubiera perdido la razón, porque Elías estaba de nuevo a su lado, azotado por el viento, de modo que la mano que sentía sobre la zona baja de la tripa no era de él. Entonces notó un tirón. Algo negro se interpuso entre ella y Elías, y desapareció enseguida. Y volvió a aparecer. Una forma alargada que subía y bajaba.

Más presión por debajo de la barriga, un frenazo, la cabeza se inclinó hacia abajo. Vio el suelo contra el que pronto se empotraría. Descendía más lento, pero no lo suficiente. La forma negra apareció y desapareció de nuevo. Perdió más velocidad. Tal vez ahora podría sobrevivir a la caída, pero no sin algún hueso roto y sin dañar al bebé.

De pronto el suelo desapareció. Cara a cara, casi rozándola, tenía a Nilia. Y sucedió. Se estrellaron.

Amanda no sintió nada, nada en absoluto. La adrenalina era la única explicación para su insensibilidad. Había caído encima de Nilia, pero algo debería dolerle, y eso como poco. Giró a un lado y se sentó con las manos sobre la tripa, como tantas veces había hecho.

Algo se le movió en la tripa. Amanda suspiró, aliviada. Se acordó de Elías. Volvió el rostro temiendo encontrarlo en medio de un charco de sangre, aplastado por la caída. Sin embargo, estaba ahí, de pie. Se tambaleaba un poco, parecía aturdido por el batacazo, o tal vez por las dos inmensas alas negras que salían de la espalda de Nilia.

—No puedo creer que hayas sobrevivido —dijo la demonio—. Vaya suerte la mía.

Después se volvió hacia Amanda.

—Estoy bien. Pero no esperes que te dé las gracias.

—Mejor, porque no tenemos tiempo para sensiblerías.

Nilia se agachó y levantó la tapa de una alcantarilla. Elías no apartaba los ojos de aquellas alas. Parecía querer decir algo, pero no acertaba a articular palabra, el pobre. Amanda no podía pensar en él ahora, en lo que supondría para él aceptar lo que estaba viviendo. Y aún no sabía lo peor de todo. Confiaba en que no se volviese loco cuando se enterara, cosa que ya era inevitable.

—Elías, vamos con Nilia, ahora. Luego hablaremos. ¿Me oyes?

—Tiene... alas... Son como... membranas de murciélago gigantes.

Nilia replegó las alas. Ahora su chaqueta de cuero negro estaba rota por la espalda.

—Elías, baja o te tiro. Él va primero —le dijo a Amanda—. Por si se cae.

Descendieron por unas escaleras mugrientas remachadas contra la pared. Luego recorrieron un túnel.

—No veo nada —dijo Elías.

Amanda le tomó de la mano, y cogió una punta de la chaqueta de cuero de Nilia, que los guiaba. Los demonios debían de ver bien en la oscuridad. Torcieron varias veces. Amanda perdió enseguida cualquier rastro de orientación.

Pasaron por una vía abandonada, por túneles derruidos, corredores húmedos y pestilentes. Vieron cartones y cajas, apilados como para formar una guarida para indigentes, pero no había nadie.

Avanzaban demasiado rápido, considerando su embarazo, así que Nilia debía de haber descubierto su secreto. Amanda se preparó para la inevitable confrontación que pronto tendría lugar entre ellas.

Mientras tanto, Elías era un peso muerto a su espalda. Tenía que tirar de él y temía que abandonara antes o después; el ruido de los pasos torpes y la respiración agitada no eran buena señal.

Se detuvieron en un pasillo estrecho que al menos estaba seco. Nilia pintó una runa que refulgió lo suficiente para que pudieran verse unos a otros. Elías, con los ojos en blanco, probablemente conmocionado, se sentó y apoyó la espalda contra la pared. Nilia le palpó el cuerpo.

—Físicamente parece estar bien. Ahora tú.

—A mí no me toques —dijo Amanda.

—Como si me apeteciera. —Nilia dio un paso hacia ella.

Amanda estiró el brazo con la mano extendida.

—No me toques —repitió.

—No hemos escapado todavía. Y así solo conseguirás cabrearme más.

—Ya no es asunto tuyo.

—Nunca lo fue —convino Nilia—. Pero yo no decido. Te rompería la cara ahora mismo si por mí fuese. Me has hecho cargar con todas esas mujeres desde el principio, a pesar de que sabías que eras tú a la que buscaba. ¿Por qué no me lo dijiste, idiota?

Lo cierto era que Amanda no sabía por qué su hijo interesaba a Nilia y a aquellos centinelas repudiados, pero ahora carecía de importancia.

—¿Crees que voy a confiar en un demonio?

—Me trae sin cuidado lo que pienses, solo si puedes seguir andando.

—Si nos ayudas es porque te lo ordenan. Y solo se me ocurre una razón: quieres mi alma o la del bebé, o la de Elías. No trates de negarlo, ya sabes que estoy enterada.

Nilia relajó la postura.

—Ojalá fuera el caso. Mi dueño no me permite tomar almas, así que tranquila. Por mucho asco que me dé, tengo que salvarte.

—No me vas a embaucar. Vosotros sabéis muy bien cómo hacerlo. No creeré nada de lo que me digas. Así que lárgate.

—No puedo. Tengo tantas ganas como tú de seguir con esto. ¿No es irónico? Las dos pensamos igual. Lo curioso es que puedo entender esa reacción de un humano corriente, pero tú... Tú sabes perfectamente que no tengo más remedio que obedecer. ¿De qué tienes miedo?

—No creo una sola palabra. ¡Vete! —se enfureció Amanda—. Si no nos dejas en paz, me transformaré.

—¿Estás seguro, Lobo? —preguntó Estrella.

Rex también estaba interesado en la respuesta.

—Lo estoy —aseguró el hombretón—. Es una de los míos. Por eso sabía cómo camuflar su olor.

—¿De tu misma manada? ¿De la que te echaron? ¿La conoces?

—No. Nunca la había visto, pero es un licántropo. Lo vi en sus ojos, lo percibí en sus movimientos. Estoy convencido de que Amanda es una mujer lobo.

—No te atreverás —dijo Nilia—. No cambiarás de forma, así que no pierdas el tiempo con amenazas falsas. Te hace parecer más estúpida todavía.

—Arriésgate. A ver qué explicación le das a tu pájaro cuando hayas fracasado —repuso Amanda, sosteniendo su mirada.

Las dos mujeres se medían cara a cara, examinaban los ojos, cada expresión, cada movimiento, por leve e imperceptible que fuera. Elías se levantó del suelo.

—Amanda, por favor —dijo titubeando. Ninguna de ellas le prestó atención—. No entiendo qué está pasando, pero no cometas una locura. ¿Qué es eso de transformarte? Yo… No sé si todo lo que he visto y oído es cierto… Solo quiero que estés bien, y el bebé. Nuestro bebé.

—Por fin dices algo con sentido —dijo Nilia, y se dirigió a Amanda—: Escucha a tu marido y deja de hacer el ridículo.

—Elías, tienes que confiar en mí. Nilia es… lo que has oído antes en la azotea. No tienes que creerme, pero sí que es una mala criatura, la peor que puedas imaginar. Solo quiere robarnos lo más preciado que tenemos. No te fíes de ella. ¡Nunca! Diga lo que diga.

—Pero… nos ha salvado, ¿no?

—Hasta él es capaz de entenderlo —dijo Nilia con desdén—. ¿Me vas a obligar a salvarte por la fuerza? Es lo que me faltaba.

—No es eso —la interrumpió Amanda—. Hace tiempo, un amigo hizo un trato con uno de los tuyos. Sé lo que le sucedió. Sé lo que se pierde en esos tratos. A mí no puedes engañarme. Matarme, sí, pero no conseguirás nada más.

—¿Matarte? —se espantó Elías—. Ha podido hacerlo mil veces…

—Cariño, de verdad. —Amanda le tapó la boca con la mano—. Te quiero, pero ahora necesito que cierres la boca.

Nilia hizo crujir los nudillos.

—Te he dicho que no me interesa nada más, y aunque así fuera, no me permiten tomar tu alma.

—¡Mientes! Dame una prueba. Demuéstrame que dices la verdad o te juro que cambiaré, aquí y ahora.

Nilia escupió.

—No puedo creer lo que te voy a contar. Odio las misiones de salvar a idiotas. Presta atención porque no repetiré esta historia.

—Entonces, se quedó embarazada en forma humana —razonó Rex—. ¿Me equivoco?
—No necesariamente —aclaró Lobo.
—¿Cómo que no? —preguntó Estrella.
—Al principio del embarazo, muy al principio, puede cambiar de forma porque el feto es demasiado pequeño. De no ser así, las mujeres perderían a los cachorros por cambiar estando embarazadas sin saberlo. El primer mes no...
—Lo he entendido —se molestó Estrella.
—Aun así, debió de quedarse embarazada en forma humana. Eso explicaría que no esté con su manada, que la hayan expulsado o que se haya ido voluntariamente. Los licántropos prefieren tener a sus crías en forma de lobo. Nacen más fuertes, más... sanos.
A Lobo se le quebró la voz. Fue sutil, pero Estrella se percató.
—Dejemos eso por ahora.
No quería que Rex se diera cuenta de la debilidad de Lobo.
—Pero ahora no puede cambiar, ¿cierto? —insistió Rex—. Si lo hiciera, mataría al bebé.
—Correcto —dijo Lobo—. No puede, así que seguirá siendo lenta y torpe. Tendrá algo más de movilidad que cualquier mujer embarazada, pero no demasiada, así que no hay por qué preocuparse en ese sentido.
—Entonces la atraparemos.
—No consentiré que se le cause ningún daño —dijo Lobo.
—Nunca ha sido nuestra intención —dijo Rex—. Transfórmate. Rastrea a Nilia o al marido y los atraparemos.
—¡No! —dijo Estrella—. Si cambia aquí, le verá la gente.
—Por supuesto. Lo hará en las alcantarillas.
—¡He dicho que no! Lobo se queda como está. Yo daré con Nilia.
—Creía que su olfato no era tan fino en forma humana. —Rex estudiaba a Estrella, intrigado por la reacción de la maga.
—No lo es —confirmó Lobo—. Estrella, se enterará antes o después, lo siento. Debo decírselo.
—¡Esto no es una manada! —se enfadó la maga—. No tienes que decir nada, idiota.
—Todavía no confías en mí —dijo Rex.
—¿Debería? Nos ocultaste que habías mandado seguir al pájaro de Nilia.

—Todos tenemos secretos, ¿verdad? Tú, por ejemplo, no me has contado por qué te expulsaron los magos. Pero te demostraré que no tienes razones para dudar de mí. No hace falta que me lo digas, Lobo, porque ya lo sé. Te mueres. ¿Qué es? ¿Cáncer?

Nilia les dio la espalda.

—Era inteligente, pero lo embauqué, encontré su debilidad y la aproveché. Le propuse un trato que no podía rechazar.

—¿A quién? —preguntó Elías—. ¿Qué debilidad? ¿Qué trato era ese?

—¡No contestes! —advirtió Amanda—. Elías, limítate a escuchar. No puede dar los detalles o tendría que matarnos.

—Él no debería enterarse de nada —recomendó Nilia.

—Ya es tarde para eso. Si no lo escucha de tu boca, se lo contaré yo después.

Nilia se encogió de hombros.

—Aceptó el acuerdo. Yo le daba algo y él me entregaba su alma. Así funciona. Resultó más sencillo de lo que había calculado. Eso debió de hacerme sospechar.

—¿Qué salió mal? —preguntó Amanda.

—Si te soy sincera, todavía no lo sé bien del todo. De algún modo consiguió alterar nuestro pacto para controlarme.

—¿Qué? Es lo más... Nunca había oído algo semejante. Ni siquiera sabía que eso fuera posible.

—Me engañó. —Incluso con la chaqueta destrozada, podía apreciarse cómo se tensaban los músculos de la espalda de Nilia—. Ahora sé que me esperaba desde el principio. Quería que yo le propusiera el trato porque sabía cómo alterarlo. Caí en su trampa.

—Y ahora tienes que servirle —terminó Amanda.

—No me queda más remedio.

—Y por eso estás siempre de mal humor. —Amanda pensaba en voz alta—. Tienes que obedecer a quien te engañó... Dios, debes de estar realmente furiosa.

—No creo que puedas imaginarlo siquiera. Ahora decide: o me crees y entiendes que no podría tomar vuestra repugnante alma aunque quisiera, o no me crees y sigues causándome problemas. En cualquier caso, deja de amenazar con transformarte porque sabes que el bebé moriría. Y cambiar requiere tiempo. Antes de que terminaras de convertirte, te atizaría de lo lindo. ¿Y bien?

—Te creo —aseguró Amanda.
—Entonces, vámonos de una vez.

—¿Cómo lo has sabido? —preguntó Lobo sin disimular su asombro.
—Si se trata de cáncer, ha sido suerte —explicó Rex—. Probé con una enfermedad terminal. Respecto a que estuvieras enfermo, lo deduje por lo escuálido que estás en forma de lobo. No concuerda con el tamaño de tu forma humana. Algo no encajaba.
Lobo y Estrella se miraron.
—Los listillos son irritantes, Rex —dijo la maga.
—Es cáncer —confirmó Lobo—. Por eso me echaron. Lo mejor para la manada es que sus miembros estén sanos.
—¿Muy avanzado? —preguntó Rex.
Lobo asintió.
—Pero solo si me transformo. Contraje el cáncer en forma de lobo, algunos dijeron que porque mi madre me gestó en forma humana. Pero yo no lo creo.
—Porque en forma humana no estás enfermo —aventuró Rex.
—Exacto. Trato de ganar peso por si al cambiar algo se transfiere. —La expresión de Lobo hacía innecesario preguntar si el método funcionaba—. Puedo vivir muchos años en esta forma. Quién sabe, puede que más que vosotros. Excepto Estrella —le sonrió con complicidad—. Los magos y su irritante longevidad… —bromeó.
—¿Cuánto tiempo te queda en forma de lobo antes de que el cáncer te devore por completo? —preguntó Rex.
—Me diagnosticaron seis meses de vida hace diez años. He pasado casi todo el tiempo en forma humana…
—¿Cuánto? —se impacientó Estrella—. Déjate de rodeos.
—Días —dijo Lobo—. Una semana máximo.

Elena se rompió una uña sujetando la tapa de una alcantarilla mugrienta.
—Tírate —dijo con esfuerzo—. Luego lanzaré la silla de ruedas.
Eneas escudriñó la alcantarilla, apoyó las manos en los reposabrazos de la silla para levantarse… Y luego aflojó y volvió a sentarse.
—¿Qué haces? —preguntó Elena al borde de la desesperación.

Habían salido de la sala en la que Eneas había sido operado, donde la bruja acababa de morir de un balazo en la cabeza. Debían escapar, ahora, mientras tenían tiempo.

—El brujo —dijo Eneas, girando la silla.

—¿Qué?

Elena no podía creer que regresara. Por un instante miró al agujero y la idea de meterse allí dentro no le sedujo. Decidió regresar con Eneas y hacerle entrar en razón. Le obligaría a ir con ella, le arrojaría por la alcantarilla con silla y todo, si no le quedaba más remedio.

Asomó la cabeza solo lo suficiente para contemplar el interior de la sala, con miedo a que un disparo le acertara en la frente, que parecía ser a donde apuntaba el sicario de su marido. El brujo estaba arrodillado sobre el cadáver de la niña. Eneas fue hasta él, lo agarró y lo puso sobre sus rodillas. Luego giró, justo cuando sonaron más zumbidos. Elena no se entretuvo en averiguar dónde habían caído los disparos.

Eneas se puso en marcha a pesar de que el pequeño no paraba de chillar. Berreaba con todas sus fuerzas y, aunque no se le entendía, era obvio que lloraba por su pequeña compañera. Eneas le sujetaba como podía, le mordía y le obligaba a mantenerse agachado. Sonaron más zumbidos. Elena oyó un impacto en la silla de ruedas. Eneas se había encogido, de modo que el respaldo de madera lo protegía como un escudo. Ese tablón debía de contar con una runa que lo reforzara, capaz de detener un disparo, no había otra explicación.

Al llegar a la puerta, Eneas se detuvo. Estaba muy pálido y parecía a punto de desmayarse. Por un momento, Elena creyó que el asesino le había alcanzado, pero se trataba de simple agotamiento. Sus heridas eran graves y había perdido mucha sangre en la operación.

La ráfaga de balas no había cesado. Elena se arrojó al suelo, reptó hasta que alcanzó las ruedas de la silla y tiró. Después cerró la puerta. De inmediato cayó el niño sobre ella, que pugnaba por abrir la puerta. Elena lo sujetó.

—Está muerta. —Le zarandeó por los hombros—. Si entras ahí, también te matarán.

El crío se calló de repente. Su rostro era una mancha de suciedad, emborronada por las lágrimas que todavía derramaba. Sonaron disparos contra la puerta. Elena empezó a tener miedo de verdad. Allí estaban atrapados. Y eso no era todo; al volverse, descubrió que Eneas se había desmayado en la silla. Así no podrían escapar.

El brujo sacó un palo de madera de entre sus harapos. Lo deslizó con precisión sobre la puerta, pintando los trazos con soltura.

—No podrá abrirla.

—Genial. —Elena meneó la cabeza, poco convencida—. ¿Conoces una runa para despertar a este?

El crío negó con la cabeza. A pesar de la porquería que le manchaba la cara, se le adivinaba triste.

—Los brujos conocéis muchas runas. ¿No puedes matar al asesino?

—No —contestó el niño.

—Pues tienes que intentarlo. Algún truco sabrás, ¿no? ¿Tienes armas?

—No puedo matar a ese hombre.

—Es un asesino. —Elena no podía creer que tuviese que explicarlo—. Disparó a tu amiga y acabará con nosotros.

—Esta zona no nos pertenece, no está bajo el amparo de la tregua.

—¿Tregua? ¿De qué diablos hablas? ¡Nos van a matar!

—Nosotros somos neutrales. No podemos intervenir, lo siento.

—Eneas te salvó la vida —le recordó Elena—. Y a tu amiga le han agujereado la cabeza. ¿Vas a dejar que te suceda lo mismo?

El chico se sentó cerca de Eneas.

—Yo no le pedí ayuda, por tanto no le debo nada. Ese hombre está en su derecho de actuar como prefiera. Que sea o no un asesino, no supone ninguna diferencia para nosotros.

Elena necesitó varios segundos para respirar y calmarse, o estrangularía al mocoso allí mismo.

—El asesino que nos persigue trabaja para Mario Tancredo. ¿Te suena?

—Es un cliente muy importante, que paga todas sus facturas y cumple con los acuerdos. Su palabra merece respeto.

Elena entendió que los brujos no tendrían reparos en continuar comerciando con Mario, incluso ese niño, que había llorado por la muerte de su amiga, sería capaz de atenderle con una sonrisa en la siguiente transacción comercial, se desviviría para que Mario quedara satisfecho.

—Los brujos me dais asco —escupió Elena—. Ojalá os pudráis todos en un montón de mierda.

El chico la miró, se encogió de hombros.

—Tú no eres una clienta —dijo con indiferencia.

VERSÍCULO 6

Habían descendido. Elías no tenía modo de saber cuánto, ya que la mayor parte del tiempo avanzaban a oscuras, en silencio. Nilia les amenazaba si susurraban o si tropezaban y hacían ruido.

Terminaron en un agujero sucio e inmundo. Un arroyo de agua residual corría con un pequeño murmullo, humedeciendo el ambiente. Nilia pintó uno de esos símbolos que llamaban runas y se hizo la luz. Amanda se tumbó en el suelo y cerró los ojos.

—Déjala dormir —le ordenó Nilia—. Lo necesita. Tú también deberías. Es de noche y si mañana te quedas atrás, será problema tuyo.

Elías se sentó. Le dolía todo el cuerpo y se sentía incapaz de dormir.

—No tengo sueño.

Nilia sacó dos cuchillos y empezó como a estudiarlos a conciencia. Los hacía girar sobre las manos, se los pasaba de una a otra. Su destreza era impresionante. Elías casi se quedó hipnotizado siguiendo sus movimientos.

—¿Sigues despierto, taxista? Anda, ven aquí. Cógelos.

—Preferiría no tocarlos. Están oxidados y no me gustaría infectarme.

—¿Ves alguna diferencia entre ellos?

Elías prestó atención.

—Juraría que hasta las manchas de mugre son idénticas.

—Bien.

Nilia tomó uno y empezó a tirar de una banda desgastada de cuero que estaba enrollada al mango.

—¿Puedes volar? —preguntó Elías.

—Solo planear. Desde un punto muy alto y con mucho viento, tal vez recorrería unos cientos de metros.

—Ah. Dan un poco de miedo, ¿sabes? Tus alas. No sé por qué. Quizá es porque no tienen plumas.

—Si las tuvieran, parecería un maldito ángel. —Nilia sostuvo el cuchillo a la altura de los ojos. Luego, utilizando el otro, empezó a grabar un símbolo en el mango—. Deja de incordiar con preguntas. Si sobrevives a esto, cosa que dudo, contar lo que sabes por ahí no te conviene en absoluto.

—Creía que no te importaba lo que me suceda.

—Así es. Pero mi nombre saldrá en tus habladurías y eso me perjudica.

—Supongo que otros demonios me matarían por saber estas cosas.

—Yo me preocuparía más por otros. Hay un grupo de seres absolutamente despreciables, lo peor de la creación con mucha diferencia, y esos no te permitirán contar nada. A ti te caerían bien, son los que consideras los buenos. Trabajan para los ángeles.

Elías hacía un esfuerzo por aceptar que todo aquello era real. Había visto las alas de Nilia, cómo atravesaba el fuego en el hospital y muchas más cosas inexplicables. Siempre había pensado que él no era creyente porque no tenía pruebas, pero ahora las tenía, y estaban reunidas en la mujer que estaba acuclillada a su lado, tallando símbolos en un cuchillo.

—Entonces, ¿me odias? Haces esto porque te lo ordenan, ¿pero desearías matarme?

—Solo cuando no te callas. El resto del tiempo preferiría simplemente no haberte conocido. ¿Por qué querría matarte si no estorbaras?

—No estorbaré...

—Lo harás. Es inevitable.

—Desprecias a los humanos. ¿Es eso? No me conoces, pero aseguras que...

—Estás enamorado. Hay humanos interesantes, muy pocos, pero tú estás enamorado. Eso te convierte en estúpido, como a ella. Y tu estúpido amor interferirá con la razón y yo tendré que pagar las consecuencias. Siempre es así. Por eso me caéis mal.

Elías interpretó que se refería a la raza humana en general, no a ellos dos.

—¿Consideras el amor como algo malo?

—¿Tú no? —preguntó con desdén.

—Ahora entiendo por qué eres un demonio.

—No lo entenderías ni aunque te llevara al Infierno y lo vieras con tus propios ojos. Tienes amigos, imagino. ¿Conservas a alguno de la infancia o la adolescencia? Bien. ¿Están todos casados o con pareja?

—No. Uno se divorció hace un año y otro... nunca encontró a su media naranja.

—¿Por qué?

—Mala suerte, supongo.

—¿Por qué tú sí? ¿Eres mejor que ese amigo tuyo? ¿Por qué has sido capaz de encontrar a una mujer a la que quieres y que ella te quiera a ti, pero él no? ¿Estudiaste más que él para eso? ¿Se imparten clases sobre el amor? ¿Has trabajado más que él en algo que favorezca que hayas encontrado a tu persona ideal? ¿Posees algún don innato del que tu amigo carece?

Elías notó algo en Nilia, en su voz, un cambio sutil. Mantenía el tono frío, pero había algo diferente que le hizo pensar que la conversación le interesaba también a ella.

—Suerte. Yo he sido afortunado, él no. ¿Es ahí donde quieres llegar?

—Donde deberías llegar tú, no yo. Así que definís vuestra vida y vuestra cultura en torno a la suerte, a un sentimiento que no se controla. Sin amor nada tiene sentido, decís, estáis vacíos, Dios es amor... Todo lo que sois y lo que veneráis es un sentimiento aleatorio y absurdo que no sirve para nada. Es el consuelo para los perdedores, para los que no tienen aspiraciones, porque, ¿qué más da? Si tienes amor, lo tienes todo, ¿a que sí?

—Así que no crees en el amor.

—Claro que creo. Es lo mejor que se ha inventado. No imaginas cuántas almas he conseguido con un movimiento de caderas o una caída de ojos... Es tan fácil —dijo con una mueca de asco—. A veces, hasta me siento decepcionada, no tiene mérito alguno.

—Eso es porque aún no te has cruzado con alguien enamorado de verdad.

—¿Tú sí?

—Sí.

—¿Un amigo tuyo?

—Sí.

—Casado o con pareja, imagino. Preséntamelo. Diez minutos es todo lo que necesito a solas con él. ¿Crees que se me resistirá? ¿Piensas que tú podrías?

No quería, y fue apenas un instante, pero Elías recorrió el cuerpo de Nilia con la mirada. Tragó saliva.

—Luego se lo contaría a su mujer —continuó Nilia—. Y pasarían a ser los más desgraciados del mundo, traicionados, hundidos, desesperados. Con diez minutos me basta y me sobra.

—Confundes amor con sexo. Ella le perdonaría un desliz.

—Para empezar no necesito recurrir al sexo. Solo tendría que salir de la ducha con una toalla minúscula, delante de su mujer, y su imaginación haría el resto, desataría los celos y nunca creería que no ha pasado nada. Y aunque le perdonara, su vida nunca sería la misma. Para eso sirve el amor. ¿Recuerdas a la camarera del restaurante donde comisteis antes?

—¿Qué pasa con ella?

—La maté. Me vio sacar las alas.
—Mientes, no puedes matar.
—Muy listo... Bueno, supón que es cierto. ¿Cómo te sientes?
—Supongo que un poco triste.
—¿Y si estuvieras enamorado de ella?
—Estaría devastado —concedió Elías de mala gana.
—Se trata de la misma persona, pero ese estúpido sentimiento que tú no has elegido lo cambia todo. Todos los días, mucha gente renuncia a algo por amor. Perder oportunidades, dejar de hacer lo que uno prefiere, soportar problemas, ceder... Y todo para sentarse en un banco a coger la mano de otra persona... Solo porque ha surgido una química que no se controla y que puede desaparecer en cualquier momento. Nunca he visto nada más patético. Es el consuelo de los mediocres, contentarse con algo que puede tener cualquiera en lugar de aspirar a ser excepcional, aunque no se llegue a conseguir.

Aunque no estaba de acuerdo, Elías no replicó. Sin embargo, en su interior, sabía que nada de eso era cierto. No se trataba solo de él, lo había observado en los demás, a su alrededor, durante toda su vida. Que no encontrara las palabras adecuadas o los ejemplos precisos para refutar a Nilia significaba que no era un gran orador, no que ella tuviera razón.

—No lo pienses más —dijo Nilia cortando el hilo de sus pensamientos—. Si le das demasiadas vueltas, con tiempo, cambiarás, aunque sea solo un poco. Por otra parte, cuanto más tonto y más simple, más feliz serás. Confía tu destino a la suerte. No conocerás a nadie realmente brillante que sea feliz.

Elías no se daba por vencido. Y encontró un punto débil que atacar.

—Los demonios no podéis sentir amor por nadie. Es eso, ¿verdad?
—Tardabas en recurrir a los tópicos más ridículos de tu cultura. —Nilia se encogió de hombros—. Si así te sientes más feliz...
—Entonces, ¿puedes? ¿De verdad? —Elías no esperaba que un demonio pudiera enamorarse—. ¿Has estado enamorada?

Por primera vez, Nilia tardó en responder, incluso Elías creyó verla un poco menos segura mientras trabajaba en los puñales. Apretaba con más fuerza.

—Casi —dijo al fin.
—¿Casi? Si no lo has sentido, no puedes saber de qué hablamos. Por mucho que hayas observado el comportamiento de otros, no tiene comparación con sentirlo uno mismo.
—Una vez... Me sentí atraída por otro. De haber seguido, me habría enamorado.
—¿Qué pasó?
—Pensaba en él más de la cuenta. Y cometí un error.

—¿Te refieres a cuando modificaron el contrato para someterte?
Nilia asintió de modo casi imperceptible.

—El único error que he cometido jamás. —Ahora sus nudillos estaban blancos por la presión—. Cambió mi existencia para siempre. De haber continuado esa relación, me habría terminado enamorando de él. Y habría cometido más errores.

—¿Cómo acabó? Seguro que ahí está la raíz de tus paranoias con el amor... Perdón, no quería decir... ¿Cómo terminó la relación?

—Le maté.

—¿Qué? No... No puede ser...

—Le estrangulé hasta arrancarle la cabeza en medio del Infierno, mientras caían estalactitas a nuestro alrededor y la lava salpicaba por todas partes.

—Le mataste para no sentir... No me lo creo, no es posible que... ¿Y dices que solo has cometido un error?

—Eso digo.

Lobo fue el primero en arrugar la nariz. Su olfato era el más sensible, aunque tampoco se requería de una nariz muy fina para sentir casi un puñetazo por el hedor de las aguas residuales. Estrella iba en primer lugar, blandiendo una antorcha, maldiciendo por lo despacio que avanzaban a causa de Rex, cuyo estado físico aún era lamentable.

—Te agradezco que me lo contaras —dijo el antiguo centinela—. No te pediré que te transformes, Lobo. De hecho, ni siquiera deberías estar aquí abajo. Nosotros cazaremos a Nilia. Tú puedes regresar.

—Mi olfato no es tan bueno en forma humana, pero sigue siendo muy superior al vuestro.

—Mis hermanos se han desplegado y han cercado todas las salidas a la red de metro. Nilia estará acorralada muy pronto.

—De acuerdo —cedió Lobo—. Me iré... si vienes conmigo. Tú tampoco deberías estar aquí en tu estado.

—Lobo se queda —dijo Estrella—. Le necesitamos. A ti no.

—Yo llevo enfrentándome a los demonios más que cualquiera de vosotros. Eran mis enemigos naturales. Sabemos lo que hacemos.

—Eso lo dudo. —La maga detuvo su avance—. ¿Has oído hablar de Padre? —Rex negó con la cabeza—. Es un mago...

—Ah, sí, algo he oído. Creo que no es muy querido entre los vuestros.

Estrella respiró hondo, molesta por la interrupción.

—Es el líder de un clan de magos que van por libre. Son pocos, pero fuertes. Tienen un método... digamos que peculiar para seleccionar a sus miembros, y que no te contaré, así que olvida esa parte.

—Los rumores dicen que tiene bestias, perros, o algo así —dijo Rex.

—No son bestias. —Lobo alzó un poco la voz—. No está del todo claro cómo Padre las controla, pero lo hace, y son peligrosas. Las utiliza para proteger sus dominios.

—No veo qué importancia tiene todo esto —confesó Rex.

—Sus dominios están ahí abajo, justo hacia donde empujáis a Nilia con ese cerco. —Estrella meneó la cabeza con desdén—. Vais a meter las narices en un clan de magos muy poco sociables.

Rex enarcó una ceja.

—¿Magos en las cloacas? ¿Qué hay de vuestra predilección por las torres y las alturas? Pensaba que era algo más que simple soberbia.

—Eso debería indicarte que Padre es muy celoso de sus secretos. Te lo diré más claro: nos matará a todos si nos adentramos en lo que él considera su territorio. Puedes estar seguro de que no sobreviviríamos aquí abajo, donde él conoce hasta el recoveco más repugnante...

—Y donde cuenta con esas bestias —terminó Rex—. Entiendo el problema.

—No lo creo —dijo Lobo—. Esas bestias, como las llamas, son hombres lobo. Tienen algún defecto, alguna lesión o similar. Padre los ha deformado con runas, ya no pueden cambiar de forma, ni tampoco razonar. Su único propósito es matar a quienes los magos señalen.

—¿Cómo ha podido Padre capturarlos sin represalias por parte de tu gente? Los lobos protegéis a la manada... —Rex dejó la frase sin terminar. Miró a Lobo unos segundos, sin atreverse a comentar la intuición que había tenido—. No los capturó, ¿verdad?

—Los compró. Eso creo. Aún no se sabe quién se los vende...

—¿Todavía sigue con esa práctica? ¿Por qué? ¿Cómo es que nadie se lo impide? Sin duda los demás magos tendrán conocimiento de ello.

Estrella se encogió un poco, apartó la vista.

—Ella no es responsable —la defendió Lobo—. ¿Lo eres tú de todo lo que hacen los centinelas? ¿Te recuerdo por qué te echaron? Casi nadie más lo sabe, tampoco los hombres lobo, excepto tal vez quien esté beneficiándose de ese trato con Padre.

—Son muy, muy escasas las runas conocidas capaces de modificar la mente. Y más escasos todavía los que las saben aplicar sin matar a nadie.

—Mario Tancredo se las consiguió a Padre —explicó Lobo.

—¿Cómo? ¿Cómo sabes tanto de todo esto si dices que nadie está al corriente?

—Porque yo fui uno de los lobos que vendieron a Padre cuando supieron lo de mi enfermedad. Tuve suerte y escapé.

Rex se apoyó contra la pared combada del corredor en el que se encontraban. Parecía agotado, pero no físicamente, sino de cuanto había escuchado.

—Los magos os creéis superiores —le dijo a Estrella sin esconder su desprecio—. Pero consentís a ese tal Padre y las barbaridades que hace. ¿Por qué? Tiene que haber una razón.

—Ella no tiene la culpa —le recordó Lobo—. Déjala en paz. Estrella fue quien me ayudó a escapar. Le debo la vida.

Una arcada tremenda reptó hasta la garganta de Amanda.

—¿Has descansado? —le preguntó Elías.

Había dormido bastante mal. No recordaba qué había soñado, pero estaba convencida de que fue una pesadilla. El olor era nauseabundo. Al menos el bebé estaba tranquilo.

Algo alejada, en el borde del tenue fulgor de la runa, Nilia parecía ensimismada en sus armas. Clavaba uno de los cuchillos en una roca y luego repasaba el filo con detenimiento.

—Prefiero la cama —dijo Amanda bostezando—. ¿Nos vamos?

—No —dijo Nilia—. Tengo que esperar a que ese condenado pájaro aparezca.

Amanda se preguntó si el loro podría volar en aquellos lúgubres pasadizos. Elías, por su parte, parecía calmado.

—Has hablado con ella —adivinó Amanda—. ¿Cuánto he dormido? Da igual. Lo que te haya contado es mentira. Tiene que salvarme, pero nada más.

—Me pareció sincera.

Amanda notaba el cambio en Elías. Era de esperar: ella le había mentido y de pronto él se había enterado de que su mujer era un licántropo. Que ahora él dijera que Nilia era sincera solo podía significar que ella era una embustera. Y tenía razón. Por eso le sentó tan mal, por eso y por ponerse de parte de Nilia.

—¿Crees que este es el mejor sitio para hablar? —preguntó con severidad.

—Ella te engañó, te ocultó su verdadera identidad y engendró un hijo tuyo —dijo Nilia—. Él no te comprende, aunque piensa que juntos podríais superar cualquier cosa, pero no se atreve a afrontar el hecho de que le habría gustado decidir si estaba dispuesto a tener un hijo que un día se convertirá en un perro gigante y se rascaría las orejas con las patas traseras. Fin de la discusión.

—No te metas en esto —dijo Elías.

—Las discusiones románticas os distraerán y no obedeceréis mis órdenes. Muertos no podréis reconciliaros ni separaros. Así que vuestra charla se aplaza hasta el improbable caso de que los dos salgáis con vida de esta, y de paso, hasta que yo no tenga que soportarla.

—Me parece bien —dijo Amanda—. Habla tú. ¿Por qué quieren al bebé? ¿Te crees lo de que tratan de hablar con Dios?

—Pienso que ellos sí lo creen, lo que demuestra su estupidez.

—Porque eso es imposible, ¿no? —preguntó Elías.

—Porque Dios es un perdedor —dijo Nilia—. Todopoderoso, con todo a su favor para crear lo que quiera, y esto es lo mejor que sabe hacer. ¿Qué mérito tiene ser superior? ¿Se lo ha ganado? ¿Ha tenido que luchar para llegar a ser quien es? Bah, solo es cuestión de tiempo que alguien le ponga en su lugar.

Elías se puso de todos los colores imaginables. Amanda, por otra parte, no se sorprendió especialmente por las palabras de Nilia, quizá un poco por la ligereza con la que expresaba su opinión. La mayoría de los demonios eran más cautos, incluso hablaban bien de Dios, en especial porque su trabajo consistía en quedarse con almas, y la gran mayoría de ellas pertenecía a personas que creían en él, aunque fuera solo un poco. Algunos incluso alentaban esa creencia porque consideraban que así sus presas resultaban más fáciles de manipular.

Sin embargo, Amanda, como el resto de los integrantes del mundo oculto, no necesitaba creer: la existencia de Dios era un hecho probado.

—No me interesa tu opinión de Dios, demonio —dijo, sobre todo, para evitar una metedura de pata de su marido—. Te preguntaba qué pinta mi hijo en ese plan de hablar con Dios.

—No tengo ni idea —replicó Nilia.

—¿Cómo es posible? —preguntó Elías.

—Nadie me lo ha explicado.

—¿Solo te ordenaron salvarla, sin más, sin ninguna explicación?

Nilia asintió.

—Mi dueño es así de inteligente. Apuesto a que considera que no necesito saberlo para cumplir su encargo.

Elías la miró, incrédulo.

—¿Cómo puedes vivir así? Es... Solo hacer lo que te mandan, aunque lo detestes.

—No es muy diferente de lo que tú entiendes por un trabajo. Tal vez a ti te guste pasarte la vida llevando a la gente de un lado para otro en un taxi. Es una meta acorde con tu inteligencia, pero a la mayoría de las personas no les gusta su trabajo. Y lo cumplen cada día. Es, con diferencia, la tarea a la que más tiempo dedican en sus vidas, mucho más que a la familia, por ejemplo.

—Eso es diferente.

—Desde luego. Yo sé por qué tengo que hacerlo, y no se me ocurre dignificar un sistema que me obliga a trabajar en algo que detesto para que otros se enriquezcan. No voy por ahí pregonando que el trabajo es salud ni otras sandeces por el estilo.

—Tú eres, por definición, una esclava —dijo Elías subiendo el tono.

—Yo, al menos, soy consciente de mi condición. Esa es la diferencia, taxista.

—¿Por qué discutes con ella, Elías? —se cansó Amanda—. Déjala. Solo es un instrumento de alguien más. Y una mentirosa. —Miró a Nilia con rabia—: Sí que sabes el papel que juega mi hijo.

—No os he mentido. Nadie me ha dicho nada.

—Pero lo sabes.

—Tengo mi teoría al respecto.

—Cuéntanosla.

—No.

—¿Por qué no?

—Porque no me da la gana.

—Por favor —suplicó Elías—. Es nuestro hijo.

—¿Y? Esa criatura me importa tanto como vosotros dos. No os lo cuento porque no os gustaría y no me conviene que os pongáis dramáticos. Bastantes problemas me dais ya.

Se quedaron en silencio. Amanda sabía que Nilia no hablaría si no quería. Pero Elías no la conocía; por eso le resultó llamativo que se resignara tan pronto. Le observó con más atención. Fruncía el ceño, tenía la mirada perdida. Tal vez no había renunciado a sonsacarle información a Nilia.

—Dices que nos pondríamos dramáticos. —Elías se acercó a ella—. Eso es que te preocupamos. Nos proteges, tratas de salvarnos... Quizás no eres tan mala como quieres aparentar.

Nilia suspiró de un modo muy significativo.

—Yo no quiero aparentar nada. Piensa lo que te apetezca de mí. Viendo las conclusiones a las que llegas, es obvio que no me entenderías.

—Que te lo hayan ordenado no implica que te parezca mal hacerlo. Vosotros no matáis, necesitáis que vivamos para robar nuestras almas, ¿no? En cierto modo, os crearon para velar por nosotros. Creo que con quien estás enfadada es con tu dueño, porque no soportas tener que obedecerle. ¿Qué más da las órdenes que te dé? No son decisión tuya y eso te cabrea. Por eso eres así. Pero tú no nos harías daño voluntariamente, ni dejarías que nos atraparan.

—Así el mundo es más bonito, ¿verdad? —repuso Nilia—. Espero que duermas mejor ahora que te has convencido de que no soy mala, de que finjo el asco que me producís tú, tu mujer-perro y el chucho en miniatura que lleva en la barriga.

A Amanda le asombró que Elías hubiera sido capaz de abstraerse de la creencia popular de que los demonios son malos porque sí para llegar a otra conclusión, equivocada o no. Era cierto que los demonios no odiaban a la humanidad, esa teoría ni siquiera tenía sentido, dada la labor principal para la que fueron creados. Pero otra cosa diferente era considerar que Nilia podría simpatizar con ellos, en el supuesto de que lograra la libertad.

Amanda ni siquiera era capaz de imaginar a un demonio libre, actuando por voluntad propia. Era... Era imposible, una diferencia insalvable entre quienes conocen a los demonios y alguien como Elías, el pobre, que acababa de enterarse de su existencia y tenía que reubicar sus creencias y certezas sobre una realidad que se le había trastocado tanto en tan poco tiempo, una realidad que estaba descubriendo de manos de Nilia... Amanda debía admitir que su marido lo estaba afrontando extraordinariamente bien, sobre todo considerando el modo en que se había enterado de la verdadera naturaleza de su mujer y su futuro hijo. No era extraño que recurriera al idealismo para no volverse loco. Elías trataba de humanizar a Nilia y de encontrar esperanza mientras su mundo reventaba en pedazos.

—Uaaaaaaaaaaaaaaaaaaacc... —El loro apareció de repente. Revoloteó hasta posarse en el hombro de Nilia—. Malnacida... Uaaac... ¿Te has vuelto loca?

Nilia se alejó un poco y les dio la espalda.

—Te juro que si te han vuelto a seguir te desplumo, pajarraco.

El loro voló alrededor de Nilia, aleteando enloquecido. El pico le temblaba.

—Uaaac... No vuelvas a...

—Cállate. No me dejaste matarlos, así que tienes suerte de que consiguiera escapar. Ahora dime dónde están, dónde tenemos que ir. Dame información útil por una vez.

Hubo más insultos del pájaro. Por lo visto no estaba satisfecho con la interpretación que Nilia había hecho de sus órdenes, algo que ella rebatió con rapidez:

—La mujer está sana y salva.

Discutieron más. No era sencillo seguir la conversación porque el loro parecía muy excitado.

Elías se sentó junto a Amanda.

—¿Por qué? —le preguntó.

Ella no necesitaba verle los ojos para entender la verdadera e inevitable pregunta que acababa de hacerle.

—Lo siento —dijo ella—. Es cuanto puedo decir ahora. Nunca habría estado contigo de saber que esto pasaría. Creía que... había dejado atrás este mundo.

Elías bajó la cabeza, dolido. Pensaría en la semana pasada, en la discusión sobre si comprarían una cuna para el bebé o si dormiría con ellos en la cama; en los pequeños momentos que habían llenado su vida en los últimos meses. Amanda le conocía bien, demasiado bien. Sin embargo no tenía ni idea de cómo iba a reaccionar al saber que su hijo no sería exactamente un ser humano.

Y estaba a punto de nacer. Una conversación, seria y larga, era inevitable, pero Amanda no estaba dispuesta a esa charla en una cloaca, perseguidos, en manos de un demonio difícil de prever. Por suerte, Nilia le ahorró el tener que excusarse.

—En pie. Nos vamos.

Cuando se levantaron, el loro había desaparecido.

—¿A dónde? —preguntó Amanda.

—Cerca de aquí —contestó Nilia.

—¿Y los tipos esos? —preguntó Elías.

—También cerca. Nos están rodeando. El pajarraco ha ido a verificar que el camino esté despejado. ¿Puedes olerlos?

—En esta forma no —dijo Amanda—. A menos que estén realmente cerca. Además, creo que el embarazo me ha alterado el sentido del olfato. Puedo andar, por eso no te preocupes, pero correr no, mucho menos saltar. Tendrás que buscar un camino practicable.

Nilia hizo un gesto de aprobación.

—Ahora tú, taxista. Te voy a dar uno de mis puñales. Familiarízate con él, con su peso. Vas a usarlo muy pronto.

—De acuerdo —dijo Elías.

Amanda se enfureció.

—Elías no sabe pelear. Y nadie corriente podría enfrentarse a esos centinelas. ¿Has perdido el juicio?

—Tranquila, cariño, haría cualquier cosa por vosotros —aseguró Elías.

—No tiene que luchar —dijo Nilia—. ¿Crees que soy imbécil? Yo me encargaré de eso, si no hay más remedio. Tú, Elías, solo tienes que cortar la cabeza a los que yo derribe.

—¿Qué?

—El cuello. Con eso bastará.

—¿De qué hablas?

—Yo no puedo matarlos.

—N-No, no... Yo no...

—Hace un rato has dicho que harías cualquier cosa, ¿no? ¿Se te ha olvidado ya lo que tuve que hacer para salvaros? No la mires a ella. Tu mujercita ya ha matado. Estoy segura de que conoce perfectamente el sabor de la sangre entre sus colmillos, bastante más grandes que los que tiene ahora, por cierto. Apuesto a que no la llevaste nunca a cenar a un restaurante vegetariano cuando intentabas conquistarla.

—Dios... ¿Es cierto? No...

Nilia le zarandeó un poco.

—¿Todavía no has entendido lo que pasa? Tu chica ha matado, y seguramente también ha convertido en chuchos a seres humanos como tú. Quizá pensaba convertirte a ti.

—¿Por qué no dices nada? —le preguntó Elías a Amanda, desesperado.

—Esta es tu vida ahora, taxista —prosiguió Nilia—, tu mundo. Y no se puede sobrevivir en él sin matar. Más te vale aceptarlo porque tu hijo, algún día, también lo hará.

El brujo se había acurrucado contra la pared y no había vuelto a pronunciar una sola palabra. Elena no lo soportaba, tampoco que tuviera que permanecer en aquella nauseabunda alcantarilla. El asesino no había dado muestras de vida, pero seguía allí, en alguna parte, acechando. No se rendiría hasta capturarla, viva o muerta.

Había perdido la noción del tiempo, y aunque le parecía que habían estado encerrados una eternidad, calculaba que no debía de haber transcurrido ni una hora. Necesitaba salir de allí cuanto antes o se volvería loca. Agarró a Eneas por los hombros y le sacudió un poco. Nada. Continuaba inconsciente. Volvió a probar, le dio un par de bofetadas. Si no se despertaba, se marcharía sola, no iba a esperar a que el sicario encontrara el modo de alcanzarla.

—¿Eh...? ¿Qué pasa...? ¿Qué?

Eneas abrió los ojos despacio. Por su gesto debía de dolerle la cabeza.

—Tenemos que escapar —le dijo Elena—. El asesino aún anda tras nosotros.

Eneas parpadeó, se frotó los ojos con insistencia.

—¿Cómo nos ha encontrado aquí abajo?

—Debió de seguirnos —opinó Elena, que había reflexionado también sobre ello.

—Los brujos no lo habrían consentido —repuso Eneas.

—¿Esos niños? No me hagas hablar sobre ellos, en serio.

—Estuvimos en tu casa... —Eneas pensaba en voz alta, con los ojos desenfocados—. Pero lo lógico habría sido matarnos allí, si hubiese podido. No, llegó después de mi operación, que no tiene nada que ver contigo. ¿Cómo podía ese tipo saber que estábamos en las alcantarillas? Tiene que ser cosa mía, no tuya.

—¿Qué haces?

Eneas se agachó como pudo y palpó las ruedas de la silla.

—No está rota —aseguró Elena.

—Por aquí no veo bien —dijo Eneas—. La rueda derecha, examina la parte de abajo.

A regañadientes, Elena obedeció. Repasó con las manos la rueda y toda la porquería que tenía encima, y encontró algo que parecía fuera de lugar, un pequeño plástico circular que se había despegado un poco por uno de los lados. Lo arrancó de un tirón.

—¿Qué es esto?

—Un transmisor —dijo Eneas quitándoselo de la mano—. Debió de colocarlo en el hospital, cuando la silla le atropelló. Ese tipo es bueno, piensa deprisa.

Lo cierto era que a Elena le habría sorprendido que su marido hubiese contratado a un inútil. Con todo, compartió la reflexión y el asombro de Eneas. Si el asesino había tenido los reflejos y la frialdad de colocar un transmisor al constatar que la silla se le echaba encima, sin duda era peligroso.

—Destrúyelo.

—No —dijo Eneas—. Ahora tenemos ventaja. Seguramente está esperando a que salgamos de aquí para atacarnos. Podemos irnos, dejando el transmisor, o ponérselo a una rata y despistarlo. Destruirlo solo le alertará de que sabemos cómo nos ha localizado.

El brujo se levantó en ese momento.

—Quiero agradecer lo que hiciste por mí —le dijo a Eneas—. Para compensar tu gesto y que arriesgaras tu vida, te he hecho una cura en la pierna y he bloqueado la puerta para que ese hombre no pueda alcanzaros. ¿Consideras que nuestro intercambio ha sido justo?

—Desde luego. Siento mucho lo de tu compañera.

—¿Qué? —soltó Elena—. ¿Eso es todo? Este mequetrefe se niega a ayudarnos contra el asesino, ¿y tú le das las gracias después de arriesgar la vida por él?

—Esto no es asunto suyo —explicó Eneas—. Por nuestra culpa ha perdido a una bruja. Agradece que nos haya ayudado, porque él no intervendrá en nuestros asuntos.

—Pero su vida también está en peligro —se desesperó Elena—. El sicario no vacilará en disparar a quien sea.

—Él puede salvarse solo, no temas. Si sigue con nosotros es solo porque quería asegurarse de que yo, que soy su cliente, estuviera satisfecho.

—Esto es increíble. ¿Y qué hay de ayudarnos? Estos pequeños mamones saben muchos trucos con las runas, lo sé, Mario los mencionaba continuamente, y muy pocas cosas pueden impresionar a mi marido.

—Si quieres hacer un trato con él, adelante. Inténtalo.

—¿Un trato?

Elena apreció un destello en los ojos del chico. Desde luego, la situación no podía ser más absurda.

—No intentes convencerle de que mate al sicario —le advirtió Eneas—. Ellos no matan a nadie que...

—Ya, ya me lo ha dicho. No interfieren. A ver, chaval, ¿puedes sacarnos de aquí?

El brujo se acarició la barbilla durante unos segundos.

—Todo es posible, desde luego —dijo al fin—. Aunque la dificultad es grande. Tengo que consultar primero si dispongo de autorización para realizar algo semejante.

—¿Tienes un teléfono?

—Piensa ir a preguntar a los demás brujos —aclaró Eneas.

—Entonces que nos lleve. Si él puede ir es que sabe cómo salir de aquí.

—No revelará uno de sus corredores secretos. Esa es la dificultad a la que se refería.

—Si no os molesta, me gustaría irme ahora —solicitó el brujo con humildad.

—Ven, mírame —le pidió Eneas a Elena—. Acércate a mí.

—¿Qué pasa?

—No quiere que veamos la runa con la que abrirá un pasadizo. Si no nos volvemos, se quedará aquí, incluso morirá si es preciso, pero no consentirá que descubramos cómo lo hace.

—Entonces le retorceré el pescuezo hasta que...

—Ya se ha marchado. Compruébalo.

Elena se volvió. En efecto, el brujo había desaparecido. No quedaba el menor rastro de él, como si nunca hubiese estado allí.

—¿Cómo es posible?

—Son muy celosos con sus secretos. Por cierto, será caro conseguir su ayuda, te lo advierto.

—Tengo dinero.

—Me temo que no será suficiente.

Elena no entendía nada. Ella, que había mantenido relaciones con demonios, que conocía más que la inmensa mayoría de la gente sobre el mundo oculto, se sentía como una novata en lo referente a los brujos, un grupo de niños harapientos que controlaban el comercio y la economía de ese mundo. Empezaba a entender por qué Mario los temía y los odiaba. No había nada más frustrante que no conocer las motivaciones de los demás, ni el alcance real de su influencia. Los brujos podían ser cualquier cosa, porque nadie sabía en realidad de parte de quién estaban, y esa apariencia de neutralidad que esgrimían era sin la menor duda una máscara. Un colectivo tan grande y tan bien organizado debía de perseguir un propósito, uno que ni siquiera Mario Tancredo había logrado descubrir.

Y luego estaba Eneas, un hombre casi tan misterioso como los brujos.

—¿Por qué lo hiciste? Podrías haber muerto al salvar a ese mocoso.

—A mí también me gustaría saberlo. —Eneas se encogió de hombros—. Porque soy estúpido, supongo. Conozco a los brujos bastante bien, si es que alguien puede llegar a conocerlos, pero cuando los miro... Solo veo niños. Y si alguien intenta matar a un niño... Es superior a mis fuerzas. No me preguntes por qué. Soy así y no puedo evitarlo.

Lo decía como un reproche.

—¿También eres así con las mujeres? —preguntó Elena, recordando que a ella también la había salvado.

—Algo menos, si te soy sincero. No soy un caballero andante. Demasiado tonto. Por eso terminé en una silla de ruedas. Siempre acabo metiendo las narices donde no debo. No se lo recomiendo a nadie, la verdad.

Elena apoyó la mano sobre su hombro, le observó con verdadero interés por primera vez.

—Te estoy tocando para convencerme de que eres real —dijo sin asomo de duda—. Sé que suena raro, pero tú eres más increíble para mí que esos brujos. Después de la vida que he llevado con mi marido, de las cosas que he hecho y he visto... Que exista alguien como tú, es algo que me cuesta creer.

—Y a mí. Creo que es una enfermedad.

—Lo digo en serio. Hasta ahora, en mi matrimonio y en mi vida, no he conocido más que egoísmo y crueldad, una lucha constante por sobrevivir, por protegerme de los demás, sobre todo de mi propio marido. Dormir con tu peor enemigo cada noche. ¿Puedes imaginarlo?

—No —contestó con franqueza Eneas—. De todos modos, te haces una idea equivocada de mí. Todos ocultamos algo y yo no soy una excepción. Salvar a un niño o a una mujer son detalles aislados. Mi verdadera meta es tan egoísta como la de cualquiera.

Elena entornó los ojos.

—¿Intentas compensar algo malo que hiciste?

—Que estoy haciendo —la corrigió Eneas—. Que no debería hacer, pero que tampoco puedo evitar. Me falta seso —dijo tocándose la cabeza—. Mi excusa es la más manida que puedas imaginar: estoy enamorado y, en cierto sentido difícil de explicar, eso va en contra de Dios. ¿No es irónico que un demonio trate de impedírmelo?

Elena no lo entendía, pero sabía que de ciertas cosas no se podía hablar. Los demonios podían tener motivaciones mucho más complejas que la simple lucha contra Dios o sus representantes, y desde luego no contemplaban los conceptos del bien y del mal del mundo corriente. De todos modos, ni esforzándose definiría a Eneas como alguien vil, aunque él tratara de convencerla de lo contrario. Nadie arriesgaría su vida por los demás por un simple impulso, sin obtener un beneficio inmediato, no en ese mundo.

—Si algo he aprendido es que todos se mueven por interés —dijo—. El dinero y el poder pesan más que el amor, siempre. Solo los ingenuos creen que es al contrario. Excepto tú.

—Tú tampoco eres tan diferente de mí. A fin de cuentas, no te gusta cómo eres, no estás satisfecha con tu vida y tratas de mejorarla.

—Ya lo creo que soy diferente. —Elena se palpó el vientre—. He hecho cosas horribles. Yo os habría abandonado si supiera salir de aquí sola, incluso después de que tú me salvaras a mí. Así soy yo, solo me preocupo por mí misma. Eso me ha enseñado la vida, es lo que siempre ha ocurrido a mi alrededor.

—Cuando el sicario nos sorprendió, no huiste, sino que empujaste mi silla por el corredor. Cuando disparó a la niña y cogí al brujo, tiraste de mí, no nos abandonaste.

—¿Y cuando te pegué un tiro en la pierna?

—No fue tan malo como cuando me rompí la espalda. ¿Crees que no he intentado dejar de ser como soy? Bah, al diablo. Nunca cambiaré, por más que me lo diga a mí mismo. Supongo que estoy condenado. Tampoco es que importe mucho. No viviré demasiado.

Sin querer, Elena desvió la mirada a la silla de ruedas.

—¿Es por...?

—El demonio me matará antes o después. Solo puedo defenderme un tiempo y se me está agotando, así que... Bueno, hay que reconocer que yo me lo he buscado.

Elías pisó una rata. Se tragó varias hebras de una telaraña que le cubrió la cara por completo y luego notó que algo le trepaba por el hombro y descendía por la espalda, mientras otra cosa, alargada, escalaba su pierna izquierda.

Chilló, saltó a un lado, escupió, trató de bajarse los pantalones... Todo al mismo tiempo. Era inevitable que terminara en el suelo, sobre un charco apestoso, a un palmo escaso de un riachuelo en el que también se removían cosas que era mejor no ver. Casi inmediatamente notó un tirón en el brazo que lo levantó en volandas. Un guantazo le cruzó la cara.

—¿Has acabado o vas a seguir haciendo ruido? —gruñó Nilia.

Elías asintió varias veces. Nilia mantuvo la mirada fija sobre él durante un rato más, severa, con la mano aún en alto. Él se dio cuenta de que ninguno de los repugnantes bichos que vivían en las cloacas paseaba sobre ella, ni sobre Amanda. O bien él los atraía o se trataba de alguna cualidad de los demonios y los… Todavía le costaba decirlo o pensarlo, siquiera. Debía esforzarse para volver a creer que Amanda era una mujer, su mujer, no otra cosa.

—Uuuuaaaaac… Palurda. Déjale.

Aunque no lo veía, Elías oyó el aleteo del loro. Al menos Nilia bajó la mano y lo soltó.

—Debería romperte el pico a ti, pajarraco. Haces más ruido que él.

—Uac… ¿Dónde vas?

—A salvarlos. Qué remedio… ¿Has encontrado el tren?

¿Un tren? ¿Qué tren? Elías se rascó la cabeza. Habían cruzado varias vías de metro, abandonadas, antiguas, los raíles estaban oxidados y retorcidos, impracticables, pero estando bajo tierra, solo se le ocurría que Nilia hablara de un convoy del metro de Madrid. Amanda volvió el rostro hacia el demonio y el pájaro en cuanto se mencionó el tren, así que no debía de tratarse de uno de la red de metro.

—Uaaaaaaaac… Un vagón. Algo lejos… En la bifurcación a la izquierda.

—¿Cómo sabremos qué bifurcación?

—Uaaaaaac… Me cagaré en el centro para señalarla.

—Trata de no hacerlo en ninguna otra parte, idiota, o solo lograrás despistarnos.

Amanda se acercó a ellos.

—He oído historias sobre un tren fantasma. ¿Son ciertas?

—Pronto lo averiguaremos —dijo Nilia—. A menos que alguien tenga una idea mejor para salir de aquí.

La cara de Amanda reflejaba inquietud, pero ni ella ni el loro pusieron objeción alguna, aunque era evidente que esa idea del tren no era de su agrado. Nilia se mostró satisfecha.

—Adelántate y vigila, pajarraco. Si aparecen nuestros amigos, vuelves y me avisas. Y recuerda no cagarte por todas partes.

—Uaaaac… Yo doy las órdenes, gatita… No te acostumbres…

Nilia lo espantó de un manotazo. El loro, si Elías no había visto mal, defecó en el suelo y se alejó volando. Prosiguieron. Nilia le entregó una antorcha que debía de haber improvisado en algún momento.

—A ver si así consigues ser menos torpe.

Elías tragó saliva. Lo que sostenía era un hueso humano. Descubrió que el asco no era tan insufrible como para renunciar a tener luz a su alrededor.

Además, ahora avanzaban por un tramo recto, con ladrillos semienterrados en las paredes y unos adoquines muy desgastados en el suelo. Sus pisadas eran las únicas que hacían ruido. Amanda caminaba con dificultad, debía de estar cansada, y aun así daba la impresión de desenvolverse mejor que él ahí abajo.

A veces intercambiaba con Nilia unas palabras escuetas, rápidas. Cuando Elías intentaba preguntar algo, Nilia le silenciaba con una mirada feroz. Nunca antes se había sentido tan fuera de lugar.

Algo más adelante asomó un resplandor. Se oían voces.

—Todavía recuerdo los viejos tiempos, las tradiciones —decía un hombre, a lo lejos—. No podría haberme relacionado contigo aunque hubiese querido, ¿lo sabes? No, creo que eres demasiado joven. En fin, el mundo avanza. Ahora ya no me niego a tratar contigo, incluso te permito que me mires a los ojos y me estreches la mano. ¿Acaso he mostrado mi desprecio? Nada de eso. He ocultado lo que en realidad pienso de ti para mantener un encuentro cordial. Por eso me sorprende tanto que intentes regatear. ¿Es que no he sido amable? Creo que en otros tiempos te habría arrancado un brazo y luego te habría atizado con él. ¡Ah...! A veces echo de menos los buenos tiempos.

Nilia continuaba caminando como si nada. Amanda, un paso por detrás, se había encogido un poco y mantenía una mano extendida hacia la pared. La voz de aquel hombre se apagó. Elías supuso que por el sonido de sus pasos, aunque Nilia no le reprendió por ello. Al fin, pasaron un arco y vieron un símbolo que irradiaba una luz amarillenta. Elías ya reconocía esa runa, aunque en esta ocasión era más grande y parecía dibujada con una pintura distinta.

Junto a una pared se alineaban dos hombres y una mujer medio desnudos. Unos grilletes cochambrosos les mantenían encadenados por manos, pies y cuello. Parecían asustados. A duras penas Elías alcanzó a ver una silueta encapuchada que se escabullía en las sombras. Nilia pasó de largo sin prestarles la menor atención, tiró del brazo de Amanda cuando ella trató de acercarse a los prisioneros.

—¡Son de los míos!

—No —respondió Nilia—. Tú renunciaste a tu mundo, ¿recuerdas? Por ese pasmado de ahí —añadió señalando a Elías.

—¿Qué les va a suceder?

—No es asunto mío. Camina.

Nilia tiró de ella, más fuerte. Cruzaban una estancia abovedada, sembrada de desconchones y grietas. Se encaminaban hacia un arco por el que se extendía otro corredor. Bajo ese arco apareció un hombre que un instante antes no se encontraba allí. Cayó de alguna parte, ágil, con movimientos diestros y precisos. Estaba muy musculado y lucía una mirada confiada y poco tranquilizadora. Tenía los hombros anchos, también el cuello, debía de pesar mucho, por eso sorprendía la suavidad con la que se había posado en el suelo.

No era ninguno de los tipos que Elías había visto en la azotea antes de que Nilia le arrojara al vacío. No habría olvidado una colección de músculos como esa. Además, vestía de otra manera. Llevaba una túnica holgada sujeta por un cinturón y por algunos brazaletes. Un atuendo extraño, considerando que estaban en las cloacas.

—Vaya, vaya. Qué visita tan inesperada —dijo exagerando su asombro. Por la voz, Elías lo identificó como el hombre al que habían escuchado al acercarse—. Una mujer embarazada... ¿Qué os trae por estos parajes?

Su tono era demasiado amable, casi pegajoso. La sonrisa, forzada, contradecía los puños apretados y los músculos en tensión. Nilia, sin embargo, no se detuvo.

—Solo estamos de paso —dijo despreocupada—. Sigue con tus chanchullos.

—Es peligroso andar por aquí —dijo el hombre—. Podría ayudaros si me decís quiénes sois, no vaya a ser que sufráis un accidente indeseado.

—¿Estás comprando a esas personas? —preguntó Amanda.

El hombre chasqueó la lengua.

—¿Lo ves? Eso es lo que pasa... Las mujeres son demasiado curiosas.

Nilia estaba a menos de tres pasos del desconocido.

—Sigue con tu negocio, Mu. Nosotros nos vamos.

—No, Nilia —protestó Amanda—. No podemos dejarles...

Ahora Nilia sí se paró. Le dedicó a Amanda una de esa miradas suyas que daban miedo, miedo de verdad.

—Ah, Nilia, tu amiga no está de acuerdo —dijo el llamado Mu, si es que Elías había escuchado bien, porque eso no podía ser un nombre—. Por cierto, guapa, sabes cómo me llamo, pero yo no sé quién eres. Eso me molesta.

—No entiendo por qué no sois capaces de obedecer una simple orden —se enfadó Nilia con Amanda—. Con lo fácil que era mantener la boca cerrada. ¿Quieres liberar a los tuyos? Adelante. Solo tienes que vencer a ese imbécil arrogante que piensa que nos intimida con su parodia de anfitrión. Es un mago, el mejor, tengo entendido, de un clan que tiene el poco gusto de vivir en medio de este estercolero, lo que no dice mucho de la media de su cociente intelectual. Pero tú quieres meter el hocico donde no te importa, en nuestra situación... Ni siquiera me molestaré en buscar un insulto, porque ninguno se acercaría a la opinión que me mereces. ¿A qué esperas? Vamos, atácale. Acaba con él y libera a los tuyos para que no acaben siendo unos esclavos. Yo puedo esperar.

Amanda apretó las mandíbulas, furiosa, frustrada. Elías acudió a su lado.

—Sabes demasiado, Nilia, seas quien seas —dijo Mu—. Es tu última oportunidad de explicarte.

Mu enterró la mano en la pared de un puñetazo. Al sacarla sostenía una espada larga y reluciente. Elías parpadeó al ver las grietas y los ladrillos destrozados, así como los nudillos de Mu, en los que no se apreciaba la menor marca o herida. Aquel mago, según había dicho Nilia, coincidía más bien con la imagen que Elías tenía de un espadachín, sobre todo de uno con los músculos desarrollados y perfectamente proporcionados. Además era veloz, como demostró al hacer girar la espada a su alrededor, tan rápido que se convirtió en un halo plateado que lo envolvía. Se desplazaba con tanta celeridad que Elías ni siquiera le distinguía. Solo veía una mancha borrosa y oía el siseo de la espada cortando el aire.

Nilia ni siquiera parpadeó.

—¿Y bien? ¿No vas a hacer nada? —le preguntó a Amanda—. Entonces vámonos.

Dio un paso hacia Mu. El mago se había detenido de repente, y había dejado la punta de la espada a escasos centímetros de la cara de Nilia.

—Has decidido no hablar. Chica lista. Aunque no puedo dejaros con vida después de lo que habéis visto.

El mago saltó hacia adelante, resuelto a ensartar a Nilia. Ella no reaccionó ni se apartó, aunque era obvio que Mu no vacilaría. No hacía falta ser un experto en esgrima para entender que ese tipo era un adversario temible. Nilia no podría esquivarle por rápida que fuese. Iba a morir allí mismo. Era inevitable.

Y sin embargo la hoja de la espada ni siquiera la rozó. En el último segundo, mientras Elías contenía el aliento, el pie derecho de Mu falló y el mago se derrumbó hacia ese lado. Nilia echó a andar como si nada. Mu se levantó con el rostro desencajado por la sorpresa. Aunque solo vaciló un instante. Enseguida alzó la espada y cargó contra Nilia. Iba a partirla en dos por la espalda, cuando le falló el otro pie y de nuevo cayó al suelo antes de poder tocarla.

—¿A qué esperáis? —bufó Nilia.

Amanda y Elías fueron tras ella, tan sorprendidos como el mago.

—¿Cómo lo haces? —rugió Mu—. Nadie me ha vencido nunca.

—Seguid andando —les dijo Nilia, que se volvió hacia el mago y lo agarró por el cuello ante la mirada atónita de Amanda y Elías—. Tu alma es mía desde hace mucho, desde aquellos tiempos tan buenos de los que antes hablabas.

—Eso es imposible.

—Fue tu hermano quien me la vendió, antes de que lo mataras y os fundierais. Veo que nunca te lo dijo. Menuda conexión la vuestra... ¿Piensas que eres tan bueno porque sí? ¿Por tu gran talento? Ahora olvidarás que nos has visto y seguirás a lo tuyo. Cuídate, Mu.

Nilia regresó con Elías y Amanda y les apremió a continuar andando.

—¿Vas a dejarles encadenados ahí? —se indignó Amanda.

—Tú lo has dicho.

—¿De qué va todo esto? —preguntó Elías—. ¿A alguien le importaría explicármelo?

—¡Caminad de una vez! —Se dirigió a Elías con sorna—. Tu chica está molesta porque no he salvado a esos hombres lobo desharrapados de ser vendidos como esclavos.

—¿Eran lobos? ¿Y por qué no les salvas?

—No te molestes con ella —dijo Amanda—. Es un maldito demonio.

Nilia les dio un empujón para que anduvieran más deprisa.

—Tenemos otros problemas. Cuando tu hijo esté a salvo y te hayas recuperado del embarazo, vuelves a rescatarlos, que ya sabes dónde están. Entonces, a lo mejor me trago tu falsa indignación y tu hipocresía barata.

—Cobarde —la acusó Amanda—. Yo no soy hipócrita. No te excuses…

—No lo necesito. Dejaste tu mundo para irte con ese taxista patético, ahora no llores. Haberte quedado junto a tu manada y tal vez te creería. No, espera, es tu manada la que los ha expulsado. ¿Estaban enfermos? ¿Tenían algún defecto físico? Qué más da. Ahora resulta que la culpa es mía. Lo que me faltaba por oír.

—¿Les echaron por estar enfermos? —se asombró Elías.

—Una de las decisiones más acertadas de los chuchos —dijo Nilia con aprobación—. Sin embargo, tu chica prefiere pensar que el problema es que soy un demonio, y no los métodos de selección de los de su especie. Tenéis suerte de que yo no culpe a otros de la situación que me obliga a acatar las órdenes de un retrasado mental que se ha empeñado en proteger vuestro repugnante pellejo.

Rex retiró la mano de su pecho. Estaba empapada.

—Se te han saltado los puntos —observó Lobo.

—Estoy bien —repitió el centinela.

Estrella negó con la cabeza. Puede que Rex no fuese tan inteligente, al fin y al cabo, porque era posible que muriera en aquellas cloacas por tozudo, llevando sus fuerzas a la extenuación, arriesgándose a cada paso a contraer una infección por alguna de sus numerosas heridas. Los centinelas sanaban rápido, los que aún contaban con la gracia de los ángeles, claro. Los ángeles reparaban sus armas y les conferían una resistencia y fuerza superiores a la media de un ser humano corriente. Pero esos beneficios no eran permanentes. Los centinelas debían acudir regularmente a recargar las armas y las facultades físicas, lo que, en opinión de Estrella, constituía un método eficaz de controlarlos. Sin embargo, ahora que habían sido expulsados, dependían de las reservas que les quedaran —pues ningún obispo accedería a ayudarles de nuevo—, y las de Rex debían de haberse agotado. No era más que un menor que hacía poco había sido poderoso.

—¿No te fías de nosotros? —preguntó la maga—. Por eso insistes en acompañarnos aquí abajo, ¿verdad?

Rex tosió.

—No es eso...

—Entonces piensas que somos idiotas y que sin tu mente privilegiada ni tu liderazgo no lograremos cazar al demonio. Bah, no respondas. Ahorra el aliento, que te hará falta. Y no nos retrases más.

En realidad, Estrella no estaba enfadada con él. Le irritaba volver allí abajo, acercarse al que fue su hogar hasta que huyó de los dominios de Padre y su clan. El aire era putrefacto. Estrella, como cualquier otro mago, se cuidaba al máximo y no le apetecía entrar en contacto con aquel ambiente insalubre. Padre disponía de un entramado de runas que purificaba el agua y el aire para los magos del clan. Estrella lo echaba de menos ahora, cosa que le sorprendió. Siempre pensó que preferiría tragarse una piscina entera llena de desechos y residuos antes que considerar siquiera la posibilidad de volver a pisar la morada de Padre.

Lobo parecía sobrellevarlo bastante bien. Pensaba que los licántropos padecían una especie de claustrofobia inevitable, dada su predilección por la naturaleza y los espacios abiertos, pero de ser ese el caso, Lobo lo disimulaba a la perfección. Tal vez solo fuera uno de tantos rumores infundados que circulaban por ahí. Seguro que lo habría escuchado alguna vez en la taberna de los brujos.

Otro centinela se acercó a ellos corriendo, sostenía una antorcha.

—El loro está en un vagón de metro abandonado en una vía muerta —informó.

—¿Solo? —preguntó Rex.

El centinela asintió.

—Vamos allá. —Estrella chocó el puño contra la palma de su mano.

—Un momento —se opuso Rex—. No nos precipitemos.

—Corren rumores acerca de un tren fantasma —dijo Lobo—. Nilia debe de querer utilizarlo para escapar.

—Ella será un fantasma muy pronto —aseguró la maga.

—Algo no termina de encajar —murmuró Rex.

—¿Ahora qué pasa? ¿No creerás lo del tren fantasma? Es una idiotez. Estoy segura de que ese cuento lo propagaron los menores.

—Ese tren existe —se ofendió Lobo.

Estrella bufó para mostrar su desprecio.

—El tren me da lo mismo —dijo Rex—. Es el pájaro lo que me inquieta. Ya le seguimos una vez para encontrar a Nilia. No creo que cometa el mismo error dos veces.

—No es un error —opinó Estrella—. Los demonios tienen que obedecer. Además, está acorralada y lo sabe. No tiene opciones y se subiría a un cohete fantasma si hiciera falta con tal de escapar.

—Es posible —reflexionó Rex—. Pero convendría sopesar la posibilidad contraria. ¿El loro ha llamado vuestra atención o ha sido discreto? —le preguntó al centinela.

—Actúa como la vez anterior —contestó el hombre tras una corta reflexión—. Va soltando deposiciones y aletea mucho. No sabría juzgar un cambio significativo en su comportamiento.

—¿El loro ha advertido vuestra presencia?

—No —aseguró el centinela, tajante.

—Se acabó, Rex —intervino Estrella—. Tú puedes seguir buscando por las cloacas. Yo voy a vigilar a ese pajarraco hasta que Nilia aparezca.

—De acuerdo —dijo al fin Rex—. Lobo, vas con ella, ¿verdad? Os enviaré a dos de los nuestros. Los demás registraremos en la dirección opuesta por si acaso.

—Esta es la bifurcación —dijo Elías.

La galería moría en una pared cochambrosa y maloliente. Se podía continuar a izquierda o derecha, pero no seguir recto. En el suelo, justo en el medio, entre toda la basura y las inmundicias, había una baldosa diferente. Lucía sin mácula por todas partes excepto en el centro, donde, de un modo casi artístico, se alzaba un pequeño montículo de deposiciones de pájaro.

—Sí —confirmó Nilia—. Sin duda es la señal de ese marrano con plumas y pico. Sigamos por allí.

—¿Cómo? —se extrañó Amanda—. El loro dijo que el vagón estaba a la izquierda. Estoy segura.

—Precisamente por eso vamos a la derecha. Ya han seguido a ese incompetente antes, no pienso arriesgarme de nuevo.

—Entonces... ¿Engañaste al loro a propósito? ¿No tienes que obedecer sus órdenes?

—Yo fui la que le ordenó vigilar el vagón. Obedeció porque quiso. No es mi problema que carezca de cerebro.

—¿Qué hay de escapar en el tren fantasma? ¿No existe?

—No tengo ni idea —contestó Nilia—. Pero suponiendo que ese vagón sea parte del tren sobre el que se cuentan tantas historias, ¿de verdad crees que es sensato meterse dentro con tu bebé?

No hizo falta una respuesta. A Amanda y Elías les bastó con cruzar una rápida mirada para ponerse en marcha detrás de Nilia.

Llegaron a un terreno fangoso y maloliente. El río de aguas residuales discurría a dos metros escasos a su derecha. No se veían ladrillos ni cemento ni hormigón ni nada parecido. Pisaban un suelo irregular y accidentado, tropezaban por los socavones y las paredes, que se ensanchaban y estrechaban, dificultando aún más la marcha. Parecía que se habían adentrado en las entrañas mismas de la tierra. Con todo, daba la impresión de que alguien había excavado aquella galería por el trazado relativamente recto que seguía. Aquello no era obra de la naturaleza.

La confirmación llegó poco después, al encontrar una cascada por la que se derramaba el arroyo putrefacto. Desembocaba en un tanque de metal gigantesco, mayor que cualquier piscina que Elías hubiese contemplado jamás. La profundidad era difícil de calcular de un simple vistazo. La inmensa cueva en la que se encontraban titilaba bajo la luz de varias runas esculpidas en las rocas de las paredes. No eran los símbolos que Elías ya conocía, los que estaban destinados a dar luz. Su propósito debía de ser otro.

—¿Qué es este lugar? —preguntó cubriéndose la nariz—. Apesta.

—La reserva de agua de los magos —respondió Nilia.

Amanda estudiaba las runas con interés. Parecía cansada. Ya no despegaba las manos de la tripa, como si no pudiera sostener al bebé sin ayuda.

—¿Agua? —Elías contuvo una arcada—. ¿Los magos beben eso?

—Las runas la purifican —explicó Amanda. Señaló una zona en el extremo opuesto, desde donde salía una tubería reluciente—. Te garantizo que nunca has probado una más cristalina ni libre de impurezas —añadió.

A Elías le costó más creer eso que todo lo que había visto hasta el momento. En el tanque flotaban cadáveres de ratas muertas y restos de... cualquier cosa. Aceptar que unos dibujos pudieran filtrar toda aquella porquería para dejar solo agua pura le parecía impensable, aunque luego se recordó que iba acompañado de un demonio para salvar a su mujer lobo.

Continuaron por un túnel menos accidentado. La tierra quedó atrás para dar paso a suelo firme, puede que hormigón. Elías se sintió mejor.

—¿Qué haremos si no han picado y no han seguido al loro?

—Esperemos que sí —dijo Nilia—. Eso significaría que han tenido que dispersarse para mantener el cerco y hay muchas posibilidades de que solo nos topemos con dos o tres.

—No es que quiera desmerecer tus... cualidades, pero, ¿no sería mejor buscar una alternativa que no implicara que te enfrentes a tres personas?

—A partir de aquí, se acabaron las sutilezas. Tendré que pelear antes o después. No hay otro modo de salir de esta cloaca. —Nilia habló más despacio para que sus palabras no se malinterpretaran—. Pronto llegaremos a una vía abandonada, luego vienen unos cuantos pasillos, hasta un túnel que desemboca en la red de metro de Madrid. En esa estación, arriba, está nuestro destino.

Amanda apretó el paso.

—Algo me dice que no es un hospital.

—No. Es uno de los lugares más repugnantes del mundo —dijo Nilia—. Una iglesia. Una vez allí, estarás a salvo y yo podré irme. Descansad aquí. Os quiero en plena forma antes de seguir.

Amanda se sentó, aliviada.

—¿Me entregarás a los centinelas?

—A los auténticos —dijo Nilia, molesta—. Pocas cosas podrían hacerme menos gracia.

Amanda se quedó pensativa. Elías quería preguntarle qué le rondaba por la cabeza, qué implicaba que Nilia les llevara con los centinelas. A él le pareció que había destinos mucho peores que una iglesia. Sin embargo, la expresión de Amanda se había ensombrecido.

—¿Qué pasa? —preguntó Elías acuclillándose frente a ella—. ¿Por qué pones esa cara? ¿Las mujeres lobo no pueden entrar en las iglesias? —aventuró.

—No se trata de eso. —Amanda se levantó con dificultades, tuvo que apoyarse en la pared—. Aléjate de mí. ¡Ahora!

Elías vio tarde cómo Amanda arrugaba la nariz y olfateaba. Un estallido retumbó detrás de él, muy cerca, y enseguida salió despedido hacia delante, para empotrarse contra la pared, donde rebotó. Se desplomó en el suelo, con un golpe en la cabeza que lo dejó aturdido, pero por suerte logró girar a tiempo de evitar que una roca le aplastara.

Cayeron muchas más y con la lluvia de piedras se levantó una nube de polvo. De un guantazo, Nilia tumbó a Amanda. Justo después un cascote enorme se estrelló contra la espalda de Nilia, que se había colocado sobre Amanda para cubrirla.

Elías trató de ir con ellas, pero un nuevo desprendimiento se lo impidió. Retrocedió tosiendo. La antorcha, que conservaba de milagro, apenas penetraba la polvareda que le rodeaba por todas partes. Le escocían los ojos. Unos segundos más tarde, una vez calmada la tos, se dio cuenta de que reinaba un silencio relativo. La avalancha había cesado.

El túnel había quedado sepultado por completo y se había quedado solo.

—¡Nilia! ¡Amanda!

De inmediato regresó el sonido de la tierra removiéndose. Por un instante pensó que su grito causaría un nuevo alud, luego reconoció una silueta que se arrastraba en el suelo, entre las rocas que habían caído. Nilia se levantó cubierta de polvo. Su vestimenta de cuero negro estaba rasgada en varias partes.

—Cierra la boca, imbécil.

Le arrebató la antorcha y la apagó. Elías ya no veía nada.

—¿Por qué has hecho eso? Me tropezaré en la oscuridad. El desprendimiento ha dejado rocas por todas partes y...

—No ha sido un desprendimiento —dijo Nilia—. Es la hora de liarse a tortas y dependemos de ti.

—¿Qué significa eso? —preguntó Elías muy asustado.

—Significa que ese tal Rex es mucho más listo de lo que nos conviene. Han derribado el muro sobre nosotros, así que no se tragó el anzuelo del loro. Están aquí. No hables. Camina.

—No veo nada. Dame la mano.

—Tú vas el primero. Confía en mí.

Elías escuchó pasos, susurros. Era cierto, estaban ahí, en alguna parte, al amparo de la oscuridad.

—Nilia... —susurró.

—Confía en mí —repitió ella a su espalda.

Ya no la veía, ni a ella ni nada en absoluto. Todo era negrura alrededor. Tampoco la oía. Nilia podía ser muy silenciosa cuando quería. Elías se sintió completamente solo. Tomó aire, confió y dio un paso adelante.

—Te has arriesgado mucho —dijo uno de sus hombres—. Demasiado.

Rex, agazapado, negó con la cabeza. Fue suficiente para zanjar la discusión. Podían debatir más adelante si derribar el túnel sobre Nilia había sido o no una decisión acertada, pero él sabía que no se enfrentaban a ninguna estúpida y no había subestimado las capacidades del demonio al calcular que sobreviviría sin mayores complicaciones. Sin embargo, no era el momento de explicar su razonamiento, sino de actuar.

—Envía a alguien a buscar a Lobo y a Estrella. Necesitaremos a la maga.

El centinela obedeció, le hizo un gesto a otro compañero.

—Podemos con ella.

Rex cerró el puño. No sentía la presión del dedo gordo sobre sus nudillos, el dedo que él mismo se había arrancado. Aquello le recordó el pésimo estado en el que se encontraba y eso le carcomía por dentro. No le quedaba más remedio que dejar que sus hermanos combatieran mientras él esperaba, para no convertirse en una carga, para no entorpecer a... Esa breve reflexión sobre sí mismo le acaba de dar una idea.

—Que nadie mate a Elías —dijo—. Lo quiero vivo.

El centinela frunció el ceño.

—Es lo que Nilia quiere —aclaró Rex—. Si muere, ya no tendrá que preocuparse por él. Le obliga a caminar delante para que nosotros le matemos y le libremos de una carga.

—No es propio de un demonio —objetó el centinela.

—Ella no es como los demás. Y su dueño tampoco debe de serlo para ordenarle esta misión. Acabad con ella. Pero, repito, que nadie toque a Elías. —Rex lo pensó un segundo—. Bien mirado, se le puede tocar mientras respetéis su vida.

Un golpe sonó a la derecha de Elías, en el suelo, a unos dos pasos de distancia. Después un silbido le pasó rozando y le desordenó el pelo. Luego se produjeron más sonidos a su espalda, una pelea, sin duda, a juzgar por los jadeos, puñetazos y maldiciones.

Elías no sabía qué hacer en medio de la oscuridad. Se desplazó con el brazo extendido hacia donde pensaba que estaba la pared. Al tocarla, se pegó a ella.

El ruido de la lucha continuaba. Sonaban pisadas alrededor, de varias personas, siseos, que debían pertenecer al puñal de Nilia. En ese momento recordó que él tenía el otro puñal.

Una sucesión de runas se iluminó al mismo tiempo. Había un hombre junto a uno de los símbolos, con un palo alargado de madera en la mano. Era obvio que acababa de dibujarla. Y Elías enseguida entendió el motivo: Nilia veía mejor que ellos en la oscuridad.

A pesar de eso, su situación no era muy favorable. Un hombre yacía a sus pies, sí, pero otro la sujetaba por la espalda mientras un tercero se disponía a acabar con ella. Tomaba impulso para arrojarle un bastonazo.

—¡No!

Elías cargó contra él sin pensarlo. Quería evitar que le lanzara el arma, pero no llegó a tiempo. El centinela le derribó con un codazo sin apenas inmutarse. Elías creyó haber conseguido, al menos, desviar el bastón, que voló hacia el suelo. Se decepcionó al ver que rebotaba en el techo y descendía sobre la cabeza de Nilia, que forcejeaba con el tipo que la rodeaba por la espalda. El bastonazo era inevitable. Y lo fue. Se estrelló contra la cabeza, pero no la de Nilia. La demonio se había girado en el último momento, para colocar a su captor en el sitio que ella ocupaba.

En cuanto el centinela se desplomó, corrió a por el que quedaba en pie, que ya esgrimía otro bastón.

—Remátalos —gritó Nilia.

La vio saltar sobre el centinela. Elías gateó lejos de la pelea. Se dirigió a los dos hombres que yacían en el suelo, inconscientes. Sacó el cuchillo. Si se despertaban, atacarían a Nilia. Si la mataban, raptarían a su mujer y a su hijo. Debía acabar con ellos, era una cuestión de supervivencia. Pero no se sentía capaz. Elías nunca había matado a nadie.

Sostuvo el puñal en alto, trató de convencerse a sí mismo de que no hacerlo significaba poner en peligro a su familia. No podía prolongar ese debate interno, el dilema también los estaba poniendo en peligro. Al final, se decidió. Clavó el cuchillo en la mano del centinela. Así no podría luchar y él no tendría que... El centinela abrió los ojos en ese momento. No había contado con que el dolor lo despertaría, a pesar de que no chilló ni mostró ninguna mueca que reflejara sufrimiento. El centinela le agarró por el cuello con la otra mano. Era fuerte. Elías no podía zafarse. Le costaba respirar. Resistió, luchó por liberarse. Después de un momento de angustia, logró soltarse. Elías tomó aire y comprobó que sus torpes intentos no eran la razón de que ahora estuviera libre.

La bota de Nilia aplastaba el cuello del centinela.

—¿No sabes distinguir el cuello de la mano? Es lo que estoy pisando. Vamos, rájalo. Pasa el filo de un lado a otro. No es tan complicado. —Nilia se impacientaba—. No lo harás, ¿verdad? Ni siquiera sé por qué te pido ayuda.

Nilia extrajo el puñal y lo clavó en la otra mano del centinela. Esta vez tampoco gritó, pero sí contrajo el rostro.

—Lo siento —dijo Elías.

—Que lo sientas no me sirve —gruñó Nilia. Dejó inconsciente al centinela con una patada en la cara. Luego tiró del cuchillo y se lo devolvió a Elías—. Hay dos más y vas a matarlos, ¿me oyes bien? Ahora mismo. Vamos, alguna vez tendrás que aprender.

Nilia le empujó hasta el otro enemigo, el que había recibido el bastonazo en la cabeza cuando ella se había girado en el último instante.

—No puedo —dijo temblando—. Soy solo un taxista... ¡No puedo!

—Míralo bien. —Nilia le tiró del pelo para levantarle la cabeza—. Este bastardo obedecía las órdenes de un ángel hasta hace bien poco. Era un descerebrado que no preguntaba ni vacilaba, solo obedecía. Hasta que a ese ángel lo mataron, aún no se sabe quién. Imagina que es este el asesino.

¿Qué crees que te hará a ti o a tu familia cuando se despierte? Porque va a despertar e irá a por tu mujer. ¿Entiendes lo que te digo? No se detendrá nunca, bajo ningún concepto. A menos que le detengas tú. Coge el cuchillo. ¡Que lo cojas! En horizontal. Ahora deslízalo por debajo de la nuez, no hace falta apretar demasiado. Es su pellejo o tu familia. Decide rápido porque van a venir más.

Elías cerró los ojos y apretó el mango del cuchillo.

—Que Dios me perdone por esto.

Estrella lanzó una piedra al loro. Falló por muy poco. El pájaro se alzó desde el techo del vagón, donde había defecado hacía poco, y se perdió en un túnel volando a ras del suelo.

—¿Qué importa que me haya visto? —preguntó la maga.

—Rex quiere que acudas cuanto antes —dijo el centinela que acababa de informarles.

—A la orden. —Estrella se frotó las manos—. ¿Qué estás haciendo? —le preguntó a Lobo.

El hombretón la miró extrañado.

—Prepararme. No temas, os alcanzaré. Soy muy rápido.

La maga le asestó una mirada furiosa.

—No vas a convertirte, ya lo hemos hablado.

—¿Cuánto puede durar la pelea, en el peor de los casos? ¿Una hora? ¿Dos?

—No te necesito —se enfadó Estrella—. Puedo con ella yo sola. Además, están los esbirros de Rex.

Lobo negó con la cabeza.

—No te dejaré sola. No puedes convencerme de lo contrario, así que no lo intentes.

—Me estorbarás. Peleo mejor sola.

—¿Por qué lo haces? —preguntó Lobo—. Es mi decisión, mi vida... Un momento, ¿es eso? ¿Estás preocupada por mí?

—¿No has oído lo que te he dicho antes?

—Quiero la verdad por una vez o no te haré caso.

Estrella resopló.

—Está bien, como quieras. Si vienes, me preocuparé por ti y no estaré concentrada en Nilia. ¿Contento? Ahora déjame...

—No es por la pelea —dijo Lobo—. ¿Te preocupas por mi enfermedad? No quieres perderme.

—Lo que tú digas. No ayudaré a Rex hasta que no me prometas que no te transformarás. —Estrella se cruzó de brazos, con gesto impaciente, a la espera de la respuesta de Lobo—. Nilia podría estar dándoles una paliza ahora mismo, así que estás poniendo en peligro al grupo.

—Lo prometo —dijo Lobo.

—Otra vez.

—Lo prometo.

—Tú —le dijo Estrella al centinela—. Vigílalo. Si dejas que se transforme, lo pagaré contigo.

Luego se marchó corriendo.

—Es mejor que te prepares —dijo Lobo.

—¿Para qué? —preguntó el centinela.

—Para cuando Estrella se cabree contigo —dijo Lobo. Apoyó las manos en el suelo—. Yo de ti me apartaría. A veces me descontrolo un poco por el dolor y destrozo algo a zarpazos.

El centinela retrocedió, justo cuando a Lobo le recorrió el primer calambre por la espalda. Siempre comenzaba de ese modo, con un crujido que trepaba por la columna, de vértebra en vértebra. Luego el dolor se extendía por el resto del cuerpo.

Lo habría hecho, le habría cortado el cuello a un hombre inconsciente, indefenso. Una ejecución. Elías no podía pensar en otra cosa mientras agarraba su brazo dolorido. Un bastón corto había rebotado en la pared y le había golpeado en el brazo cuando estaba a punto de degollar al centinela inconsciente.

Se alegró de que el azar hubiera intervenido de aquella manera tan oportuna. Y se preocupó de verdad al cruzarse con el gesto de Nilia mientras se levantaba para enfrentarse a los nuevos enemigos. Como ella le había advertido, habían acudido más para matarlos. Nilia lucharía por protegerles, en inferioridad numérica, cuidando al mismo tiempo de no acabar con la vida de ningún centinela. Poco importaba que cumpliera órdenes. Ese demonio luchaba por su familia en las peores condiciones y él no había sido capaz de ayudar.

Elías se sintió mal. Se juró a sí mismo que mataría a alguno de los centinelas si despertaban, porque no iba a consentir que Nilia lo tuviese todavía más difícil. Y no lo lamentaría.

Nilia brincaba entre varios enemigos, al menos tres, se escurría entre los bastones cortos que utilizaban contra ella. Era muy rápida. Ellos eran más.

Elías no tenía claro que la velocidad fuera suficiente para equilibrar la balanza y ganar ante tal superioridad numérica. El cuchillo de Nilia silbaba a su alrededor, amagaba, mantenía a los centinelas a raya mientras ella trazaba piruetas imposibles. Su silueta negra era confusa, una melena oscura que se revolvía sin cesar, un borrón.

Asestaba una patada o un codazo que hacía retroceder a un adversario, solo para que otro ocupara su lugar, aunque ninguno parecía rozarla siquiera. La lucha cambió con una maniobra temeraria del demonio. Nilia dejó que un bastonazo la alcanzara en el costado para, a cambio de no realizar una finta, colocarse en una posición que le permitió aplastar a dos enemigos contra la pared al mismo tiempo, de un golpe en el pecho. Fue un gran movimiento, pero tenía un precio muy alto. Su espalda quedaba expuesta. Y un tercer enemigo ya cargaba contra ella.

Nilia sacó las alas, que golpearon al atacante que la amenazaba desde atrás. A uno de los centinelas que mantenía contra la pared le asestó un puñetazo demoledor. El otro no tendría tanta suerte; Nilia ya había preparado el puñal para él. Cuando iba a clavárselo, un nuevo centinela lo evitó. Surgido de la nada, descargó el bastón sobre el brazo de Nilia con todas sus fuerzas. Elías creyó oír un crujido.

El brazo de Nilia colgaba desde el hombro, desgarrado, como si fuera de trapo. Las alas, dos membranas inmensas y oscuras, terminadas en punta, la salvaron. Una atravesó la pierna de un enemigo, otra detuvo un golpe. Luego Nilia se volvió loca. Elías casi no podía verla, el combate se convirtió en un remolino de brazos y alas, de formas que se movían y chocaban, de sangre que salpicaba y huesos que se quebraban.

Cuando la lucha cesó, ella era la única que quedaba en pie. Se apoyaba contra la pared, jadeaba. El brazo herido pendía flácido, también las alas, aunque no parecían fracturadas. Un centinela con la cara ensangrentada pugnaba por levantarse del suelo.

Un ruido lejano creció a lo largo del túnel en el que se encontraban. Estaba compuesto por dos sonidos: uno rítmico y acelerado; el otro, una especie de alarido. Ambos crecían, en intensidad y en cercanía. Para cuando el alarido era ya un rugido atronador, Elías logró distinguir una pequeña figura de melena rubia, que, como un misil, corría hacia ellos. Reconoció a la que llamaban Estrella, la mujer que mostró una actitud desafiante durante el encuentro en la azotea. A pesar de sus cortas piernas, corría como una bala, directamente hacia Nilia. No podría frenar a tiempo. Elías pensó que esa debía ser su intención.

Nilia saltó a un lado a tiempo de esquivarla. Estrella impactó contra la pared, lo que causó una vibración que se propagó por el túnel y a cuyo paso iban abriéndose grietas. El techo se vino abajo.

Antes de que la bóveda se le viniera encima, Elías vio a Nilia saltar hacia él. Luego se golpeó la cabeza, rodó, le envolvió el sonido de un desprendimiento total. Recibió golpes por todas partes mientras se cubría la cabeza. Todo daba vueltas.

Entonces llegó la calma y se encontró con que sus pies no tenían apoyo. Elías colgaba sobre un precipicio oscuro, apenas iluminado por débiles resplandores que se filtraban entre las grietas. No divisaba el fondo, tampoco escuchó el sonido de varias rocas que se precipitaron al vacío y a punto estuvieron de arrastrarlo en la caída. No podría calcular la profundidad, pero aquel hoyo parecía un abismo.

—Salta —oyó decir a Nilia.

Elías, con el cuerpo magullado, alzó la cabeza y la vio justo encima de él, tumbada boca arriba, sujetando lo que parecía una montaña con las dos alas y una mano. El otro brazo colgaba hacia atrás y hacia abajo, en un ángulo antinatural, y con esa mano libre le mantenía sujeto por la muñeca. Elías, a su vez, se aferraba a la de Nilia tan fuerte como podía. Era lo único que le salvaba de caer al precipicio.

Trató de afianzar los pies en la roca, de trepar, pero no tenía fuerzas.

—Es inútil —dijo Nilia.

No podía verle la cara, pero podía imaginarla apretando las mandíbulas para soportar el peso de la pared que amenazaba con aplastarla.

—¡Tienes que soltarte! —le ordenó.

—¿Qué has dicho?

Elías prefería creer que la había escuchado mal.

—Tu mujer no te dijo quién era, ni lo que sería tu hijo.

—¿A qué viene eso? —preguntó Elías, desesperado—. Ella renunció a su mundo por mí.

—Te utilizó para renunciar a su mundo. Te mintió.

—¡Basta! ¿Por qué me dices eso?

—Tienes que soltarte, Elías. Solo así podré salvarla a ella y a tu hijo. Eres una carga.

—¡No! ¡Puedo subir! ¡Lo juro! —Sabía que no era cierto—. ¡Sálvame!

—Tengo el hombro dislocado. Pero puedo salvarla a ella... si tú mueres de una maldita vez.

Elías sollozó al comprender su situación. Era evidente, por el ángulo del hombro, que el brazo de Nilia al que se aferraba estaba inutilizado. Era evidente también cuál era la única solución. Ahora debía comprobar si acabar con su vida le resultaría más fácil de lo que había sido cortarle el cuello al centinela.

—Dile a Amanda que...

—¡No hay tiempo! Si quieres que la salve tienes que soltarte ya. No aguantaré mucho más.

Elías no quería morir. No podía acabar en el fondo de una cloaca sin ver a su mujer por última vez. Sin saber siquiera si había conseguido escapar. Quería más tiempo... Pero no lo tenía. Si quería que Amanda tuviera una posibilidad...

—Dile que la quiero.

Elías abrió la mano.

—¡Suéltate de una vez!

—L-Lo he hecho —dijo, atónito, al descubrir que no caía—. Eres tú la que aún me sujeta.

—Yo no puedo dejarte morir, idiota, o ya lo habría hecho. Tienes que ser tú. Sacude el brazo, menéate hasta que te escurras entre mis dedos.

Ahora tenía que esforzarse para morir, reunir las fuerzas que le quedaran para cometer suicidio. No era suficiente con tomar esa determinación, tenía que luchar por ella.

Elías dio gracias a que resultó sencillo. A la segunda sacudida su muñeca se deslizó entre los dedos de Nilia y se precipitó al vacío.

—¡Sálvala! —gritó antes de que se lo tragara la oscuridad.

Amanda, por una vez, estaba dispuesta a obedecer a Nilia.

—Huye —le había gritado la demonio mientras la escudaba de las rocas con su cuerpo—. Por la vía del metro que te dije. Yo les entretendré y salvaré a esa calamidad.

Se refería a Elías, por supuesto. Nilia estaba obligada a proteger su vida, de modo que Amanda resolvió intentar escapar. Allí, no serviría más que para entorpecerla. Embarazada era físicamente inútil y sin poder convertirse no serviría de nada contra sus perseguidores.

Se le pasó por la cabeza hacerlo, cambiar de forma. Eso terminaría con aquella situación. Después de todo, querían al bebé y si la veían convertida en... Descartó la idea inmediatamente. Se arrepintió de haberla considerado siquiera. ¿Qué le estaba pasando? ¿Miedo? No, era culpa. Elías estaba en peligro por su causa y ni siquiera le había advertido. Al menos Nilia cuidaría de él, mejor que nadie, mejor que ella...

Amanda se detuvo y apoyó la mano para recobrar el aliento. Apenas se había distanciado del desprendimiento que la había separado de Elías y Nilia. El bebé cada vez pesaba más. Y ahora se removía como si estuviera nervioso, puede que notara el peligro. Debía descansar. Se sentó. Jadeó dos veces y tuvo que levantarse. Su olfato había captado a alguien que se acercaba.

Se desvió por una galería justo a tiempo de no ser descubierta. Dos hombres que llevaban bastones cortos en las manos pasaron corriendo. Era obvio que la buscaban. En cuanto pudo, Amanda continuó avanzando por aquel pasadizo retorcido. Estaba cansada, e iba muy despacio, pero no se atrevía a detenerse de nuevo. Cuando no la encontraran empezarían a peinar los alrededores, y antes o después registrarían el camino que había escogido.

Cada paso costaba más que el anterior y el bebé pataleaba sin cesar. Sin embargo, una luz asomó al final del túnel. Tenía la sensación de llevar horas caminando, y le pareció menos tiempo de lo que todavía tardó en recorrer los últimos treinta metros. Ahora sí se paró a recobrar el aliento o escucharían sus jadeos desde kilómetros de distancia. Debía cerciorarse de que no había nadie antes de arriesgarse a salir. Un nuevo olor llegó hasta ella, familiar, aunque no acababa de identificarlo. Luego un ruido que sonaba cada vez más cerca. Entonces vio pasar a la maga rubia corriendo a toda velocidad. Iba sola, gritaba cada vez más fuerte.

Unos segundos después resonó un golpe brutal y el suelo vibró. Un cascote cayó a su lado. Luego notó un golpe en la cabeza y perdió el conocimiento.

Cuando despertó, tenía el cuello dolorido y la cabeza colgando hacia atrás.

—Uaaaaac... Despierta.

El loro le picoteaba la frente. Se dio cuenta de que se movía, de que alguien la llevaba en brazos. Temió que la hubiesen capturado, pero al alzar la vista vio el semblante impasible de Nilia.

—Estoy despierta —murmuró.

La demonio se paró y la depositó en el suelo, contra la pared. Amanda advirtió que uno de sus brazos estaba dislocado. Sintió una alarma y empezó a buscar a Elías con la mirada.

—El bebé está bien —dijo Nilia.

—¿Dónde...?

—Espera un segundo.

Nilia corrió hasta empotrarse con la pared de enfrente. Fue un golpe considerable, aunque no suficiente para sus propósitos, cualesquiera que fuesen, porque retrocedió un par de pasos y volvió a estrellarse contra la pared. Si pretendía derribarla de ese modo... No, no era eso. Le quedó claro tras varios intentos más, cuando Nilia se giró y movió en círculos el brazo que antes le colgaba como sin vida.

—No hemos escapado todavía —dijo acuclillándose frente a ella—. Elías ha muerto. Es mejor que llores o tengas tu rabieta ahora, porque tu hijo no sobrevivirá si no nos ponemos en marcha cuanto antes.

Amanda superó el dolor en menos de un segundo. Quedó sepultado por la rabia que le producía una persona capaz de dar semejantes noticias con tanta frialdad. Puede que esa fuera su intención.

—No pudiste salvarlo.

—Uaaaacc... Nilia mala, torpe, apesta...

El loro esquivó el manotazo que le lanzó Nilia.

—No pude —dijo sin asomo de remordimiento.

—¿Le mataron ellos?

—No —dijo Nilia—. Fuiste tú. ¿Qué esperabas mezclándote con un humano? Si creías que podías escapar del mundo oculto sin consecuencias, entonces fue tu estupidez la que le mató. O puede que...

—¡Lo he entendido! —estalló Amanda. Le costó, pero consiguió tragar el nudo de la garganta y contener las ganas de llorar—. ¿Sabes? Te envidio. Quisiera ser como tú y no sentir...

—¿Y obedecer a un pájaro medio idiota? Yo siento como cualquiera, lo creas o no, pero no me sirve de nada.

Por primera vez, Amanda la miró de otro modo, tal vez como había hecho Elías.

—¿Cómo lo soportas?

—Es la costumbre. Solo hace falta tener una meta.

—Pero tú no puedes aspirar a nada más. Eres así, te crearon para obedecer la voluntad de otros.

—Solo los tristes se resignan con lo que tienen. Tú deberías saberlo bien. Abandonaste a tu gente y cambiaste tu vida por otra junto a Elías. Por supuesto que tu elección fue penosa, pero demostraste valor al intentarlo.

Amanda se sintió incómoda y aturdida al mismo tiempo.

—Casi diría que me has echado un piropo. Viniendo de ti...

—Llegó el momento de ponernos serias —la interrumpió Nilia—. La vía de metro abandonada que nos sacará de aquí está muy cerca, algo más adelante.

—Pero nos cortan el paso, ¿verdad?

—Según el loro, hay al menos cinco centinelas, aunque podrían ser más. Y luego está la maga y mi brazo herido...

—¿Qué podemos hacer?

—Con mucha suerte, sorprendiéndoles, podríamos alcanzar la vía, pero es larga, y en tu estado no puedes correr, nos atraparían. Derrotarlos a todos es imposible.

—Estamos perdidas —concluyó Amanda.

—Lo has entendido —dijo Nilia. Se levantó y sacó un puñal—. El bebé es la prioridad.

El loro se posó sobre el cuchillo de Nilia.

—Uaaaac... Ni se te ocurra.

—Ella está de acuerdo. Una madre quiere lo mejor para su hijo.

—Uaaac... Qué pena que decida yo.
—No lo sabes bien —murmuró Nilia—. Soy más rápida que cualquiera, puedo dejarles atrás y poner a salvo al bebé. Es la única solución. Así que no te metas, pajarraco. Vete a cagar por ahí y déjame en paz.
—Uaaaaaac... Nilia se enfada... ¿Vas a llorar?
Amanda se estremeció al comprender las intenciones de Nilia.
—El bebé moriría —dijo tratando de disimular el miedo.
—Ese niño es especial, resistirá, y no contraerá ninguna infección, de eso estoy segura, no hagas caso al loro. Puedo cauterizar el corte y tal vez no te desangres.
—¡No! ¡Estás loca!
—Uaaaaac... Calma. —El loro voló hasta el brazo de Amanda—. No lo permitiré...
—Si no saco al niño y me lo llevo, moriremos todos —dijo Nilia—. Ni siquiera tú puedes forzarme a que me sacrifique. Ella ya está muerta. A mí manera, el mocoso y yo tenemos una posibilidad.
—Uaaaac... Creía que eras la mejor... Demuéstralo.
Amanda tuvo el impulso de darle un beso al loro. Ese pájaro era lo único que impedía que un demonio le abriera el vientre en una cloaca para arrancarle a su bebé.
—No hay otro modo —dijo Nilia.
—Uaaaac... Piensa más... Esfuérzate un poco.
—Como quieras. —Nilia se agachó de nuevo frente a Amanda, le ofreció el cuchillo—. Hazlo tú. El pajarraco es completamente tonto y no entiende la situación. Puede que tú sí.
—No puedo hacer lo que me pides. Ni siquiera puedo creer que me lo pidas.
—Yo no voy a morir aquí. Tú sí. ¿Quieres sacrificar al bebé? Ya fuiste una egoísta al utilizar a Elías.
—¡Yo le quería!
—Eso no cambia nada. Te vas a sacrificar por tu hijo. ¿No es algo noble para vosotros? Elías se suicidó para que yo pudiera protegerte.
—Mientes. Dirías cualquier cosa para convencerme. Es indigno incluso de ti utilizar su muerte de ese modo.
Nilia hizo una pausa.
—Vaya, nunca imaginé que yo tuviera mejor concepto de él que tú. Qué injusto es el mundo, ¿verdad? ¿Por qué ha tenido que pasarte esto a ti? No te lo mereces. ¿Es eso? ¿Estás en la fase de autocompasión?
Amanda inclinó la cabeza, sollozó.
—¿Merece la pena? Esa misión que te han encargado. ¿Mi hijo será importante o algo así? ¿Su supervivencia justifica todo lo que ha pasado? ¿La

muerte de Elías?

—Te has puesto filosófica... Es bueno. Indica que estás aceptando tu muerte. ¿Te hace sentir mejor si te digo que tu hijo se convertirá en el salvador del mundo?

—Quiero la verdad.

—La tuya o la mía.

—Ambas.

—Nada me gustaría más que estrangular a ese bebé —dijo Nilia—. Eso te indica que sí, que es importante. ¿Cuánto? No sabría decirlo.

—Si voy a sacrificarme por él, quiero la verdad. Deja las evasivas. Aunque me detestes, merezco que seas sincera conmigo.

Nilia se acercó un poco más, la miró fijamente.

—Lo sabes. ¿Ha sido el loro? No, claro, lo has deducido igual que yo. Enhorabuena.

—Quiero oírtelo decir —insistió Amanda.

—No es tu hijo.

Le recorrió una ola de alivio al tener la confirmación, y de tristeza, y de muchas otras emociones que no supo controlar. Pero bajo esa avalancha incontrolable de sentimientos, por fin atisbó la verdad.

—Por eso es importante... —susurró—. Yo no soy nada... De acuerdo, lo haré. Prométeme que lo salvarás y me sacrificaré.

—¿Ahora quieres que te mienta? Escúchame con atención. Lo intentaré porque ese pájaro idiota me obliga, que quede claro. Me enfrentaré a todos los que nos persiguen para salvar a un bebé que me repugna, que preferiría aplastar con mi bota. Ahora bien, no podrías encontrar a nadie mejor que yo, ni aunque adorara a ese bebé y tuviese las mejores intenciones del mundo. Por eso estoy aquí. Porque el loro sabe que las buenas intenciones son para los necios y la única esperanza de ese crío soy yo. A estas alturas deberías hacerte una idea de hasta dónde soy capaz de llegar. ¿Suficiente?

—Suficiente.

Habían iluminado con runas los túneles y pasillos cercanos, cada palmo de terreno alrededor de la vía de metro abandonada. Casi todos estaban en silencio, vigilantes.

—Me siento como una tonta —dijo Estrella—. ¿Estás completamente seguro de que pasará por aquí?

Rex cavilaba. Ahora, reconociendo la impaciencia de la maga, meditó sobre la respuesta más conveniente.

—Lo estoy —aseguró—. Es la única salida que tiene para llegar a la iglesia. Sobre todo después de que tú sepultaras la mitad de los túneles.

Necesitaban a Estrella para detener a Nilia, todos lo sabían, pero era necesario que conservara la calma. Si Nilia encontraba un camino distinto para alcanzar la red de metro, la maga nunca se lo perdonaría. Rex había llegado a conocerla bien y, si un día Estrella lograba dominar su temperamento, llegaría a ser verdaderamente temible. Nilia, por el contrario, era fría y calculadora, sabría aprovechar un exceso de confianza por parte de Estrella, o un error de cálculo debido a su ímpetu descontrolado. Rex podía ayudarla, aunque para eso necesitaba tiempo; ahora, en cambio, lo único que podía hacer era tratar de contener su ego.

—Matar a Elías fue un error. Liberó a Nilia de tener que estar pendiente de su vida.

—Quizá sobrevivió —se defendió la maga—. Además, creía que salvar a tus hermanos justificaba la vida del menor. ¿No te alegras de que llegara a tiempo?

Rex asintió. Se encontraba en baja forma, necesitaba reposo para las heridas, además de vendas nuevas, no aquel ambiente sucio e infeccioso. No sabía si alguna vez volvería a ser eficaz en combate sin un pulgar con el que sostener un arma. Se sentía inútil, y eso le causaba mayor sufrimiento que cualquier herida.

Cuando apareciera el demonio, poco podría hacer más que observar la lucha. Si ahora tomaba una decisión equivocada, si no era capaz de dirigir al grupo contra un solo enemigo, tal vez no le quedara nada que ofrecer en el futuro que les aguardaba a todos.

—Deberías ocultarte —le dijo un centinela—, ponerte a cubierto, o seremos nosotros quienes tendremos que estar pendientes de ti, igual que Nilia tenía que estarlo de Elías.

Le hablaba un buen compañero, un centinela que ayudó a muchos a escapar y ocultarse cuando los acusaron de traición. Había pasado momentos muy duros buscando a los suyos para advertirles y esconderlos antes de que los apresaran. Un hermano leal y valiente de quien no se podía dudar. Por eso le dolió a Rex que le acusara de estorbar, y porque tenía razón, claro.

Se apoyó en la mano vendada para levantarse y tuvo que tragarse un gemido. Rex aún sentía ese pulgar latiéndole en la mano, como si no lo hubiera perdido. Le parecía increíble que, en su lugar, había ahora un muñón que no había tenido tiempo de cicatrizar.

Estrella le obligó a sentarse de nuevo.

—Ve tú también con él —le advirtió al centinela que había pedido a Rex que se escondiera—. Mejor aún, fuera de aquí todos. Así no me estorbaréis en el combate. De eso se trata, ¿no? De quitar estorbos.

—Nosotros estamos en perfecta forma —dijo el centinela.

La pequeña maga se colocó frente a él. La cabeza le quedaba por debajo del pecho del hombre.

—Todavía no nos conocemos bien, ¿verdad? Pues te explicaré algo por si no lo tienes claro. Para mí sois todos menores. No os equivoquéis porque hayamos montado este grupito de perdedores. No me da pena vuestra situación y, después de ver cómo os ha vapuleado esa morena con alas de murciélago, no voy a confiar en vuestros palitos para el combate. Podéis apartaros de mi camino o acatar las órdenes de Rex. Yo no obedeceré a nadie más.

Sin quererlo, Estrella había puesto en un compromiso a Rex. Había reforzado su autoridad y su jerarquía, y le había brindado la mejor ocasión para demostrar, de una vez por todas, que ahora eran un grupo unido, que ya no pertenecían a diferentes facciones y que para sobrevivir debían convertirse todos en hermanos, no solo los que fueron centinelas. No podía dejar pasar la oportunidad de sembrar ese sentimiento de unión, aunque no tuviera más remedio que realizar un pequeño desplante público a un centinela en favor de una maga cuya actitud no facilitaba el trabajo en grupo.

Tampoco pudo evitar sentirse un poco conmovido por la defensa de Estrella. Ahora que su superioridad física era incuestionable, había temido que utilizara esa ventaja para imponerse, no para apoyarle. No la había juzgado bien, se había dejado influenciar por los modales arrogantes tan característicos de los magos.

En cualquier caso, antes de poder abrir la boca, un silbido rasgó el aire. Se oyó un golpe y el centinela que le había pedido que se retirara cayó al suelo y se agarró el pie. De la bota sobresalía un cuchillo que le había atravesado.

—Ese puñal es mío.

Nilia apareció andando tranquilamente, sola, despreocupada. Sus ademanes livianos y serenos contrastaban con los cortes y rasgaduras de la chaqueta de cuero.

—Quiero recuperarlo.

Siguió caminando, como si estuviera disfrutando del paseo, dejando que la rodearan. Se detuvo frente a Rex, Estrella y el centinela herido.

—Apuntaba a la enana rubia, pero mi puntería ya no es lo que era.

Estrella no reaccionó ante la provocación; solo miró a Rex de reojo.

—Me recuerdas a otra rubia a la que me habría encantado hacerle tragar su martillo. Murió. Tengo entendido que fue un demonio quien la mató. Qué cosas, ¿eh?

No llevaba armas a la vista y su ropa era demasiado ceñida para que las escondiera. Había dos fundas para puñales en los muslos de sus pantalones de cuero, vacías. Uno de los puñales atravesaba el pie del centinela; el otro debía de haberlo perdido. Lo que desconcertaba a todos era su aparente indefensión. Con un gesto, Rex ordenó a dos de sus hombres que vigilaran los alrededores.

—Estrella —le dijo a la maga—. Si hace un movimiento sospechoso, acaba con ella.

Estrella asintió y apretó los puños.

—Hazlo, por favor —le pidió a Nilia.

Nilia se agachó a toda velocidad, agarró el cuchillo, lo arrancó de un tirón y volvió a donde estaba. La maga alzó el puño.

—Espera —la detuvo Rex.

—Sí que es obediente —observó Nilia—. Me pregunto hasta dónde estás dispuesta a obedecer, rubia.

Nilia apoyó la hoja del cuchillo en la manga del brazo que Estrella aún mantenía en alto. Lo deslizó por ambos lados, limpiando la sangre en la ropa de la maga. Se miraron, un choque de voluntades casi tan violento como un intercambio de puñetazos.

—Basta —dijo Rex—. Estás a punto de morir, demonio. Pero has venido a decir algo, así que dilo o acabaremos contigo ahora.

Nilia se centró en Rex, ignorando a la maga.

—Mejor me doy prisa, porque no parece que vayas a durar vivo mucho más tiempo. No tengo especial interés en mataros, así que quiero hacer un trato contigo.

—No puedes matar —le recordó Rex.

—Siempre hay un modo, te lo aseguro.

—¿Por qué no acabar contigo ahora?

—Porque os partiría la cara a todos —dijo Nilia—. Vuestras armas se han descargado. Lo supe cuando recibí varios bastonazos y no me quemé. Solo la rubia tiene una oportunidad contra mí. Los demás moriréis. Lo sabes muy bien. Por eso no has ordenado todavía que me ataquen. Buen control sobre tus chicos, por cierto.

Rex esbozó una sonrisa sincera por primera vez en mucho tiempo.

—Espero que pienses así. Tienes pinta de decir la verdad y me encantan los enemigos que se sobreestiman. Solo sigues en pie porque tramas algo o no te habrías entregado sin más. Habla. Propón ese trato, pero hazlo bien. Es muy complicado que dé crédito a tus palabras. A lo mejor juzgas que soy alguien fácil de engañar. Tú misma.

—Quiero entregarte a la mujer.

Rex sacudió la cabeza como si no hubiese oído bien.

—¿Es todo? Comprenderás que me pregunte por qué no la has traído contigo.

—No puedo entregarla, por eso no la he traído.

—Esto es una pérdida de tiempo —dijo Estrella.

Pero Rex no estaba de acuerdo. El único obstáculo que se interponía entre ellos y el bebé se había entregado voluntariamente. Había trampa y debía averiguar cuál era. Apresar a Nilia o atacarla mientras estaba aparentemente indefensa era la salida más evidente, la primera que ella habría tenido en cuenta.

—Así que quieres entregarla, pero no puedes. Parece que tenemos un problema.

—Más bien vosotros —repuso Nilia—. Si te pones nervioso, mis órdenes me obligaran a romperos a todos las piernas, tal vez os arranque una. Sin embargo, tú puedes encontrar la solución a nuestro problema. Yo estoy de vuestra parte, cansada de esa idiota y más cansada todavía de mi dueño.

Rex entendió por fin las intenciones de Nilia, o al menos las que pretendía hacer pasar como sus auténticas intenciones. No estaba conforme con la misión que le había impuesto su amo, como él sospechaba. Nilia sentía más simpatía hacia su causa. No era la primera vez que un demonio estaba en contra de las órdenes que recibía. Era plausible…

—¿Insinúas que no quieres salvarla?

—¿Te sorprende?

Lo cierto era que pocos encargos podían ir contra la naturaleza de un demonio tanto como salvar precisamente a ese bebé.

—Te advertí que no te creería. —Rex no había sido del todo sincero con esa afirmación. Su seguridad flaqueaba.

—Estuve a punto de rajarle la tripa y sacar al crío, pero el loro no me lo permitió, el muy estúpido. Así que estoy sin opciones. ¿Se te ocurre a ti alguna?

Estrella se acercó a Rex.

—Si alguna vez encontramos a un demonio más imbécil, te prometo que…

—Espera —la interrumpió Rex—. ¿Me pides que encuentre un modo de que nos entregues a la mujer sin violar las órdenes que recibes? ¿Lo he entendido bien?

Era una solución que merecía la pena considerarse, por insólita que fuera.

—Exactamente —confirmó Nilia—. Todos ganamos.

—¿Cómo se podría lograr eso?

—No tengo ni idea. —Nilia se encogió de hombros—. Si fuera sencillo lo habría hecho yo misma. Tú lideras este grupo y es evidente que no por tus habilidades físicas. Piensa. Lo estoy apostando todo a tu inteligencia. Ayúdame, no dejes que el asqueroso de mi dueño se salga con la suya.

Llevaban demasiado tiempo en aquella cloaca inmunda. Elena se impacientaba. El sicario no podía andar muy lejos, buscando el modo de llegar hasta ellos. Se preguntó hasta qué punto eran seguras las runas con las que el brujo había sellado la estancia en la que se encontraban. Bien mirado, no requerían una protección muy potente. El asesino no pertenecía al mundo oculto, por lo que no sabría qué le impedía acceder a su refugio. Quizá desistiera, en especial si confiaba en encontrar a Eneas más adelante con el rastreador que le había colocado en la silla. Si continuaba ahí fuera, esperando, significaría que estaba cargado de paciencia, una de las cualidades más peligrosas en alguien de su profesión.

El caso es que ella no podía soportarlo más. Llevaban horas allí, Eneas incluso había dormido un tiempo. Ahora tenía mejor aspecto, pero no se había librado de la palidez debido a la pérdida de sangre.

—Necesitas beber agua —dijo Elena.

—Esperaremos al brujo.

—¿Cuánto?

—Lo que haga falta. No renunciará a hacer un trato. Volverá en cuanto pueda.

Los brujos continuaban sin gustarle a Elena. Ella se habría marchado de no ser porque Eneas insistía en que representaban el mejor plan para regresar a la superficie con vida, tal vez el único. Había descubierto que confiaba en él, una sensación extraña después de tanto tiempo sin ser capaz de creer en nadie.

Eneas trastocaba su mundo interior, la lógica que la había guiado hasta ahora. No le resultaba nada sencillo, le infundía temor poner su vida en manos de otra persona. Sin embargo, no hacerlo, desconfiar de los brujos, era propio de su marido, y no quería actuar como él. Le odiaba demasiado. Y le temía.

Se vio obligada a hacer sus necesidades en una esquina apartada, en el lugar más sucio que jamás pudo figurarse, acostumbrada a una vida de lujos y privilegios, a tener cuanto podía imaginar gracias al dinero de Mario. Fue una experiencia repugnante.

Si permanecían allí mucho más tiempo, se moriría de asco. Además, ella también tenía mucha sed.

—¿Cómo puedes estar tan tranquilo? —gruñó.

—No lo estoy.

Desde luego lo parecía.

—¿De veras?

—Cálmate, Elena. A ti no te pasará nada. Ramsey me habló del momento en que dabas a luz a tus gemelos y estoy convencido de que sus predicciones se cumplen.

—¿Te contó algo de ti?
—No.

Elena iba decir algo más, en contra de confiar su destino a un paranoico con delirios de profeta, pero una sección de la pared se desplazó en silencio a un lado para dejar a la vista un diminuto hueco oscuro. Por ese hueco entró un niño pequeño, tan sucio como el brujo que había salvado Eneas, pero más joven, más pequeño. Se arrastró hasta el interior y les observó a los dos.

—¿Os importaría? —preguntó en tono cordial.

Debía de tener seis años, siete como mucho. La voz era aguda y estaba llena de encanto. Tenía el rostro cubierto de una máscara de mugre e iba vestido con una colección de harapos remendados.

—Date la vuelta, Elena, para que pueda grabar la runa sin que la veamos.

—Faltaría más —ironizó—. No vayamos a desvelar los secretos de un niñato andrajoso que vive en las alcantarillas.

El nuevo brujo se acercó a ellos dando saltitos. La porquería de su cara se arrugó en las mejillas. Debía de estar sonriendo.

—Me complace anunciaros que vengo con una oferta para sacaros de aquí. Asumiendo que siga siendo de vuestro interés, naturalmente. En caso contrario, solo os cobraré la cuota mínima por las molestias.

—¿Cobrarnos por nada? —gruñó Elena— ¿Qué tontería es esa?

—Nos interesa —dijo Eneas—. ¿Cuál es la oferta?

El niño abrió los ojos, dos manchas blancas enormes en medio de una cara llena de polvo y a saber qué más.

—Os conduciré por un pasadizo que solo nosotros conocemos y me responsabilizaré de vuestra seguridad hasta cualquier punto de Madrid. En caso de que llegarais a sufrir alguna herida o indisposición de cualquier clase, el importe se os devolvería íntegro y los gastos correrían por nuestra cuenta.

—¿Y si la indisposición es la muerte? —preguntó Elena.

—A ese respecto, me han autorizado a enlazar mi alma con la vuestra, si así lo deseáis. En caso de que uno de vosotros muera, yo también falleceré. Es una muestra de hasta donde alcanza nuestro compromiso.

—Ni loca acepto… enlazarme.

No sabía en qué consistía exactamente el mencionado enlace de almas, pero bastante experiencia había tenido con el Gris y los demonios a ese respecto, como para dejar que un brujo de seis años jugara con su alma.

—La decisión es vuestra, naturalmente. —El brujo inclinó levemente la cabeza—. Si mi información es correcta, entiendo que un asesino atenta contra vuestras vidas.

—Es correcta —dijo Eneas.

—Excelente.

—¿Cómo? —Elena frunció el ceño.

—El riesgo se ha tenido en cuenta a la hora de calcular el importe, así como los diversos materiales necesarios para trazar runas y, por supuesto, el coste de reconstruir ese pasadizo una vez lo hayamos utilizado para que nadie conozca su recorrido. —El brujo sacó varios... ¿pergaminos?—. Aquí están consignados todos los detalles. En la última página encontraréis un espacio en el que debéis firmar los dos. Revisadlo, por favor. Si tenéis cualquier duda, no vaciléis en decírmelo.

Elena le arrancó el fajo de papeles amarillentos y arrugados.

—¿Un contrato? No puedo creer que... ¿Qué es esto? —preguntó señalando una cifra escandalosamente alta.

—Es el coste total de nuestros servicios —explicó el chico—. Como es tu primer trato con nosotros, aclaro que no es necesario pagar impuestos.

—¿Estás de coña? Se te han escapado un par de ceros, me temo. ¡Con esa cantidad podría contratar a cien asesinos para matar al que nos persigue!

—Pero esos asesinos no están aquí para que los contrates —apuntó Eneas—. Elena, tenemos que...

—¡No! Es absurdo. ¿Quieres pagar una fortuna a este pequeño indigente?

—Oh, veo que tenéis diferencias —dijo el brujo—. Me retiraré para que podáis deliberar con calma.

Se apartó a una esquina, donde se acurrucó y se convirtió prácticamente en una sombra. La porquería que le cubría era del mismo tono que la pared y el suelo. Parecía un sistema de camuflaje.

—¿Tienes el dinero? —preguntó Eneas.

—Tal vez. Necesitaría días para reunir tanto. Sé cómo quitárselo a Mario, pero poco a poco. Una cantidad tan grande... Sería imposible que no se diera cuenta. Hasta el contable más incompetente advertiría que algo no cuadra. Además, me niego por principios.

—Es un trato justo, créeme.

—No aceptaría ni la cuarta parte de esa cantidad. Matar a un hombre cuesta infinitamente menos.

—Ellos no matarán a nadie.

—Y yo no pagaría tanto aunque pudiera.

—Mmmm... Entonces tendremos que negociar. No será fácil.

—Lo intentaré yo —se ofreció Elena—. Tú, ladrón en miniatura, ven aquí. Ya puedes buscar otro modo de sacarnos porque este precio no tiene sentido.

El brujo se acercó de nuevo dando pequeños saltos.

—Reducir el precio excluye la posibilidad de garantizar vuestra supervivencia.

—¿Y si pagamos de otro modo? —propuso Eneas—. ¿Aceptarías algo de un valor equivalente, que no sea dinero?

—Nunca me he negado a escuchar una oferta —sonrió el brujo.

Elena no tenía ni idea de qué podía ofrecer Eneas que equivaliese a semejante cantidad de dinero. No le imaginaba con una bolsa de diamantes escondida en la silla de ruedas.

—¿Qué tal con sangre de demonio? —ofreció Eneas.

Los ojos del pequeño brujo brillaron.

—Interesante, sin duda.

—Un frasco, tal vez dos.

El brujo frunció el ceño y empezó a musitar y a mover los dedos, como haciendo cuentas y cálculos muy complejos.

—Creía que solo te quedaban unas gotas —le recordó Elena.

—Cinco frascos —dijo el brujo antes de que Eneas pudiera hablar—. Eso sería suficiente.

—Dos —dijo Eneas.

—Cinco.

—Soy un cliente habitual. Incluiría una alabanza personal hacia tu persona, expresando mi alto grado de satisfacción con el trato recibido.

—Cuatro —accedió el brujo, complacido.

—Acepto. —Eneas se inclinó hacia Elena—. Es un negociador duro —susurró.

Elena acababa de presenciar la transacción comercial más absurda de toda su vida. Nada que ver con los abogados de trajes caros con los que negociaba Mario. Y sin comparar una sala de reuniones con aquel sitio. Había asistido a compras y ventas de empresas, tensiones entre hombres muy poderosos que se jugaban todo lo que tenían, el trabajo de todas sus vidas en ocasiones, y aun así tenía la impresión de que el trato que acaba de tener lugar entre un discapacitado y un montoncito de mugre con los ojos grandes había sido más trascendente.

Eneas firmó el documento.

—Gracias. —El brujo asintió. Luego le pasó el documento a Elena.

—Ella no firmará —se interpuso Eneas.

—¿Cómo? —se extrañó el brujo.

Elena no estaba menos sorprendida.

—Solo tengo dos frascos, no cuatro —explicó Eneas—. Así que solo la salvarás a ella.

—¿Por qué te lo piensas, Rex? —se solivió Estrella—. Es un demonio, un instrumento, un títere sin cerebro. ¿Qué más da lo que ella quiera? Yo la creo cuando asegura que preferiría no estar aquí, pero lo que ella prefiera no cuenta. Va a obedecer como la esclava que es. Y sus órdenes son claras.

Nilia se volvió hacia la maga.

—Cuánto temperamento. Me gusta. En realidad me gustas tú, rubia. Deberías venir conmigo. ¿Qué haces con esta chusma? Están muertos y lo saben. Antes o después les cazarán. ¿Vas a morir a su lado?

—¿Ir contigo? No me hagas reír. Ellos están ahora al margen del sistema, de esta estúpida guerra silenciosa entre facciones.

—Eso lo respeto —asintió Nilia—. Y me encantaría ayudarles. Cuanto más resistan, más tiempo perderán los ángeles buscándolos. Centinelas cazando centinelas... Nunca imaginé algo tan divertido. Pero todos sabemos qué bando ganará. Tú también lo sabes, Rex. La única incógnita es cuánto tiempo sobreviviréis. Deberías echar a la rubia, ella no tiene por qué pagar por vuestra situación. Si es que te preocupa, claro, entiendo que no quieras perderla ahora que la has domado.

—Intenta dividirnos —avisó Rex—. Eso es bueno. Demuestra que está desesperada y sin recursos.

—¿No lo he dejado claro desde el principio? Elías ha muerto porque vosotros...

—Querrás decir tú —la interrumpió Estrella.

—En todo caso mi dueño, ¿recuerdas? ¿No era ese tu argumento? ¿Que solo soy un títere? Da lo mismo. A Elías lo mató su mujer por unirse a él sin contarle quién era en realidad ni a qué mundo pertenecía. Tú haces lo mismo con Estrella al ganártela para tu causa.

—Es libre de ir contigo si es lo que ella quiere —dijo Rex.

Estrella evitó la mirada de Nilia. Conocía la fama de los demonios para negociar, era su fuerte o no lograrían convencer a nadie de que les entregara el alma. Pero saberlo no cambiaba el hecho de que percibiera cierto atisbo de verdad en las palabras de Nilia. La cruzada de Rex tenía muy pocas posibilidades de éxito, aunque consiguieran al bebé. Y Mikael sin duda les daría caza.

El respeto que había llegado a sentir hacia Rex era reconfortante, agradable, después de tanto tiempo huyendo con Lobo, viviendo asustados y mirando siempre sobre su hombro. Rex era inteligente y ella no tanto. Le había costado mucho aceptar eso en un menor. Se sorprendió de cuánto había cambiado si ahora estaba sopesando la posibilidad de compartir su camino con un demonio.

—Quiero matarla —dijo la maga.

Se guardó para ella la verdadera razón, que era el miedo que había sentido al comprobar que Nilia había sido capaz de hacerla vacilar por un instante. Si tuviese tiempo, si la dejaran hablar largo y tendido, ¿quién sabe si lograría convencerla? Estrella era consciente de su fuerza, pero también de sus limitaciones. No era ningún líder, nunca lo había sido, y siempre estaría sometida a otros más inteligentes. De modo que se inclinó a proceder como siempre había hecho. Al infierno con la lógica. Intuía que Rex era digno de lealtad, astuto, aunque su causa fuera la más peligrosa. Estrella no era una cobarde.

Había otra razón más, que no quería admitir, pero que resultó fundamental en su decisión.

—¿Te ordenaron entregar a la mujer en la iglesia? —preguntó Rex de repente.

—No es complicado de adivinar.

—¿Te dijeron a quién o solo que la dejaras en la iglesia?

Nilia ladeó la cabeza, mostrando interés.

—En la iglesia.

—Entonces, podemos adelantarnos, tomar la iglesia, cosa que no se esperarán, y luego tú puedes llevar allí a la mujer. La dejas y te vas.

Nilia hizo un gesto de aprobación.

—Sabía que podía contar contigo.

—Habrá centinelas —advirtió Estrella—. ¿Los matarás? Dudo que vayan a abandonar la iglesia por voluntad propia.

—No se lo esperarán —explicó Rex—. Cuentan con que sigamos huyendo de ellos, no con que asaltemos una iglesia. Y conocemos sus métodos de sobra. No será complicado.

—¿Menos que acabar con ella? —La maga señaló a Nilia.

—Acabar con ella no nos garantiza encontrar a la mujer.

Nilia pasó el brazo por el hombro de Estrella.

—Vas a matar centinelas. No sabes cuánto te envidio. Si tienes ocasión, ¿te importaría aplastar también a ese condenado loro? Me lo tomaría como un favor personal.

—Rex, ¿de verdad vas a aceptar?

Rex respiró hondo antes de contestar.

—No veo fisuras en su lógica. Os dije, desde el primer momento, que no tenía sentido que un demonio se opusiera a nosotros para ayudar a los centinelas de verdad, a los ángeles. Si tienes argumentos en contra, rebátelo. No digo que aceptemos, pero al menos debemos considerar la posibilidad.

A Estrella no se le ocurría ningún argumento contra Nilia, pero no dejaba de asombrarle que Rex la tomara en serio. Quizá él también tuviese dudas, como ella, lo que restaría algo de inteligencia a Rex. Si reaccionaba igual que ella, ¿para qué le necesitaba? Estrella esperaba una respuesta diferente de quien consideraba su superior. No deseaba una respuesta de Rex que hubiera podido alcanzar ella por sí misma. En lugar de eso, se disponían a valorar el plan del demonio… Verdaderamente, el mundo se había vuelto loco.

Y ella seguía sin saber cómo encajar.

Nilia se alejó de la entrada a la vía abandonada, hasta una zona en la que se acumulaban polvo y suciedad. Los centinelas la mantuvieron rodeada en todo momento. Hubo un pequeño momento de tensión cuando sacó el cuchillo, pero se relajaron en cuanto vieron que era para trazar en el suelo el dibujo de la iglesia.

—¿Cuántos centinelas estimas que habrá, Rex?

—En circunstancias normales habría dos como máximo, incluso ninguno. Hay un obispo. Ahora bien, si han variado el protocolo debido a nuestra... deserción, no puedo saberlo.

—Imagino que tienes más hombres que los que hay aquí —dijo Nilia. Rex asintió y captó el brillo de advertencia en la mirada de Estrella, que temió que todo fuera una treta de Nilia para averiguar cuántos eran—. Bien, no los llames, no quiero verlos. Diles que actúen como centinelas de verdad si se topan conmigo y no tendré que zurrarles, en la iglesia, se entiende, si los encontramos aquí abajo, no podré creerles. Que sean convincentes.

¿Por qué no se le había ocurrido eso a Rex? A Estrella le pareció que tenía sentido.

—Evitad al loro —prosiguió Nilia—. No puedo garantizar que os reconozca. Y mejor que no se acerque a mí o podría obligarme a... Bueno, ya sabemos a qué, ¿no? Aunque es realmente improbable que me permita matar a nadie.

Nilia continuó aleccionándoles sobre cómo debían proceder. Estrella tuvo que admitir que aquellos consejos eran buenos, incluso demasiado, como el del loro, que en cierto modo dejaba a Nilia expuesta. Aunque no más de lo que estaba ahora mismo, totalmente rodeada. Por mucho que se esforzaba, la maga no encontraba motivos para sospechar de ella.

Rex estuvo a la altura de las circunstancias. No reveló nada sobre ellos durante la conversación, únicamente colaboró con Nilia al indicarle un acceso a la iglesia desde la red de alcantarillas, pero ni era un detalle esencial, ni nada que la hubiese detenido para acceder a la iglesia. Rex se mostró muy cauto. Y Estrella creyó entender el motivo.

Nilia era peligrosa. Alguien capaz de traicionar a quien debía obediencia era razón para preocuparse. La maga nunca había considerado que un demonio pudiera mantenerse entre su voluntad y la de su amo como lo hacía Nilia.

Algo faltaba en esa ecuación. Un demonio, siempre, sin excepción, pedía algo a cambio. Puede que para Nilia fuese suficiente no permitir que su amo y los ángeles triunfaran, solo que parecía poco. Si su voluntad era tan fuerte como para resistirse tanto a su amo, lo lógico sería exigir algo a cambio, algo personal. Estrella se preguntó qué desearía un demonio, un ser que siempre había considerado como siervo de una voluntad superior.

La respuesta llegó de inmediato, como si Nilia le hubiera leído el pensamiento.

—Bien, es hora de hablar de mi compensación, ¿no? —Puso los brazos en jarras—. Creo que me lo he ganado.

—¿Qué quieres? —preguntó Rex, escéptico.

—¿Y me lo preguntas? Que mates a mi dueño, por supuesto. No tiene que ser ahora, me fiaré de tu palabra. Y no puedo decirte quién es, por desgracia. Tendrás que averiguarlo, pero como antes, me fiaré de tu inteligencia. ¿Trato?

Nilia le ofreció la mano abierta.

Llegó el momento de la verdad. Rex hizo una pausa que resultó demasiado dramática. Todos contuvieron la respiración a la espera de su respuesta. Estrella casi se echó a temblar de los nervios.

Aún le resultaba complicado cambiar de opinión respecto a Nilia tan deprisa. Se moría de curiosidad por que Rex hablara de una vez. Se preguntó si ella estrecharía la mano de Nilia de estar en su lugar. Se alegró de no estarlo, de que la suerte de los demás no dependiera de la decisión que tomara.

Rex estiró el brazo.

Y se quedó paralizado al escuchar un rugido que se aproximaba.

—¡Miente! —tronó una voz que llenó toda la caverna.

Lobo apareció un instante después, corriendo y saltando, impulsándose sobre las patas traseras, con el pelaje apagado, sin lustre, la silueta demasiado escuálida, aunque imponente debido a su tamaño.

Nilia agarró la mano de Rex y tiró de él. Le sujetó por detrás y le colocó el puñal en el cuello.

—¡Atrás! No querréis perder a vuestro jefe, ¿verdad?

Estrella no entendía dónde estaba el engaño de Nilia. Había tenido varias ocasiones para intentar una maniobra desesperada con Rex. Mejor antes de que hubiese aparecido Lobo y tendría un enemigo menos de quien preocuparse.

—No puedes matar —le recordó la maga.

—Un golpe en mi brazo cortará su cuello al margen de mi voluntad —respondió Nilia—. Y sí que puedo, bajo ciertas circunstancias.

—¡Lobo! Maldito imbécil. Te dije que no te transformaras. Vigilad al demonio, que no escape —ordenó Estrella.

Nilia retrocedía sujetando a Rex, aunque detrás, a diez metros escasos, solo había una pared, no tenía a dónde ir. Y delante la cercaban los centinelas, que ya habían sacado los bastones.

—Tenía que preveniros —rugió Lobo. Su voz era demasiado grave aunque hablara bajo—. Es una trampa.

Estrella miró alrededor.

—Pues no lo entiendo —confesó—. Íbamos a hacer un trato con ella.
Lobo arrugó el hocico.
—La mujer está por aquí, cerca.
—¿Quién? —Estrella examinó los alrededores. Solo vio a otro centinela, al que había encargado vigilar a Lobo para que no se transformara, que llegaba corriendo. Ese centinela y ella no serían amigos después de la charla que planeaba mantener con él—. ¿Amanda? No la veo por ninguna parte. Lobo, ¿seguro que no estás...?
—La huelo.
—A eso me refiero. Tu enfermedad afecta a tu sentido del olfato, ¿no?
El centinela miró a Estrella con algo de remordimiento.
—Ha tardado casi dos horas en cambiar.
—¡Estoy bien! —rugió Lobo—. ¡Y os digo que Amanda está aquí!
La maga se acercó a Lobo.
—No estoy enfadada contigo, pero dijiste que sabía ocultar su olor.
Lobo aulló, erizó el lomo, sus zarpas traseras dejaron pequeños surcos en el suelo.
—En forma humana sí.
Otro centinela llegó andando con paso vacilante, se llevó la mano al cuello y se desplomó allí mismo. La mano estaba manchada de rojo.
Una bestia de pelo pardo saltó por encima del cuerpo, pasó como una exhalación y se perdió en la antigua vía del metro, corriendo a toda la velocidad que sus cuatro patas le permitían antes de que nadie reaccionara.
—No puede ser ella... —dijo Estrella, todavía conmocionada—. Es imposible.
Lobo salió disparado en dirección a la vía. La maga trató de detenerle.
—¡Solo yo puedo alcanzarla! —rugió Lobo.
Estrella miró a Nilia, que seguía rodeada con el cuello de Rex bajo el filo de su puñal. Luego miró a la oscuridad de la vía. Y decidió.
—¡Salvad a Rex! Si podéis, aguantad hasta que regrese.
Echó a correr detrás de Lobo.

VERSÍCULO 7

Nilia estaba ya contra la pared. Se había quedado sin espacio para retroceder ante los ocho centinelas que la rodeaban. Todos la miraban fijamente, en sus manos relucían los bastones. Apretó un poco más el cuchillo contra el cuello de Rex, para recordarles lo que se estaban jugando.

—¿Ese era todo tu plan? —preguntó Rex—. ¿Distraernos para que ella pasara corriendo?

—Solo necesita una pequeña ventaja para dejaros atrás —contestó Nilia—. Sencillo, ¿verdad? En el peor de los casos, el chucho la alcanzará, pero lo dudo. Aun así, será uno contra uno, mucho mejor que las opciones que tenía hace unos minutos. ¡Tú! ¡El de la cara de tonto! Sí, tú, un paso más y le clavo a tu jefe el puñal en la rodilla. Así me gusta. Como te decía, Rex, las ideas más sencillas son las más brillantes.

—Has tenido suerte, nada más. Podríamos haberte atacado y tu plan habría fallado.

—Habría resistido lo suficiente para que Amanda pasara mientras luchabais conmigo. Tú mismo dijiste que yo estaba desesperada y sin opciones.

—Tampoco ahora tienes muchas. Y todo por intentar salvar a ese bebé.

—No me lo recuerdes —bufó Nilia—. ¿Se te ocurre un trato que podamos hacer ahora? Acepto sugerencias.

—Mientras sigas viva, protegerás a esa mujer. Eres una amenaza. —Rex alzó la voz—. ¿Me habéis oído? No importa lo que me pase a mí. ¡Matadla!

Hacía casi un año que no se convertía. Amanda se sentía bien a pesar del peligro que la acechaba. Se había sobrepuesto al pequeño ataque de claustrofobia que en forma de lobo sentía al estar bajo tierra.

Forzaba sus músculos al máximo, en especial las patas traseras, con las que daba saltos de varios metros de longitud. Pero la respiración de Lobo estaba cada vez más cerca, le comía terreno. Acabaría por darle alcance antes de llegar al final del túnel.

Frenó en seco y dejó que Lobo la adelantara. Se quedaron frente a frente, gruñendo. Los colmillos de ambos brillaron en la oscuridad.

—¿Por qué lo haces? ¿Entregarás a una de los tuyos a unos centinelas renegados?

—Los míos me rechazaron hace mucho tiempo y tú también les abandonaste.

—He perdido al bebé al convertirme. Deja que me vaya.

—A mí no puedes engañarme —dijo Lobo—. Nadie te hará daño si te entregas. Te lo prometo.

Amanda hizo amago de echar a correr, pero él le cortó el paso. Sonaban pisadas a lo lejos. Alguien venía en ayuda de Lobo, así que no podía perder más tiempo.

Los centinelas obedecieron al instante y cargaron contra Nilia todos a una, sin considerar la suerte que pudiera correr su jefe. La demonio ya había decidido qué suerte sería esa.

Levantó a Rex con una mano y lo arrojó contra los que se acercaban a ella por la derecha. Derribó a varios. Luego se lanzó contra los que acechaban por la izquierda. También los derribó, pero encajó varios golpes. Uno de esos golpes quemó, así que había al menos un centinela al que no se le había descargado el arma por completo. Ese fuego, ese calor, le abrasaba el alma. Dolía.

Se revolvió y logró levantarse de modo que ya no tenía la pared a la espalda limitando su espacio de maniobra. Volvió a la carga para evitar que varios de los centinelas se levantaran. Recibió más golpes, atravesó una mano con el puñal. Durante unos segundos logró sembrar confusión, pero al final se reagruparon en una formación sólida, que les permitía cubrirse unos a otros.

Eran demasiados, pero no iba a rendirse. Durante un buen rato Nilia esquivó los ataques, e hirió a varios centinelas, hasta que un bastonazo en la cara la aturdió y le llenó la boca de sangre. Le siguió otro más, en la pierna, del arma que aún estaba cargada. La quemó, no pudo evitar que la rodilla cediera. En la caída aprovechó para clavar el cuchillo en el pie de otro enemigo. Un golpe detrás de la cabeza la despidió hacia adelante y tuvo que apoyar las manos en el suelo.

Esta vez no le dieron tiempo a reaccionar.

Los bastones llovieron sobre su espalda.

Amanda y Lobo rugían, se lanzaban dentelladas y zarpazos. Ninguno de los dos permitía que el otro le mordiese en el cuello o sería el fin. La fuerza de las mandíbulas de un hombre lobo no conocía rival. Ni siquiera un mago podría despedazar un cuello con tanta brutalidad, por fuerte que fuese.

A pesar de que era más débil y lento, Lobo ganaba en destreza; sin duda, estaba acostumbrado a pelear. Ella no. Seguramente, la ferocidad de Lobo provenía del instinto de supervivencia que tendría que haber desarrollado desde que le expulsaron. A saber a qué peligros debía de haberse enfrentado. Sin embargo, ella nunca había sido una guerrera.

Un zarpazo en el hocico desgarró el labio de Amanda. El golpe la aturdió. Lobo aprovechó para morderle en la pata trasera, aunque no llegó a hincarle bien los colmillos. Amanda trató de separarse de un salto. Lobo respondió con un movimiento equivalente, más preciso, más rápido. Amanda notó que la herida de su pata trasera le ralentizaba.

Lanzó una dentellada producto de la desesperación. Falló. Otro zarpazo le acertó en las costillas. Sonó un crujido. Amanda retrocedió casi sin aliento. El pelo de su pecho se empapaba con su propia sangre.

—No tienes por qué morir —dijo Lobo—. Puedo curarte. Resistirse más es un suicidio.

La imagen de Nilia asaltó la mente de Amanda. Ella no se rendiría ni ante cien enemigos, ni siquiera por una causa en la que no creyese. Lucharía hasta el final.

—¡Tendrás que matarme! —rugió Amanda con todas sus fuerzas.

Lobo enseñó los colmillos. Dio un paso adelante, levantó una pata... y se quedó completamente quieto, a dos metros de distancia. Empezó a toser y escupió sangre. El lomo, crispado, se sacudía con violencia. Después le fallaron las patas y se derrumbó.

Amanda no entendía qué le pasaba porque las heridas que le había infligido eran pocas y superficiales. Le observó debatirse como si le faltara aire. Lobo escupió sangre de nuevo, y esta vez fue un chorro considerable.

Nilia ya notaba alguna costilla rota y los golpes seguían cayendo. En pocos segundos se desmoronaría y sería el fin porque no le dejarían levantarse de nuevo. Así que resistió un poco más a cuatro patas, hasta que localizó al centinela que le quemaba con sus bastonazos, el único que tenía el arma cargada.

Entonces flexionó un poco los brazos, simulando que sus codos cedían, y giró tan rápido como pudo, cuando calculó que el bastón de ese centinela descendía para sacudirla de nuevo. En el movimiento recibió golpes en la cara, le reventaron el ojo izquierdo y le partieron la nariz. Aunque logró su propósito antes de que la sangre le empapara el rostro: había trazado un arco con el puñal que seccionó la mano del centinela.

La mano todavía sostenía el bastón cuando cayó a su lado. Nilia la recogió, chorreando sangre, y tocó con el bastón a varios centinelas en las espinillas. Retrocedieron por la quemazón, que no se esperaban. Nilia sonrió para sí; solo los necios de los ángeles dotarían a sus esbirros de armas que también podían herir a los de su mismo bando. Rodó hacia ese lado, escapando de nuevos impactos, atizó a otro con el bastón y amagó con el puñal. Los centinelas habían empezado a retroceder, vacilantes. La duda fue suficiente para que ella se incorporara y se limpiara la sangre del rostro, con cuidado de sujetar la mano seccionada del centinela sin rozar el bastón.

De todos modos, esos necios no eran del todo idiotas. Dieron un paso atrás al mismo tiempo, tomaron impulso y cada cual le lanzó uno de los bastones que portaban. Las armas dibujaron una trayectoria perfecta, como en una coreografía, rebotando en suelo y paredes, alcanzando a Nilia al mismo tiempo desde varias direcciones, incluso por la espalda. No pudo esquivarlas todas, menos aún por las heridas que había sufrido. Al menos contó tres impactos: uno en la cara, que le desgarró la mejilla; otro en la rodilla, que provocó un crujido de mal pronóstico; el último en una mano y le rompió dos dedos.

Consiguió mantenerse en pie a duras penas, para contraatacar. Entonces una roca se estrelló en su nuca y cayó de bruces entre los fragmentos despedazados.

—Hiciste mal en considerarme inofensivo, demonio —sentenció Rex—. No estoy tan acabado como para no poder ayudar a mis compañeros.

Nilia no había cometido ese error. Simplemente no podía estar pendiente de todos al mismo tiempo y por eso no se percató de que la atacaba por la espalda. Le encantaría poder explicárselo mientras le hacía tragar una tras una todas las piedras de aquella sala, pero las heridas la habían agotado. Necesitaría unas cuantas horas durmiendo para reponerse por completo. Aunque si se esforzaba al máximo, lograría cargarse a un par de ellos antes de que la derrotaran.

—Uaaaaaaaaaaaaaaaaccc.

El loro salió de una fisura en el suelo. Atrajo la atención de todo el mundo y volvió a desaparecer por otra grieta.

Ese fugaz instante de distracción le concedió a Nilia una oportunidad que no iba a desaprovechar. Rodó en el suelo y lanzó la mano del bastón a un centinela. La esquivó, pero al hacerlo se alejó y tropezó con un compañero. Nilia entonces se arrastró y se coló por la grieta que le había indicado el loro.

Pero la entrada era muy estrecha e irregular y Nilia no tardó en quedar atrapada. La ventaja era que por una grieta tan estrecha los centinelas no podrían seguirla, dado su mayor tamaño. Suerte que la pequeña maga no estuviese allí. El loro por fin había hecho algo útil.

Nilia siguió tirando y arrastrándose. Se le rasgó la ropa, sufrió cortes, algunos profundos, sobre todo en los muslos. Chorreaba sangre y no veía bien, ya que solo contaba con un ojo en condiciones, pero no se detuvo. La mano que tenía pegada al cuerpo se enganchó con una roca y se le dislocó el hombro de nuevo. Siguió reptando.

La roca por fin dejó de aprisionar su cuerpo. Resbaló y se deslizó hacia abajo. Frenó al estrellarse contra el suelo, de cabeza, pero ya estaba libre. No la seguirían por aquella fisura. Sería estúpido porque ella se limitaría a acuchillarles según iban saliendo. Se sentó a recobrar el aliento.

Se encontraba en una galería húmeda y medio derruida, de techo bajo, que parecía antigua. El río putrefacto discurría por un canal que debió de ser parte del alcantarillado hacía tiempo. Nilia trazó una runa en el suelo y prendió fuego de modo que las llamas crecieran hasta penetrar en la grieta por la que ella había descendido, solo por si acaso alguno pensaba seguirla.

Después respiró hondo un par de veces mientras evaluaba sus heridas. Las peores eran el brazo dislocado y el ojo que le habían reventado. Quizá podría arriesgarse a descansar lo suficiente para curarse un poco, confiando en que Rex supusiera que ella no se quedaría quieta. Era muy arriesgado, pero tentador. Restablecerse, recobrar fuerzas y...

—Uaaaaac... Ya vienen.

El loro llegaba revoloteando por la galería.

—¿Cuántos?

—Uaaac... Cinco... De nada, por cierto.

—Cierra el pico.

—Uaaaac... Te salvé... ¿Quieres darme un besito?

—Preferiría desplumarte. ¿Por dónde vienen?

El loro señaló con el pico una dirección. Nilia se incorporó y grabó más runas, que ampliaron las llamas hasta formar un muro de fuego. Luego se marchó en la dirección opuesta.

Huyó. Tendría que soportar las burlas del pájaro.

—¿Ha sido ella? —rugió Estrella—. ¡La voy a despedazar!

La maga se agachó junto a Lobo, que yacía de costado en medio de un charco de sangre. Acababa de llegar, tarde. Los condenados licántropos eran realmente veloces, incluso para ella, que podía correr al máximo de su capacidad sin cansarse durante diez minutos.

Lobo gimió y tosió, escupió más sangre.

—No fue ella —susurró.

—¡Idiota! ¡Te dije que no te transformaras!

—Tenía que hacerlo.

Estrella pasó la mano por su pelaje, notó los huesos con total claridad. El cáncer le había consumido hasta convertirlo en un esqueleto con pelo.

—Cambia. Conviértete de nuevo.

—Demasiado... tarde.

—¡Esfuérzate! ¡Vamos!

—No es culpa... tuya.

—Me lo prometiste. —La voz de la maga perdió gran parte de su fuerza. Apoyó una rodilla en el suelo, le miró a los ojos—. Te quedaba menos tiempo del que dijiste, ¿verdad? Me mentiste.

—Era imposible saber... con precisión... cuánto me quedaba.

Estrella reventó un adoquín de un puñetazo.

—¿Por qué no me dejaste protegerte? Yo... no quería perderte. Me has dejado sola con ellos. Te odiaré por eso, Lobo, por abandonarme en este asqueroso mundo.

—No podrás. —Lobo retiró los labios en un gesto que la maga interpretó como un amago de sonrisa—. Inténtalo. Mi tiempo se acabó... Nunca te olvidaré.

Estrella le acariciaba mientras una rabia desmedida crecía en su interior.

—Ni yo a ti. ¿Por qué lo hiciste?

—Por el bien de la manada... Rex es tu mejor opción para sobrevivir. Confía en él. ¿La capturasteis?

—Por supuesto —mintió Estrella—. La retienen los chicos de Rex. No le haremos ningún daño, como querías. Sé que eso te preocupaba. —Se le ocurrió cómo añadir más veracidad a sus palabras—. Yo quería descuartizarla, pero sé que tú no lo habrías aprobado. Cumpliremos el plan de Rex y será gracias a que tú la entretuviste hasta que pudimos rodearla o se nos habría escapado. Ahora descansa. Cierra los ojos. Deja de luchar... Así, así está bien.

Estrella se debatía con el nudo que le aprisionaba la garganta. Habría llorado de no ser porque sus ojos estaban encendidos de rabia.

Elena maldijo, tirada en el suelo, sobre las inmundicias malolientes de aquellas alcantarillas a las que Eneas había tenido la gran idea de acudir para que le operaran la pierna. Tenía que habérsela amputado, total, para lo que le servía... Pero no, ahora tenía que arrastrarse por una cavidad asquerosa, detrás de un crío harapiento, a saber durante cuánto tiempo. Suerte que tenía el estómago vacío, porque habría vomitado.

En el último instante lo pensó mejor y se levantó.

—¿Seguro que no hay otra solución?

Eneas negó con la cabeza.

—Después te darás una ducha y como nueva —dijo desde la silla de ruedas.

Estaba más pálido todavía, si eso era posible.

—Me refería a llevarte con nosotros —matizó Elena.

—No podemos pagar el billete para los dos y yo solo sería un estorbo.

Ella asintió, lo sabía, lo habían discutido. No tenía sentido que murieran los dos. Mejor él, un paralítico inútil, que ella, que iba a ser madre. Así debería haber pensado, esa habría sido su reacción inmediata. La Elena de antes ni siquiera habría valorado su embarazo o la incapacidad de Eneas. Con saber que podía salvarse habría bastado para que decidiera ser ella la que escaparía con el brujo, más aún teniendo en cuenta que había sido su sangre la que había servido para pagar al brujo.

Claro que Eneas era quien había sabido cómo contentar a los brujos. A ella no se le había ocurrido que sus hemorragias, por las que había acudido al médico, estuvieran relacionadas con los gemelos que albergaba en su interior. La sangre era en parte de ellos, lo que a su vez implicaba que la mitad era de demonio, el ingrediente que tanto valor tenía para los brujos. Rellenar los frascos en aquel lugar había resultado humillante, de las experiencias más desagradables que recordaría. Pero lo había hecho, y el brujo, tras un rápido examen a base de runas, había aprobado la sangre como pago por salvarla.

—Dime que tienes otro plan, Eneas. Te matará y lo sabes.

Eneas logró esbozar una sonrisa.

—Ya te dije que en el fondo no eras tan mala. Tranquila, aún me quedan recursos para defenderme, y no dejaré que me mate porque después iría a por ti. Solo necesito un poco de tiempo para librarme de él.

Resultaba casi convincente, a pesar de la silla de ruedas, de la palidez de la cara y de que apenas lograba mantenerse erguido.

—Lo dices para tranquilizarme. No mientes del todo mal. Yo... No me gusta la idea de sacrificarte. No he cambiado, no pienses eso. He hecho cosas peores, solo que con una diferencia: a las personas que perjudicaba las odiaba, tenía una razón, casi siempre me habían atacado primero de algún modo. Puedo ser muy cruel con un enemigo. Pero tú... Nadie me había ayudado antes. Jamás. Todo el mundo me detestaba, casi siempre por envidia, por mi dinero, el de Mario, por mi posición. Las mujeres envidian mi belleza, los hombres se enrabietan cuando se dan cuenta de que no pueden conseguirme. Tú no eres así. Por eso sé que no sobrevivirás en este mundo, Eneas, aunque logres escapar del asesino.

—No se puede ser bueno y sobrevivir —reflexionó Eneas—. Es posible. Tampoco se puede elegir ser de una manera determinada. Cada uno es como es.

El brujo se sentó entre ellos, con las piernas cruzadas. Los estudiaba con interés, sin intervenir. Solo parecía interesado en la conversación.

—Ellos son los más listos de todos, ¿verdad? —dijo Elena señalando al niño—. Viven al margen, sin mezclarse en nuestro mundo más que para lo imprescindible. Puedo entender que alguien no quiera saber nada de... todo esto y lo que hacemos.

—Nadie puede escapar, ni siquiera ellos. Todo está relacionado y nadie puede quedarse al margen. Yo creo que lo saben. No se conocen sus intenciones reales, pero yo creo que algo se avecina y los brujos jugarán un papel decisivo.

—¿Qué se avecina?

—No lo sé. ¿Pero no lo notas? Suceden cosas demasiado trascendentales, que según todas las fuentes nunca antes habían pasado. Asesinaron a un ángel, se ha conocido por primera vez la existencia de un hombre sin alma y las páginas de La Biblia de los Caídos aparecen con más frecuencia que nunca. Y hay mucho más. No pueden ser coincidencias.

—¿Hablas de un plan de Dios? No te tenía por un ingenuo.

—Ojalá lo supiera. No creo que yo esté destinado a ver lo que nos aguarda.

La idea de formar parte de algo más grande era atractiva. Elena se sentía menos sola pensando de ese modo, podía refugiarse en la idea de que ella tenía su papel, puede que también sus hijos. Era más agradable que resignarse a vivir sola y oculta hasta dar a luz para que su exmarido no la matara.

Por desgracia no podía creer en ello. Eneas tenía razón: cada uno es como es, y ella había renunciado hacía mucho a la idea de un plan superior, de que existiera un destino. Deseó creer, como Eneas, debía de ser reconfortante vivir así. Pero no podía. Su espantosa vida le había arrancado cualquier posibilidad de confiar en nadie más que en ella y en sus propias decisiones.

—Quizá volvamos a vernos —dijo sin convicción.

No sabía cómo despedirse, no quería hacerlo.

—Esto no es un sacrificio, Elena. No doy la vida por ti. Te dije que moriría pronto y es verdad, pero no de este modo. No me matará un asesino a sueldo, por desgracia. No será tan fácil como un disparo en la cabeza. Sufriré mucho más.

—¿Te lo dijo Ramsey?

Eneas asintió. Elena recordó que él creía en sus profecías. Esa era la razón de que hablara del destino y de un plan preconcebido.

—Por eso odio esta especie de esperanza indestructible que tengo tan arraigada —dijo Eneas—. Me obliga a seguir adelante, hacia un final que lamentaré. Es mi maldición. Sin esperanza me rendiría y todo sería más fácil.

—Asumo que has visto cumplirse varias profecías de Ramsey para creer en ellas. Pero nunca te ha dado los detalles de tu muerte, ¿a que no? Lo sabía. ¿Entonces, cómo puedes estar seguro de que el sicario no te torturará y convertirá tu muerte en un final terrible?

—Porque el dolor de verdad nunca es físico —contestó Eneas—. Qué le voy a hacer. —Se encogió de hombros—. La esperanza es un asco. Adiós, Elena. Vete antes de que sea tarde.

—Tal vez la esperanza no sea tan mala como crees. —Elena se inclinó y le dio un beso en la mejilla—. Volveremos a vernos.

—Estás hecha un asco, demonio.

Nilia salió del túnel a una estancia amplia, una cavidad en ruinas formada de ladrillos podridos, rocas mohosas, vigas oxidadas y retorcidas, y restos de planchas de acero que pudieron ser puertas en otro tiempo. El río se deslizaba por la derecha y se estancaba en un pequeño charco. Seguramente seguía su recorrido por el subsuelo. Sobre el estanque de porquería, el techo se hundía ligeramente, en cuya zona más cóncava había un agujero por el que se desprendían algunas gotas. Daba la impresión de ser un desagüe.

En el centro de la cueva estaba Estrella con los brazos en jarras. Una runa enorme refulgía en lo alto, iluminando la estancia. Nilia identificó dos salidas, dos puertas fuera de su alcance. Para llegar a cualquiera de ellas tendría que superar a la pequeña maga.

El loro había desaparecido, como de costumbre. De haber sido un pájaro útil, habría retrocedido para avisar a Nilia de que Estrella la aguardaba en esa cámara. Bien mirado, la maga se mostraba muy serena, como si la estuviera esperando, como si supiera a ciencia cierta que Nilia tomaría ese camino.

—Los centinelas solo debían acosarme para que viniera en esta dirección, ¿verdad? Hasta ti. Era una trampa.

—Tú me engañaste para que siguiera al pájaro hasta el vagón abandonado. Ahora te devuelvo el favor. Fue el loro quien te informó de que te perseguían desde el otro extremo, ¿verdad? Y le creíste. Estamos en paz.

Nilia recordó que había levantado un muro de fuego con runas para que no la siguieran, pero lo apagarían, desde luego, y encontrarían la manera de llegar hasta allí. Sin embargo, aún contaba con algo de tiempo para enfrentarse a solas con Estrella. La maga sería un rival duro, sobre todo considerando que no se había recuperado de las heridas, pero acompañada por los centinelas resultaría imposible de derrotar.

Estrella no parecía preocupada en absoluto, aunque se notaba que se contenía, que se guardaba algo. La maga no era la mejor escondiendo sus emociones. Nilia se colocó de lado, para ocultar el brazo que tenía dislocado, empezó a pasearse trazando un pequeño arco. Estrella la siguió con la mirada.

—Realmente no quieres matarme —observó—. No deja de sorprenderme cómo sois los demonios. En fin, así son las cosas, ¿no?

Nilia asintió. Estrella le devolvió el gesto. Se entendían, puede que las dos tuviesen cierta complicidad a estas alturas, incluso respeto mutuo. Nada de eso las detuvo.

La maga caminó directamente hacia ella, sin amagos, sin esconder sus intenciones, con pasos firmes, sin prisa. No alzó los puños hasta que estuvo frente al demonio. Varios ladrillos saltaron en pedazos cuando Nilia se agachó y esquivó el puñetazo. Podría haber intentado golpearla de no tener el brazo dislocado.

—¿Es lo mejor que sabes hacer, rubia? —se burló saltando para esquivar una patada de la maga.

Pretendía enfurecerla, aparentar que podía esquivarla sin complicaciones para no revelar su debilidad. Fue sencillo. Estrella tardó pocos segundos en explotar de ira. Los puños de la maga hacían añicos cuanto tocaban. Ahora venía la parte complicada. Nilia continuaba dando piruetas, calculando, memorizando los movimientos de Estrella. Solo podía vencer si empleaba bien la ventaja que tenía sobre la maga: mantener la mente fría.

Sin embargo, algo tenía que cambiar, porque antes o después cometería un error con la visión limitada a un ojo y las heridas que le impedían reaccionar con la celeridad habitual. Tenía que arriesgarse a un golpe certero y definitivo, solo uno. Era todo o nada.

Estrella le dio de lleno. Nilia salió volando hacia arriba, se empotró contra el techo, donde abrió una grieta y cayó al suelo. Se quedó sin aliento un instante, pero su cálculo había sido preciso. Se había colocado de modo que el puñetazo de la maga le encajara el hombro en su sitio.

Se levantó apoyándose en las manos y dio una patada a Estrella. La maga resistió el golpe sin problemas, pero Nilia había tenido tiempo de colocarse en posición de combate. Amagó con el cuchillo. La maga lo esquivó y a punto estuvo de atizarla de nuevo. Entonces se enzarzaron en un intercambio de fintas y golpes. Nilia se retorcía y sorteaba las embestidas con precisión, aunque sus ataques eran poco eficaces. Estrella era como un pequeño montículo de piedra con una melena dorada. Las patadas de Nilia no la desequilibraban, sus puñetazos apenas la molestaban, y los cortes de sus cuchillos no la debilitaron lo más mínimo. Además, Estrella sangraba muy poco. Nilia sabía que los magos podían cauterizarse las heridas muy rápido, controlar las funcionas corporales, aumentar o disminuir la adrenalina, y muchas otras cosas.

Llevó tiempo, pero Estrella conectó una patada en el estómago de Nilia. La agarró por una pierna y la empotró de cabeza contra la pared y luego contra el suelo. Nilia se revolvió como pudo y acabo cayendo sobre Estrella. La mordió en un brazo, la escupió, descargó un millar de golpes sin demasiada fuerza por lo cerca que estaban. Estrella la rodeó con los brazos y apretó.

Nilia arqueó la espalda hacia atrás y estrelló la frente contra la nariz de Estrella. El crujido reveló que se la había partido. La maga replicó el movimiento y le devolvió el golpe con la frente casi al instante. Entonces Nilia recurrió de nuevo a revolverse y golpear a discreción. Logró meter un dedo en el ojo de la maga, que por fin tuvo que reaccionar al dolor o la molestia y retirarse un instante. Mientras parpadeaba, Nilia encontró el momento de enterrarle el cuchillo en el hombro.

Estrella gritó con ferocidad. La golpeó con el revés del puño, aunque con menos fuerza. Nilia arrancó el puñal y se lo clavó en un muslo, esquivó los brazos de la maga y volvió clavarlo en el mismo sitio, luego rodó por detrás de ella y le rajó la espalda de arriba abajo.

—Tu armadura está rota, maga. Déjalo ya y...

Estrella dio un paso atrás y se lanzó sobre Nilia. La cogió desprevenida, y logró aplastarla contra la pared. El puñal cayó al suelo. Nilia la agarró por el cuello y apretó la tráquea. Quería estrangularla, oír el crujido y el gorgoteo en su boca, pero la maldita maga resistía. Tal vez habría podido partirle el cuello de encontrarse en perfectas condiciones. Aun así, era la única posibilidad que tenía. Apretó más fuerte. Estrella se separó de la pared con Nilia aferrada a su espalda. Nilia supuso que pretendía volver a estrellarla contra la roca, de modo que apretó más. Resultó. La maga se tambaleó hacia adelante. Llevaba mucho tiempo sin respirar, aunque Nilia sabía que los magos podían aguantar sin oxígeno varios minutos. Debía mantener la presión todo ese tiempo y más, lo que hiciese falta, porque si Estrella lograba zafarse, no tendría posibilidades.

La maga daba tumbos hacia adelante, despacio, tratando de agarrar a Nilia por encima de su cabeza. La demonio resistía, se concentraba en no ceder la presión sobre el cuello. Al fin la pierna de Estrella falló y se dobló. Era impresionante que no hubiese sucedido antes con la cuchillada que había recibido. Fue más impresionante cuando se volvió a poner en pie.

Nilia no cedió. Estrella dio algunos pasos vacilantes, cada vez más despacio, los movimientos de sus brazos perdieron fuerza. Quedaba poco para que se asfixiara. Tropezó con algo y casi cayó al suelo. Habían cruzado la estancia de un lado a otro. Tal vez la maga tuviera la visión nublada. Un poco más, Nilia solo debía aguantar un poco más. Paciencia. Estrella ya había perdido los nervios y pronto la dominaría el pánico; el extraordinario control que la maga tenía sobre su cuerpo estaba a punto de fallar.

Las rodillas flaquearon. Ya estaba... Entonces Estrella agachó la cabeza a una velocidad brutal. Nilia salió despedida por encima de ella y aterrizó en el estanque de aguas residuales. La maga debía de haber fingido y reservarse fuerzas para esa artimaña.

—Buena maniobra —concedió Nilia. El agua le cubría hasta las rodillas—. Eres lista. Piensas que el agua ralentizará mis movimientos, pero estás acabada.

Estrella se apoyaba en el suelo. Se levantó con una mirada que no auguraba nada bueno.

—Piénsalo de nuevo, demonio. —La apuntó con el dedo índice—. ¿Ralentizarte con el agua? Quizá, pero no como tú crees.

Se dio la vuelta y retrocedió con absoluta tranquilidad. De repente, Nilia notó que no podía mover las piernas. Y lo entendió. Era mucho peor de lo que había supuesto. De hecho, era lo peor que le podía suceder a un demonio.

Estrella recogió el puñal de Nilia y regresó junto a ella. Golpeó la superficie del estanque, que ya se había congelado.

—Una runa muy eficaz, ¿no crees? Congela la mierda en pocos segundos. Y con mierda no me refiero solo a esa ciénaga putrefacta, sino a ti también. El fuego te hace cosquillas, como comprobamos en el hospital, ¿pero qué tal el frío?

Esa era la verdadera trampa. La habían empujado hacia esa cámara, y no para luchar con la maga, sino para que acabara en el estanque. Nilia se estremeció de dolor conforme el frío se extendía por su cuerpo. No había nada que pudiese hacer para impedirlo. En pocos segundos estaría completamente indefensa.

El loro entró en la cavidad y fue a por Estrella. Se posó en su cabeza y le picoteó la frente.

—Uaaaaaaacc... Nilia es mía... Míaaaa.

La maga suspiró, dejó que el pájaro siguiera durante un segundo. Luego lanzó un manotazo. Falló. El loro se retiró a tiempo y ella se golpeó la cara. Le dolió un poco.

—Menudo intento de rescate, pajarraco —dijo Nilia con desprecio—. Das pena.

—Uaaaaaaacc... Lucha... Te lo ordeno.

—Mata al loro, por favor —dijo Nilia—. Estoy dispuesta a suplicarte, si quieres. Pero despedaza a ese bicho antes que a mí.

—¡Detente! —Rex entró en la cueva en ese momento—. Estrella, no lo hagas.

—¿Por qué no?

—Quiero al loro para...

El loro se marchó volando antes de que pudieran atraparlo.

—Encima cobarde —bufó Nilia. Apenas podía mover ya los hombros, y la parálisis avanzaba, lenta pero precisa; incluso el habla estaba un poco afectada—. Fue una buena pelea, rubia.

Estrella apretó los puños.

—Te creí cuando me dijiste que me uniera a ti. Es la verdad. ¡Te creí! Llegué a ver algo de verdad en tus palabras. ¡Qué estúpida soy! Eso piensas, ¿no?

—No te mentía. Por eso me creíste, porque decía la verdad. Por desgracia sí eres estúpida o habrías aceptado en ese momento. ¿Has aprendido algo?

—Sí.

—Veámoslo. Estás a tiempo de cambiar de opinión. Libérame.

—Lo haría —admitió Estrella—. Es lo que deseo... Lo juro.

—¿Pero?

—Pero mataste a Lobo. Murió por tu culpa. Estúpida o no, ya no soy dueña de mí misma.

La maga apretó el puñal de Nilia y dio un paso hacia ella. Rex no intervino. Nilia supo que entendía tan bien como ella la situación, además de que no podría detener a Estrella aunque quisiera. La maga podía haber perseguido a Amanda, pero había decidido regresar para matarla. No era un farol, era odio auténtico, debía de sentir algo profundo por el licántropo, que tal vez ni siquiera supiese hasta que había muerto.

De modo que no había modo de convencerla. Y Nilia estaba completamente congelada. Algo más de tiempo y tendría problemas hasta para pestañear. Nunca se había sentido tan indefensa.

—¿Últimas palabras? —Estrella le colocó el cuchillo en el cuello.

Esta vez no podría regresar con un cuerpo nuevo porque la maga no cometería el mismo error y le cortaría la cabeza.

—Fue una buena pelea —repitió Nilia.

Todo era oscuridad. Elías se apretó las sienes desesperado. Ese dolor de cabeza terminaría por matarle o desquiciarle, pero al moverse se dio cuenta de que eso no era todo. Mil y un pinchazos, como flechas, le aguijonearon el cuerpo. Gimió desconsolado para lograr la simpleza de sentarse con la espalda apoyada en la pared.

Se mareó un poco. Entonces le invadió un olor pestilente y familiar, y recordó que debía de haber muerto. Se había soltado de la mano de Nilia para precipitarse a un abismo que parecía no tener fondo. Había caído durante mucho tiempo... Sin embargo, no recordaba haberse estrellado. Quizá se desmayó durante la caída. En cualquier caso, tenía que ser imposible sobrevivir a un choque de tanta altura, menos aún sin ningún hueso roto, como parecía ser el caso. Y luego se había despertado en el suelo, con ese dolor de cabeza. ¿Cuánto tiempo habría estado inconsciente? ¿O era eso lo que había después de la muerte?

Algo sonó cerca. Puede que pasos o voces. Era difícil distinguirlo con aquel pitido tan molesto que le atravesaba los oídos. De pronto vio cuatro luces moradas. Luego desaparecieron, volvieron a aparecer, después desaparecieron solo dos. Eran cuatro puntos pequeños delante de él, a una distancia que no podía precisar.

—Eres un mequetrefe, Todd —dijo alguien que parecía de edad avanzada—. Voy a congelarme por tu culpa.

—Hago lo que puedo, Tedd —respondió otra voz que pertenecía a un niño—. Te dije que no tienes edad para pasear por estas catacumbas. Tienes suerte de no haber caído cuando metiste el bastón en ese agujero. Anda, ven, apóyate en mí.

Los cuatro puntos morados se acercaron. Se desplazaban a la misma exasperante lentitud y parecían estar en el lugar del que provenían las voces, de modo que... No, no podían ser ojos. Nadie podría tener unos ojos tan relucientes, que brillaran en la oscuridad. ¿O sí? en las últimas horas había visto y conocido cosas que jamás habría imaginado.

Elías no tenía la menor idea de quiénes podían ser los dueños de aquellas voces, pero en su estado, pocas posibilidades tenía de regresar a la superficie por sí mismo.

—Perdonad. ¿Podéis ayudarme?

Los puntos violetas se quedaron quietos.

—Se ha despertado, Tedd —dijo uno con voz de niño.

—¿Y a mí qué me importa, Todd? ¿Quieres encender el fuego de una condenada vez? —protestó otro, que parecía anciano.

—Lo haría si no gruñeras tanto, Tedd —dijo el niño—. Además, creo que el pobre está asustado con tanta oscuridad. Debería ayudarle, ¿no crees?

—Pero date prisa, Todd —repuso el anciano—. Se ve que puedes ayudar a cualquiera menos a mí.

Elías escuchó algo que se arrastraba por el suelo. Sonó alrededor, a ambos lados, lejos, coincidiendo con dos de aquellos puntos violetas que se desplazaban a gran velocidad.

Entonces surgió la luz, del suelo, de unas líneas que parecían pintadas con tiza. No era una luz potente, aunque bastaba para distinguir la estancia cuadrada en la que se encontraba. En las paredes, entre los ladrillos medio derruidos y cubiertos de mugre, asomaban vigas oxidadas y cubiertas de lo que parecía musgo, hongos, o a saber qué. Daba la impresión de ser un lugar abandonado hacía mucho tiempo. En una de las paredes había un hueco circular de tamaño suficiente para que él se metiera dentro, aunque quedaría encogido. Debía de ser una antigua tubería. En el centro, en el suelo, había otro agujero, y más allá un anciano, como había supuesto, con una larga coleta de pelo blanco y los ojos violetas. Enseguida se reunió con él un niño moreno, chiquitín, con los mismos ojos. Esos dos no encajaban en aquel lugar. El niño era demasiado joven y no aparentaba ser un vagabundo. El anciano parecía que se iba a desplomar en cualquier momento, no podía andar, ni siquiera con la ayuda del bastón en el que se apoyaba.

Cerca del anciano había un barril que golpeó con el bastón.

—Ya le has dado luz, Todd —gruñó—. ¿Te importa ocuparte ahora de que no muera de frío?

Elías no tenía ni frío ni calor, pero el tal Tedd temblaba tanto que daba la impresión de sufrir convulsiones. El niño, Todd, sacó un mechero y trató varias veces de encenderlo.

—Creo que no funciona, Tedd —se disculpó Todd—. Mis pequeñas manos no consiguen hacer saltar la chispa. ¿Crees que nuestro amigo podría ayudarme?

—Es lo mínimo, Todd —dijo Tedd—. Después de que encendieras la luz para él y de que hayamos velado su sueño. ¿Te acuerdas de cuando aparté esa rata que trepaba por su cara?

—Fui yo, Tedd. Tú tienes miedo a las ratas.

—¡Mentira, Todd! Aquello fue un error. La rata se puso debajo de mi bastón cuando caminaba. Ya no tengo tantos reflejos como antes, ¿sabes?

Elías les dejó discutir un poco mientras se deshacía de la desagradable sensación de haber tenido una rata en la cara. Aún estaba confuso y dolorido, y más confuso todavía por esa pintoresca pareja con la que se había topado. Todavía no le habían mirado ni una sola vez y si algo había creído discernir de su extraña charla era que le habían vigilado mientras estaba inconsciente. Fuera cierto o no, habían tenido ocasión de matarlo y no lo habían hecho, de modo que podía confiar en ellos para que le indicaran cómo salir de allí.

El niño se enfadó en ese instante y arrojó el mechero al suelo. Elías reparó en que olía a gasolina, que sin duda estaría en el barril. Lo más probable era que pretendieran encender fuego con eso para que el anciano se calentara.

Elías ahogó un gemido al levantarse.

—¿Permitís que os ayude? —Recogió el mechero del suelo y se acercó a ellos con intención de ganarse su simpatía—. A lo mejor puedo encender el mechero y agradeceros vuestra amabilidad.

—Un hombre educado, Todd, no como tú.

El niño suspiró en vez de responder. Se colocó junto al anciano y dejó que se apoyara en su brazo. No eran hostiles, desde luego, pero sí muy extraños. Continuaban sin mirarle y ahora habían clavado los ojos violetas en el barril.

Elías sonrió con timidez, pero eso tampoco llamó la atención de la pareja. Entonces cayó en la cuenta de que tampoco hablaban con él, solo entre ellos. También reparó en que las líneas del suelo que irradiaban luz eran parte de una runa que le resultaba familiar. Ya la había visto, aunque más pequeña. De modo que aquellos dos tipos raros conocían las runas. Tenían que ser parte de lo que Nilia había denominado el mundo oculto, en el que por lo visto aquellos símbolos de diferentes propiedades constituían algo de lo más común.

Indagaría sobre ello en cuanto ayudara a Tedd a entrar en calor.

—Veamos si lo consigo —dijo Elías junto al barril. Deslizó el dedo sobre el mechero y se encendió a la primera—. Vaya, qué suerte. Preparaos para una buena hoguera.

Elías arrancó un trozo de tela de su camisa, lo prendió y lo dejó caer en el barril. Las llamas ardieron de inmediato.

—Ahora podrás calentarte, Tedd —se excitó Todd—. ¿No es maravilloso?

—No tanto, Todd —bufó Tedd—. ¿Has visto con qué facilidad ha encendido el mechero? Eso significa que llevo horas congelándome porque eres un incompetente.

—Una runa preciosa —intervino Elías, cuya intención era evitar que se enzarzaran en una nueva discusión—. Muy grande. Me gusta mucho.

—¿Lo ves, Tedd? —Todd le dio un pequeño codazo al anciano—. Ya te dije que era el que iba con Nilia.

—¿Estás seguro, Todd? —El viejo Tedd temblaba un poco menos ahora—. Dijiste que era un suicida estúpido que se había tirado por un precipicio. No me parece considerado por tu parte insultarle de esa manera.

—Veo que ya no son solo las piernas, Tedd. Ahora también te falla el oído. No dije que se suicidara.

—Quizá te explicaste mal, Todd, cuando me contaste que se soltó voluntariamente para tirarse al vacío. Nilia le sujetaba, ¿no? Y esa preciosidad no puede matar, ¿no? A ver, explícate.

—Para empezar, está vivo, Tedd. ¿No te habías fijado? ¿O la vista también empeora? Y se soltó porque Nilia le convenció, no porque quisiera hacerlo.

Elías por fin superó la parálisis que había sufrido al escuchar que aquellos dos estaban al corriente de todo lo sucedido.

—¿Y Amanda? ¿Sabéis dónde está? ¿Se encuentra bien? ¿Mi hijo está a salvo?

Tedd y Todd se miraron fijamente.

—¿Ahora resulta que tiene un hijo y no me lo habías dicho, Todd? —se enfadó Tedd—. Espero tus excusas.

—Se refiere al bebé de Amanda, Tedd —contestó el niño con un gesto de exasperación.

—¿De nuevo le llamas idiota, Todd?

—No, Tedd, nada de eso. Él cree que es su hijo.

La parálisis regresó de inmediato. Elías no quería dar crédito a aquellas palabras. Su hijo... ¿No era suyo? ¡Imposible! Lo malo era que no veía la razón por la que Tedd y Todd mentirían el respecto. No parecían ganar nada con ello, y desde luego estaban muy bien informados respecto a todo lo demás.

—¡Llevadme con Amanda! —exigió Elías fuera de sí—. ¡Ahora!

Tedd y Todd se abrazaron y comenzaron a temblar.

—¡Le has enfadado, Tedd! —exclamó Todd, asustado—. Eres demasiado gruñón.

—Has sido tú, Todd. No haces más que liarlo todo.

—¡Basta ya, par de idiotas! ¡Decidme dónde está Amanda o no respondo de mis actos!

Elías avanzó hacia ellos. Tedd y Todd, al otro lado del barril, se separaron unos pasos.

—Díselo tú, Tedd, o nos hará daño.

—¿Yo? Has sido tú, Todd, quien nos ha metido en este lío. Arréglalo.

Elías supo que ya no razonaba cuando se dio cuenta de que estaba más que dispuesto a cometer una locura. En circunstancias normales jamás habría agredido a un anciano o a un niño, pero en la cabeza solo bullía la necesidad de encontrar a Amanda y asegurarse de que su hijo y ella se encontraban bien. Porque era su hijo, desde luego. No creería a semejante par de bichos raros.

Por desgracia, todavía no se encontraba bien físicamente. Eso, unido a la separación de Tedd y Todd, provocó que Elías se confundiera y no supiera a por cuál de los dos ir primero. La confusión descendió hasta sus piernas, que se enredaron entre sí, y perdió el equilibrio. Se estrelló contra el barril, que se tambaleó un segundo antes de volcar y derramar la gasolina que contenía.

Se formó un charco del que brotaban llamas. El charco se convirtió pronto en una serpiente de fuego que zigzagueaba hasta el centro, el agujero que había en el suelo, y comenzó a deslizarse en su interior.

Elías, aturdido, buscó alrededor, pero Tedd y Todd habían desaparecido. Escuchó un pequeño alarido, de mujer. Entonces se quedó a oscuras, salvo por las pequeñas llamas de unos restos de gasolina que no habían caído por el agujero. La runa que antes iluminaba la estancia se había extinguido.

Se asomó por el agujero y vio a una mujer rubia con el brazo ardiendo. La reconoció como la maga a la que llamaban Estrella. A su lado había una silueta en llamas, también de una mujer, aunque podía equivocarse. La forma de fuego saltó y dio una voltereta en el aire, para pasar por encima de Estrella.

—Parece que el frío ya no es mi problema —dijo la figura de fuego, y por la voz supo quién era.

Nilia le asestó un puñetazo demoledor a Estrella que la levantó hacia el techo. El impacto hizo temblar el suelo donde Elías se encontraba, se resquebrajó y se vino abajo.

Elías aterrizó con un golpe doloroso en lo que parecía ser un estanque del agua más asquerosa que nunca hubiera visto. Estaba medio congelada. Necesitó algo de tiempo para reponerse y recobrar el aliento.

—¿Por qué no me escuchaste? —chilló Nilia al tiempo que derribaba a la maga de un puñetazo. Las llamas de su cuerpo se habían extinguido y ya solo emanaba humo por todas partes—. ¿Por un chucho? ¿Tanto le querías que no podías usar la razón?

—¡Basta! —gritó Rex acercándose a ellas.

Elías no lo había visto hasta ahora. Tenía mal aspecto, se apoyaba en la pared con la mano vendada a la que le faltaba el pulgar.

—Déjala. La has vencido y no puedes matarla.

—Ahora sí —repuso Nilia—. No debió emplear el frío contra mí. Si mi vida peligra...

—No lo hagas —suplicó Rex.

—No lo haré. —Nilia colocó el cuchillo sobre el cuello de Estrella y miró a Rex—. Serás tú. La idea de congelarme fue tuya, ¿verdad? El truco al que siempre recurren los cobardes de los centinelas. Ella habría luchado con valor. Carga con su muerte, Rex.

La degolló allí mismo. Elías se tapó los ojos cuando saltó la sangre. Después salió del pozo de porquería y se acercó a Nilia. Rex contemplaba el cadáver de Estrella con dolor y resignación.

—Amanda —dijo Elías—. ¿Dónde está? ¿La salvaste?

Nilia volvió el rostro hacia él. Tenía peor aspecto de lo que habría creído posible. Le faltaba un ojo, y la carne y la sangre estaban revueltas de un modo repugnante.

—Estás vivo... ¿Cómo? ¿Fuiste tú el que me echó encima el fuego?

—No sé... Desperté con unos tipos que...

—Cállate —le cortó Nilia—. No tengo tiempo para balbuceos idiotas.

Cogió a Rex por el cuello.

—No soy rival para ti —dijo el centinela—. Ambos lo sabemos.

Esta vez sería diferente, se dijo Elías mientras observaba el duelo. Sin pensarlo más, se abalanzó sobre Rex y lo derribó de un cabezazo en el estómago. Luego le agarró por el pelo y tiró hacia atrás. Le puso en el cuello la punta del puñal que Nilia le había dado y que, por algún milagro, no había perdido en aquel oscuro agujero.

—No tendrás que pedírmelo —le prometió a Nilia—. Este es el jefe de los que persiguen a mi mujer, ¿no? ¡Pues esta vez no voy a dudar!

Lo habría hecho, estaba absolutamente convencido, incluso había llegado a dar la orden a su brazo para que hundiera la hoja de aquel puñal cochambroso en el cuello de Rex. Pero Nilia le frenó. Eso le sacó de sus casillas. Quería matarlo.

—No lo harás —dijo Nilia empujándole hacia atrás—. Siempre vas al contrario, taxista.

—¿Por qué no? ¡Tengo derecho a matarle!

—Cierra la boca y deja que los mayores hablemos.

Rex se levantó con dificultad. No había rencor en la mirada que cruzó con Elías.

—Una estrategia muy arriesgada —le dijo a Nilia—. Me asombra que tu amo te permitiera tomar el alma de Amanda.

—Me la ofreció ella. Mi dueño no puede oponerse. A fin de cuentas me crearon para eso. ¿Cómo negarme si me las regalan?

Elías se sintió como al escuchar a Tedd y Todd: confuso, incrédulo. Amanda no vendería su alma a un demonio. Desde el principio quiso que abandonaran a Nilia porque temía precisamente que intentara tomar su alma o la de algún otro.

—Entiendo. Eres muy buena manipulando y engañando —dijo Rex—.

Apelaste a su faceta de madre que haría cualquier cosa por salvar a su hijo, incluso entregar su alma a cambio de poder convertirse sin perder al bebé.

—¿Desde cuándo podemos mentir para conseguir almas, Rex?

—Tú no eres un demonio corriente, por eso tienes otro amo.

Elías sabía que en eso se equivocaba el centinela. Sintió curiosidad por si Nilia le revelaba cómo había terminado sirviendo a su nuevo dueño. A la vez, le invadió una alegría inmensa al escuchar que Amanda estaba viva, aunque no entendía bien el asunto de entregar su alma a cambio de salvar al bebé. También sintió rechazo al imaginarla en forma de lobo. A pesar de cuanto había vivido y visto, sabía que no reaccionaría como debería si veía a su mujer convertida en un animal feroz.

—No dices nada —se extrañó Rex—. ¿Insinúas que Amanda sabía la verdad? ¿Te dio su alma para salvar a un hijo que no es suyo?

A Elías se le escapó un gemido. Tedd y Todd habían dicho que el hijo no era suyo, cosa que podía ser verdad, ¿pero cómo, en el nombre del Cielo, podía no serlo de Amanda?

—Ahora me asombras tú a mí, Rex —replicó Nilia—. ¿No crees en el sacrificio de una madre por un hijo ajeno? Curioso. Apuesto a que antes no eras así de cínico. Tampoco antes se te habría ocurrido un plan tan ambicioso para comunicarte con Dios. Vas mejorando. No hay como liberarse de la influencia de esos condenados ángeles para empezar a usar el cerebro.

—Los ángeles a los que has ayudado. Les vas a entregar el bebé aunque no quieres hacerlo. Eres un fracaso, demonio.

—¡No! Yo no tengo elección. Tú sí. Tú eres el fracaso. ¡Debiste haberme detenido! Pero eres demasiado débil.

Nilia estaba furiosa, incluso alzó la mano, aunque al final se contuvo. Entonces pareció pensarlo mejor. Agarró la mano de Rex, la sana. Apretó con fuerza el pulgar que le quedaba y lo arrancó. Rex hizo una mueca, eso fue todo. Elías observó, tranquilo, cómo la sangre manaba del muñón. Ni eso le sorprendía ya.

Nilia se arrancó una tira de cuero de la ropa y le vendó la mano.

—Vete, Rex, escóndete, resiste cuanto puedas antes de que te den caza tus antiguos hermanos. Adiós.

—No me has contado por qué me dejas vivir.

—Entretendrás a los centinelas de verdad. Mientras os persigan, estarán ocupados. ¿Para qué darte muerte? No gano nada.

—¿Eso te dices a ti misma?

—¿Tienes otra teoría?

—Te caigo bien —respondió Rex—. No eres tan mala como aparentas. Tu nuevo amo te está cambiando, ¿verdad?

Nilia bufó, pero no dijo nada. Luego miró a Elías.

—Yo aún no he acabado. Me falta la parte más nauseabunda. Saca a Elías de aquí, Rex. Os entenderéis. Es tan necio como tú y llega a conclusiones similares.

VERSÍCULO 8

Elena se acercó al sacerdote que estaba adecuando el altar para la misa que pronto daría.

—Me gustaría confesarme, padre.

El sacerdote se volvió. Tragó saliva al contemplar la silueta de Elena, en especial su generoso escote, al que dedicó más tiempo del aconsejable. Ella fingió no darse cuenta.

—Mis disculpas, hija mía, la misa empezará en breve y ahora mismo no puedo...

—No llevará mucho tiempo, por favor —suplicó Elena, inclinándose un poco más hacia adelante. Era consciente de que ese movimiento le rellenaba más el escote—. Me siento... sucia. Necesito la absolución, padre. He sido mala...

—Y-Yo... —Miró una vez más el escote—. De acuerdo. Por aquí, hija, sígueme y...

Un golpe terrible resonó en las paredes y arcadas de la iglesia. El golpe se repitió. Provenía del suelo, justo delante de ellos, en el espacio que había frente al altar, donde aparecieron las grietas cuando el golpe se reprodujo una vez más; a la siguiente, una porción considerable del suelo se vino abajo. Por el hueco apareció una mujer vestida con harapos negros y la cara destrozada. Le faltaba un ojo y el cabello parecía una pasta pegajosa. Prácticamente todo el cuerpo estaba envuelto en una costra de sangre y suciedad. El hedor era indescriptible.

—No puedo creer que esté aquí sin padecer náuseas —masculló—. Este sitio apesta.

—¡Esta es la casa de Dios! ¡No puedes...!

—Cierra la boca, idiota —le interrumpió la mujer—. ¿Te crees que Dios vive aquí? ¿Dónde? ¿Le he despertado con el ruido? Si Dios estuviera aquí, seguro que no me libraba de las náuseas.

—¡Atrás, padre! —Un hombre de pelo cobrizo y corto irrumpió en la sala. Se colocó ante la mujer, delante del sacerdote y Elena, a quienes era obvio que quería proteger—. Retírese. ¡Ahora! Yo me ocupo de esto.

Aunque no podría asegurarlo, por la deformidad de aquel rostro y la falta de un ojo, Elena creyó advertir cómo esa mujer la repasaba con enorme descaro. Se resistió al tirón del cura, quien finalmente se retiró solo, como le habían ordenado.

—¿Vienes tú solito, centinela? —preguntó la mujer morena—. ¿Tienes nombre o te llaman el tonto?

—Edgar. Como verás, yo no tengo miedo de revelar el mío, demonio. ¿Puedes decir lo mismo?

La mujer era un demonio. Elena se llevó la mano al vientre sin darse cuenta. Le invadió el temor de que su irrupción en la iglesia se debiera a ella, a sus gemelos. Pero si era un demonio, no debía temer nada de ella. ¿O sí?

—Tú puedes llamarme Nilia —dijo la demonio—. También puedes bajar los puños. O mejor aún, usarlos. —Se acercó a Edgar, tanto que parecía imposible que el aire corriera entre ellos. El centinela la observó impasible—. Vamos, atízame, alégrame el día. Te dejo dar el primer golpe. ¿Qué pasa? ¿Te doy miedo?

Edgar señaló la puerta.

—Sal de aquí. Tienes cinco segundos o haré mucho más que atizarte.

—¡Espera! —Una voz emergió del socavón que Nilia había abierto en el suelo. Asomó una mano que se aferró a la pata de un banco. Después de la mano siguió el cuerpo de otra mujer que estaba claramente embarazada—. Ella me ha salvado, me ha traído hasta la iglesia.

Nilia dio un paso atrás.

—Acabas de estropearme la diversión —dijo, decepcionada.

Edgar, como Elena, no disimuló su asombro por el tamaño del vientre de la recién llegada. Con toda seguridad, debía de estar a punto de dar a luz. El centinela la ayudó a sentarse en un banco.

—¿Quién eres? ¿Dices que ese demonio te ha traído hasta aquí?

—Con la supuesta ayuda de un loro atontado que se va cagando por todas partes —se adelantó Nilia—. ¿Lo habéis visto, por cierto?

—Me llamo Amanda y mi hijo... ¡Aaaaah!

Amanda se encogió de dolor en el banco. Algo empezó a gotear entre sus piernas.

—Tengo que llevarte a un hospital —dijo Edgar.

—De eso nada —protestó Nilia.

—Ha roto aguas. No te interpongas o...

—¿Fue aquí? ¿En el altar? —Nilia dio unos pasos en círculos—. ¿Aquí mataron al santo? ¿Dónde le arrancó la cabeza el vampiro?

—¿Cómo sabes todo eso? —preguntó Edgar.

—No me creerías si te dijera quién me lo ha contado. Vamos, señala el lugar, imbécil. Amanda tiene que dar a luz justo donde ese murió. No es imprescindible, pero es lo mejor. ¡Venga! ¿Es que tengo que enseñarte tu trabajo? —resopló—. Esto es lo más humillante que he hecho jamás.

Edgar miró a Amanda con evidente asombro y luego asintió. La tomó en sus brazos para llevarla cerca del altar. Elena se apartó. Por lo visto el centinela había comprendido lo que quería decir Nilia, y estaba de acuerdo, colaboraba con un demonio. Algo insólito. Ella también había escuchado que un santo había sido asesinado, otro hecho insólito porque matar a un santo implicaba que el alma del asesino se consumía de golpe, es decir, moría. La excepción eran los vampiros, por su inmortalidad, pero desde hacía décadas se mantenían ocultos y apenas se inmiscuían en las rencillas entre las facciones del mundo oculto.

Elena no tardó en comprender lo que estaba pasando. Los santos contaban con varias características que los hacían únicos, además de ese mecanismo por el cual sus asesinos acababan muertos. Poseían la capacidad de percibir a Dios, o eso se rumoreaba, y su número nunca aumentaba ni se reducía. Ahí estaba la clave. Cuando un santo moría, otro nacía en su lugar. Y justamente eso era lo que estaba a punto de ocurrir.

—Te aconsejo que no lo llames Jorge —dijo Nilia—. Aunque también te aviso que a estos palurdos les irritará que le pongas otro nombre. Ahora sí he terminado. Me largo de este sitio. No pienso asistir al nacimiento de un santo.

—Espera —pidió Amanda entre gemidos de dolor.

—¿Ahora qué pasa?

—Gracias... Por todo.

—Guárdatelas donde te quepan.

Edgar volvió el rostro.

—No sé por qué lo has hecho —le dijo a Nilia—. Pero no cambiará nada entre nosotros si vuelves por aquí.

—No tengo intención de hacerlo.

—Llévate a esa mujer —dijo señalando a Elena—. No puedo consentir que se quede. ¡Largaos!

Elena intuyó que Edgar se había dado cuenta de lo que engendraba en el vientre. Su plan tendría que aguardar a otro momento más propicio. De todos modos, Nilia no le dejó alternativa. La sacó de la iglesia prácticamente a rastras.

—¿Qué hacías ahí dentro? ¿Estás mal de la cabeza?

—¿Tú también lo sabes?

—Un amigo mío se cargó a tu hija y me lo contó. Anda, vete de una vez. Y piénsalo antes de lograr que un santo bendiga a tu hijo. Podría resultar peligroso, pero eso ya lo sabes, ¿no?

—Ya estoy en peligro. Yo...

—Shhhh... —Nilia le tapó la boca—. Sé un poco inteligente y ocúltate, al menos hasta que nazca la criatura.

—¿No vas a ayudarme?

—Pídeselo al loro. —Nilia se marchó—. Ojalá me hubieran encargado salvarte a ti en lugar de a esa... Mi dueño es un maldito idiota.

EPÍLOGO

—Te importaría quitar los pies de la mesa?

—Un poco sí, tío, quiero decir... señor director.

Diego dobló las rodillas y plantó los pies en el suelo. Uno de ellos, el izquierdo, se movía arriba y abajo sin parar. El Niño miró el reloj que colgaba en la pared del despacho, junto al título universitario enmarcado del flamante director del instituto, un hombre delgado con las gafas demasiado grandes para su cara.

—Después de tantos años, he conocido a otros chicos como tú...

—Mira que lo dudo —le interrumpió Diego—. ¿Cómo yo? Venga ya, hombre... Está bien, ya me callo.

El director se colocó las gafas sobre el puente de la nariz.

—Rebeldes. No es nada original que los adolescentes desafíen a los profesores, ¿sabes? Yo también fui estudiante. Claro que eran otros tiempos, más severos, los graciosillos no acababan bien...

—Menudo tostón... Perdón, lo he dicho en voz alta, ¿verdad?

—No me molesta —aseguró el director.

—¿No? —preguntó Diego, francamente sorprendido.

—Sé lo que pretendes. He revisado tu ficha y sé que perdiste a tu madre. Tu padre solo ha venido un par de veces al instituto y tu tutor dice que era obvio que tu educación no es la prioridad para él. Además, tiene un aspecto... descuidado. ¿Alguna vez se cambia la gabardina? Es igual. Lo importante es que de ahí viene tu rebeldía. Estás enfadado con el mundo y quieres que te expulsen, ¿verdad?

—Pues no. Nunca había escuchado tantas deducciones equivocadas. Tío, eres un manta. ¿Y te han nombrado director? ¿Pero no hay que hacer un examen para eso o algo así?

—Ahí lo tienes. Te sientes bien enfrentándote a mí, ¿a que sí?

—Y dale con eso. Que no. Te estoy ayudando, macho.

El director aguardó unos segundos con una sonrisa.

—Eres original, eso es cierto, y gracioso.

—Gracias.

—Pero sigues siendo un cabroncete muy molesto. Interrumpes las clases constantemente, cuando no te las saltas directamente. Los profesores informan de que alteras a los demás alumnos y siempre eres el centro de algún alboroto. Tu lenguaje no es el más apropiado, faltas el respeto a los demás... La lista es interminable.

—Por favor, no me la leas entera o te juro que me dormiré.

—Tranquilo, ya he acabado. Como te decía, eres un cabroncete de lo más irritante. Me encantaría echarte a patadas del instituto. Los alumnos como tú son un problema para los demás. Pero no lo haré.

—¿No?

—No.

—¿Por qué no?

—Quieres saberlo, ¿verdad? Te lo diré. Porque eso es lo que tú quieres.

—¿Qué? Lo que me faltaba. Otra deducción brillante.

—Conmigo no te sirve de nada fingir —dijo el director en tono amenazador—. Te quedas, aunque me suponga una úlcera de estómago. Te voy a enderezar mequetrefe. Vas a estudiar, a hacer más deberes que nadie y te haré la vida imposible. Cuando termine contigo, serás un estudiante modelo, aplicado, diligente, educado. Esto es entre tú y yo, pequeño insubordinado.

Diego se rascó el lunar de la barbilla.

—De verdad que no tengo ni idea de cómo me meto en estos líos. —Se encogió de hombros—. Pero si ni siquiera puedo ment...

La puerta del despacho se abrió en ese momento para dar paso a una morena despampanante. La boca del director permaneció abierta mientras la seguía con la mirada.

—¿Qué ha hecho esta vez? —preguntó la mujer.

—N-Nada... Quiero decir, mucho... Esto... ¿Quién es usted, señorita?

—Nilia. Soy la tía de Diego y vengo a recogerlo siempre que puedo.

El director miró al Niño, que se encogió de hombros.

—Está buena, ¿eh? —Diego le guiñó un ojo.

Nilia le atizó un coscorrón.

—¿Qué te tengo dicho de cómo se trata a la gente adulta, Niño? —Le retorció una oreja—. ¿Ya se te ha olvidado? No me gusta nada que te portes mal, ¿me oyes? Nada en absoluto. A ver, ¿por qué te han mandado al despacho del director? No nos das más que disgustos. ¡Con todo lo que hago por ti! —Le dio otro coscorrón—. No crea nada de lo que ha dicho, señor director. Este niño es muy mentiroso. Dios sabe que he intentado quitarle esa manía, pero no hay manera. Parece que le doliera decir la verdad. Su padre lo sabe y está muy disgustado. ¿Y que hace él? —Otro tirón de orejas—. Seguir mintiendo y metiéndose en líos.

—La madre que te... —Diego se levantó de la silla y se encaró al director—. Oye, ¿no vas a hacer nada? ¿Es que no ves la paliza que me está arreando la pirada esta?

—¡Diego! No hables así a tu tía —le recriminó el hombre. Se le fueron los ojos hacia Nilia al instante—. Se ve que se preocupa mucho por ti.

Nilia se acercó a él, mucho, más de lo que aconsejaba la prudencia.

—Se ve que eres un hombre firme, con poder. Debería venir más a menudo a recoger a mi sobrino.

El director tragó saliva.

—Eso sería genial... Siempre que pueda, naturalmente.

Nilia se pasó la lengua entre los labios.

—Creo que podré.

Y le dio un beso, con pasión, al menos los tres segundos que duró, antes de que el director se estremeciera tanto que le recorrieron temblores.

—Oh, perdón —dijo Nilia—. Creo que no debería... Mejor me marcho, que tengo que llevar al chaval con su padre. ¿Tenemos que preocuparnos por él?

—No, no, para nada. Diego es un alumno encantador. Me encargaré personalmente de que sea tratado perfectamente en este centro.

Nilia le tiró un beso, agarró al Niño y salió del despacho. Anduvieron un par de manzanas para alejarse del instituto y de las miradas insistentes de los adolescentes.

—Qué zorra eres —sonrió el Niño—. Ahora no me caes tan mal. No sé cómo puedo ser tan blando...

—No empieces con tu cháchara.

—Oye, ¿y para mí no hay beso?

—No —dijo Nilia.

—Venga va, sin lengua.

—Que no.

—Si te va a gustar, tonta, ya verás cómo...

—Estás tentando tu suerte, Niño.

—Tenía que intentarlo. —Diego se encogió de hombros—. Bueno, ¿y de qué va esto? ¿Ahora te has vuelto buena? No me lo trago.

—Quiero que le des otro mensaje al Gris.

—¿Y por qué no vas a la iglesia, como todos?
—Tú eres más divertido.
—Lo sabía. En el fondo os tengo locas... ¡Eh! Un momento. La última vez le clavaste un puñal en la pierna.
—Suerte que estabas tú para curarle.
—¿Crees que le hará gracia que le lleve otro recado tuyo?
—Es un regalo. Tú dile que tengo algo muy valioso para él.
—Y yo voy y me lo trago. Vale, ya lo tengo. Un favor por otro. ¿Trato?
—No pienso contarte nada del Infierno.
—No es eso —prometió Diego—. Quiero que me presentes al ángel caído que te creó.
—No te quitará la maldición.
—Ya, ya, no seas tan lista, anda, que no va de eso la cosa. Quiero que cree otra como tú para mí, aunque más simpática. Tú eres un poco arisca y con la mano demasiado larga.
—No puedo creer lo que estoy oyendo —suspiró Nilia.
—Y que sea más bajita también —murmuró el Niño—. Un poco, sí, que por lo visto lo del estirón durante la adolescencia no es lo mío.
—Mejor te iría si fuera sorda, para no escuchar tus idioteces.
—Y con las tetas más gordas. —El Niño ahuecó las manos delante de su cara—. Las tuyas son perfectas, lo sé, pero es cuestión de gustos. Y que no sea cutre, nada de silicona. Naturales. Aunque luego con el tiempo se quedan fofas... ¡Qué decida él, que es el maestro! Contigo hizo muy buen trabajo. Hale, ya está. ¿A que no es para tant...? ¡Eh! —Diego se había quedado solo en medio de la calle mientras moldeaba la Nilia perfecta en su mente—. Mujeres... En fin, al menos puedo contar en el tuto que el director se lo ha montado con un demonio.

Amanda corría y saltaba, aullaba de alegría y de tristeza. El viento le removía el pelaje y las ramas crujían bajo sus zarpas. No sabía cuánto tiempo llevaba así, entre los árboles, recorriendo sin rumbo las partes más escarpadas de la sierra de Madrid.

Cuando se cansaba, estiraba las patas en algún claro durante un rato. Luego continuaba corriendo. No quería detenerse, no quería pensar.

Su olfato le advertía con mucha antelación de la presencia de otras personas; entonces tomaba otra dirección para permanecer sola y oculta. Cazó una liebre y la devoró. Pasó la noche al amparo de un frondoso pino. Al despertarse, retomó la carrera, a ninguna parte, una huida de sí misma, imposible, inevitable, alentada por un vacío que ya nunca podría llenar, que restaba sentido a cualquier nueva aspiración, ilusión o plan que intentara forjarse para continuar adelante. Puede que no huyera. A lo mejor perseguía algo, solo que aún no sabía de qué se trataba.

Una mañana detuvo su carrera en el linde de un claro bañado por el sol. En el centro de aquel claro, ensartada a un palo de madera, había una liebre. La sangre resbalaba por la improvisada lanza. Amanda entró con cautela. Olfateó con insistencia y algo le llamó la atención a la derecha. Sobre una roca, había una mujer sentada.

—Comes poco. —Nilia bajó de un salto y se acercó a ella—. ¿Aún estás triste? No podrás seguir corriendo si no te alimentas.

Amanda se sentó sobre las patas traseras. Tal vez fuese porque Nilia lo había dicho, pero se dio cuenta de que estaba agotada. Con todo, no tenía hambre. Nilia se sentó a su lado. Ya no era el ser deforme que había visto por última vez en la iglesia. Volvía a ser hermosa, de líneas y curvas perfectas, con la melena sedosa y los ojos negros y resplandecientes de vida.

—Tú, en cambio, estás perfecta. Dormir te sienta bien. ¿Cómo me has encontrado?

—El loro vuela más alto de lo que creerías y tiene una vista digna de un halcón —contestó Nilia—. No temas. Nadie te persigue.

—Salvo yo misma —repuso Amanda—. No te ofendas, sigo agradecida por lo que hiciste, pero no creo que puedas entenderlo.

—Has perdido a tu hijo. Te lo han robado porque un santo debía nacer. Tu marido, por quien dejaste tu verdadero mundo, murió. Y tu alma será mía cuando mueras. No te queda nada, no puedes regresar con los tuyos después de haberlos rechazado. No encajas en ninguna parte. Créeme, conozco a más de uno en tu situación.

—¿Te refieres a ese amigo tuyo, el que no tiene alma?

—Y a mí misma. ¿Qué crees que me pasará cuando mi dueño muera? Los caídos ya no me querrán después de cómo me han engañado y utilizado.

—No pensé que quisieras regresar con ellos.

—Estoy mejor sola. —Nilia endureció la expresión—. Ya no ansío formar parte de ningún grupo. Solo ser dueña de mí misma.

—Puedo entenderlo.

—Eso crees. Tú no estás hecha para estar sola. Morirás, de soledad o de estupidez, da lo mismo. Supera tu dolor y encuentra tu sitio.

Amanda estiró el cuello y se rascó detrás de la oreja con la pata trasera.

—Le echo de menos… A Elías ¿Crees que me habría perdonado?

—Es posible. A fin de cuentas se sacrificó por ti.

—Elías tenía razón. No eres tan mala como aparentas.

—Ya empezamos… —Nilia sacudió la cabeza con desgana—. Me vas a complicar mucho lo que he venido a hacer.

—En absoluto. No me opondría aunque pudiera. Te vendí mi alma. Tómala.

Nilia la estudió un instante.

—Eso te aliviaría, ¿verdad? O al menos crees que te aliviaría. Malas noticias, lobita. He venido a devolvértela.

Amanda enarcó las cejas.

—No me sirve de nada. Ya no puedo utilizar las almas, ¿recuerdas? No me la ha pedido un ángel caído. Así que me estorba.

—¡Hicimos un trato!

—El trato era que tu alma sería mía cuando murieras, a cambio de que pudieras transformarte sin dañar al bebé. No dije que fuese a matarte.

—Pero...

—Supéralo ya, en serio. No quieres morir. Tal vez ahora mismo sí, pero dentro de unos meses o unos años, te alegrarás de no haber terminado con tu vida. Bah, es inútil, no soporto a la gente deprimida, no escuchan ni atienden a razones.

Se quedaron en silencio un rato. Y fue peor. Amanda todavía no estaba preparada para enfrentarse a sus propios sentimientos, a su miedo, al vacío.

—Elías tenía razón... —repitió.

—¿Quieres dejarlo ya?

—¿Qué quieres que piense? Un demonio que me devuelve mi alma.

—Creía que eso era justo lo que no querías que hiciese. ¿Hace un segundo me pedías que la tomara y ahora consideras un gesto noble que no lo haga y te la devuelva? No, no, no trates de explicármelo. No me interesa. ¿Sonríes? ¿Ahora me vas a contar que soy graciosa?

Amanda mantuvo la sonrisa mientras la observaba un poco más.

—Si alguna vez me necesitas, llámame. Te ayudaré en lo que me pidas.

—Las tonterías que dicen las lobas cuando están deprimidas... —suspiró Nilia—. En fin, hay una cosa que tienes que hacer por mí.

—Lo que quieras.

Nilia removió los hombros de un modo extraño.

—Es raro cuando me lo ponéis tan fácil. No sé por qué, pero no me gusta. En cualquier caso, se trata de mi amigo sin alma.

—¿Qué pasa con él?

—Algún día estará en apuros, le sucede a menudo. Necesitará un alma para confesarse y tú le prestarás la tuya, la que yo te voy a devolver. ¿Te parece bien a cambio de romper el contrato?

—Me parece bien. ¿Por qué le ayudas? He oído cosas horribles sobre él.

—Eso es cosa mía. Adiós, Amanda.

—Adiós, Nilia.

El nuevo cliente resultó ser un joven de unos veinte años, de aspecto oscuro y tétrico. En la cara, anormalmente pálida, destacaban dos ojos ribeteados de negro y varios piercing en la nariz y las orejas. El tatuaje de una cruz invertida le adornaba la yugular. Una gran cresta negra coronaba la cabeza, rapada en las sienes. En fin, la lista de ornamentaciones fúnebres hasta la exageración era interminable.

—¿A dónde? —preguntó Elías cuando se cerró la puerta del taxi.

—Al Stigmata.

—¿Perdón?

—Es el mejor antro gótico de Madrid. ¿No lo conoces, tío?

Elías apoyó la mano en el asiento del copiloto y volvió el rostro para mirarle por encima del hombro.

—¿Te parece que tengo pinta de que me vaya ese rollo, tío? —dijo, imitando con cierta torpeza el habla de aquel joven.

El chico gótico le dio una palmada en el brazo.

—Y yo que sé. Mucha peña no puede vestir así por la mierda de la sociedad y van normales mientras trabajan, pero ya veo que tú no sabes de esto. Venga, tira, es en Plaza de España.

Elías respiró hondo y puso el taxi en marcha. Había tráfico denso, nada inusual a esa hora. Llevaba más de diez horas trabajando y no tenía intención de parar. Y así varios días seguidos desde...

—¿Te importa pisarle un poco? He quedado con una chorba que quita el hipo, en serio. No quiero llegar tarde. ¿Tú tienes novia?

—No.

—¡Ja! Como yo. Bueno hasta ahora, porque esta no se me escapa. Pedazo de piba, en serio. Esta noche triunfo, ya me entiendes.

—Suerte —dijo Elías.

Normalmente hablaba con los clientes. Se amoldaba a la conversación y estaba acostumbrado a fingir interés. Hoy no. Y menos para hablar de mujeres. Lo malo era que el chico sí tenía ganas de soltar la lengua. Estaba obsesionado con la cita, con aquella mujer tan espectacular con la que aseguraba que terminaría en la cama. Elías recordó cuando tenía su edad y acostumbraba a salir todas las noches. No era un recuerdo tan grato como le habría gustado. Mucho más alcohol que mujeres. Aunque sí recordaba con agrado los nervios antes de acudir a una cita con una chica preciosa.

—Total que se me acercó ella a mí —contaba el chico gótico—. Dos años

a dos velas y me entra la tía esa. ¡Y todo por una cagada!
—¿Una cagada? —se extrañó Elías.
—Sí, tío, un pájaro se había cagado en mi hombro y ella se ofreció a limpiarme...
Elías frenó en seco.
—El pájaro de la cagada, ¿era negro?
—¿Cómo lo sabes, tío?
—¿La mujer es morena, de ojos negros y lleva ropa de cuero ajustada?
—¡Sí! Qué alucine. ¿Es un rollo mental? ¿Cómo lo haces? Por cierto, nos está pitando todo el mundo. Yo me movería antes de que la poli... ¡Eh! ¿Dónde vas?
Elías se bajó del taxi, retrocedió y abrió la puerta de atrás.
—Fuera.
No le dio tiempo al chico a reaccionar siquiera. Lo agarró y lo sacó a rastras. Le dejó allí mientras le rociaba con todo tipo de insultos y maldiciones. Ahora sí condujo deprisa. En Plaza de España dejó el taxi sobre la acera y preguntó por el Stigmata.
El local le gustó más de lo que creyó. Oscuro, con velas y buen ambiente. Apenas había puesto un pie dentro cuando dos tipos se le acercaron.
—Eres tú, ¿no? —le preguntó uno de ellos.
Al verlos, Elías comprendió lo fuera de lugar que estaba con su ropa.
—Solo he venido a...
El otro le pasó un brazo por los hombros y apretó con fuerza.
—Ya lo sabemos. Qué suerte tienes, condenado. Tu novia está al fondo. Y menudo genio tiene. Te aseguro que nadie la ha rozado siquiera y no por falta de ganas. Anda, ve, y luego nos cuentas cómo has conseguido a una tía como esa.
Algunos hombres le miraron y le abrieron paso mientras avanzaba. Elías llegó hasta Nilia casi escoltado por los clientes góticos de aquel local.
—¿Me invitas a una copa, taxista?
Estaba apoyada sobre una pequeña mesa.
—¿La encontraste? —preguntó Elías.
—No le dije que estás vivo, tranquilo —dijo Nilia—. Es lo que quieres, ¿no?
—Sí. Gracias.
Nilia no dijo nada. No hizo falta. Su expresión resultó de lo más elocuente.
—Crees que me arrepentiré. Y eso que eras tú la que predicaba en contra del amor. Eres una cínica.
—No entiendes nada. —Nilia negó con la cabeza—. Volver con ella o no da lo mismo. De ninguna de las dos formas te irá bien. Estás jodido. Tal vez

por eso me caes un poco mejor.

—No te gusta la gente feliz.

—No me gustan los estúpidos.

Elías prefería ser feliz y estúpido a pasar las noches en vela, como los últimos días. Ver a Nilia no le ayudaba, pero ya que había sucedido, trató de sacarse la espina más dolorosa.

—Entonces mi hijo... murió para dejar lugar a ese... ¿Santo?

—Antes de que lo preguntes, nadie sabe la razón. ¿Por qué el tuyo y no otro? Es así y punto. Los santos tienen que existir. Tuviste la suerte o la desgracia de que te tocara a ti, tú eliges cómo afrontarlo. Puedes creerte especial, también. Cada cual se lo toma como quiere.

—¿Es que pasa mucho?

—Cada vez que uno muere. No siempre los matan. En realidad casi nunca. Pero aunque viven muchos años, acaban muriendo. Pensar en ello no te traerá más que problemas. Encuentra a otra mujer, si lo que deseas es ser padre.

Era lo último que le apetecía en aquellos momentos.

—¿Y Amanda? Te dio su alma para poder transformarse y salvar a...

—Sabía que no era su hijo. Fue su elección. Yo no la manipulé.

—¿Y qué le pasará? ¿Te la llevarás cuando muera o algo así?

—Creía que ya no te importaba —dijo Nilia—. Se la devolví, no te alarmes.

A Elías se le escapó una sonrisa.

—Lo sabía.

—No empieces...

—No eres tan mala. Lo sabía.

—Lo que tú digas —suspiró Nilia—. Así me ayudarás con un detalle importante.

—Dime.

—Cuando me salvaste con el fuego, ¿recuerdas? La maga me había congelado, pero tu intervención fue... casi providencial. Explícamelo.

—En realidad no fui yo. Quiero decir que fue una casualidad. Había dos tipos que tenían frío y querían encender un bidón de gasolina para calentarse.

Nilia endureció el gesto.

—Las casualidades de verdad son muy escasas. Esos tipos, descríbelos. Sus nombres, su aspecto, tengo que saberlo todo. Vamos.

Elías se esforzó en recordar los detalles de aquella extraña pareja. Nilia escuchó con atención, sin despegar sus ojos negros de él mientras hablaba.

—Vaya, vaya —dijo cuando Elías terminó—. Tedd y Todd... Muy interesante.

—¿Los conoces?

—No, pero es algo que tendrá que cambiar pronto.

—No necesito escolta. Solo voy a consultar a los brujos. —Rex alzó las manos vendadas para apoyar la explicación—. Trazad un perímetro de seguridad, pero que las runas sean discretas o llamarán la atención. Lo quiero todo montado para mi regreso.

En realidad no pensaba volver. De no haber mencionado a los brujos, dando a entender que les visitaría en la zona amparada por la tregua, no le habrían permitido ir solo. Aún le respetaban y le consideraban el líder, incluso después del fracaso de la última operación, tras haber perdido a Lobo y a Estrella. Ese era el problema.

A Rex le entristecía que aún le apoyaran. Había demostrado no ser digno de una responsabilidad tan grande. Acosados por los centinelas, el futuro que tenían por delante no era prometedor, precisamente, sino todo lo contrario. Irían cayendo uno a uno. Sin armas estaban indefensos, pronto se les agotarían incluso las escasas reservas de sus propios cuerpos y serían humanos corrientes, sin posibilidad de enfrentarse a los centinelas de Mikael, salvo por sus conocimientos de runas, lo que no sería suficiente. Necesitaban algo más para sobrevivir, inteligencia, un proyecto a corto plazo, un plan que les condujera a ganar reconocimiento, un puesto en el nuevo orden que no implicara ser renegados, proscritos. Él no podía ofrecerles ya nada ni remotamente parecido.

Deambulaba sin rumbo fijo. Incluso pasó delante de una iglesia sin tratar de ocultarse. Las probabilidades de que un centinela estuviese observando a los transeúntes y le reconociera eran ridículas, pero no inexistentes. Tal vez sería lo mejor. Quizá debería entrar y acabar de una vez. Pero no se atrevía por miedo. Eso también era nuevo. Antes, solo había temido por perder a un compañero, nunca por su vida. Lo peor sería que un antiguo amigo acabara con él, como había estado a punto de suceder con Edgar. Sucumbir ante un demonio, defendiendo a los ángeles, había sido siempre un fin honroso para él. Ahora, en cambio, podía caer ante un demonio, pero no sería defendiendo a los ángeles, porque era un traidor, sospechoso de estar involucrado en la muerte de Samael. La pérdida de los pulgares no era nada comparada con la sensación de impotencia que le recorría. Mikael, uno de los ángeles más respetados, les consideraba traidores. ¿Cómo era posible que el juicio de un ángel pudiera estar equivocado hasta ese punto?

Su mundo se había desmoronado hasta los cimientos. No sabía en qué creer, le habían despojado de sus valores más profundos. Y los recientes sucesos le habían demostrado que no estaba a la altura de la auténtica realidad que comenzaba a atisbar tras tantas revelaciones. Su vida entera había sido una mentira. Tenía que redefinir por completo su ser. Pero estaba cansado.

Un proceso tan complicado como ese, el aprendizaje de uno mismo, requeriría de tiempo, cometería errores, algunos imperdonables, y más compañeros morirían. No quería cargar con ese peso.

Miró hacia abajo, a sus pies que colgaban en el aire. Sin darse cuenta, absorto en sus cavilaciones, había terminado sentado en la azotea de un edificio, cobijado por las sombras de la noche. Nadie recorría las calles allí abajo. Puede que su subconsciente le estuviera mostrando la salida más rápida, aunque se tratara de un acto de cobardía.

—No es la solución más elegante a tus problemas —dijo alguien a su espalda.

Rex no se volvió. No lo necesitaba para saber quién le había encontrado. Aquella voz era inconfundible, pues había regido su vida hasta que murió Samael. Era la voz de Mikael.

—Aún no lo había decidido —repuso Rex.

Si el ángel en persona había acudido para capturarle, la situación había empeorado más allá de sus peores cálculos. Ahora se enfrentaba a un dilema peor. Suicidarse o soportar el castigo de Mikael, suponiendo que el ángel le permitiera elegir porque podría cogerle durante la caída. Rex entendió que Mikael le permitía decidir porque no le había detenido.

Pocas cosas le asustaban más que el tormento al que Mikael le sometería. Una de esas cosas era hablar, revelar dónde se encontraban sus compañeros y ser el responsable de su captura. Y hablaría, antes o después, probablemente antes, por mucho que intentara resistir.

—No es el final que esperaba para mi vida —admitió—. Siempre creí que lo peor que podría ocurrirme era caer ante un demonio.

—Suenas derrotado —dijo Mikael—. ¿Hasta ese punto han socavado tu autoestima? Lo dudo.

Le sorprendió que Mikael tuviese mejor concepto de él que él mismo. Esperaba la furia del ángel, no su comprensión. Oyó las alas desplegándose, el murmullo de sus plumas removiéndose. Volvió a mirar hacia abajo. Podía intentarlo.

—Mi mundo se ha trastocado más allá de lo que puedo soportar. No hay sitio para mí.

Defender su inocencia, negar su participación en la muerte de Samael, era una pérdida de tiempo. No se discutía con Mikael sobre otro ángel.

—Por eso te venció Nilia. Estás confundido. Tu juicio es peor que inútil y te mueve la desesperación. Yo también pasé por algo parecido. También me enfrenté a mi hermano. También conocí la derrota.

Rex se alegró de estar de espaldas al ángel. No podía contener su asombro ante aquellas palabras, cercanas, propias de alguien que no teme admitir su vulnerabilidad. Jamás había oído a Mikael expresarse de ese modo, haciendo referencia a la guerra en el cielo, a los ángeles que se rebelaron, entre quienes se encontraba su hermano, como había recalcado. La derrota a la que aludía era la pérdida de La Biblia de los Caídos y el extravío de sus páginas, dado que la guerra la ganaron y los traidores fueron expulsados del Cielo. No era un derrota completa, pero sí un fracaso extraviar un libro como aquel. Su situación era peor, pensaba Rex, pues lo había perdido todo, pero comprendía el sentir de quien había considerado hasta hacía poco la máxima autoridad en todo.

Recordó su enfrentamiento con Edgar, cuando se vio obligado a utilizar una flecha para arrancarse el pulgar y poder escapar. Le preguntó a su antiguo hermano si para los ángeles habría sido lo mismo aquella batalla en el Cielo. Ahora tenía la respuesta.

—Yo no deseo convertirme en tu hermano —dijo. Rex fue consciente de que hablar de ese modo ante Mikael era una señal inequívoca de que ya nada le importaba—. No quiero ser como los caídos, que luchan contra quienes una vez fueron sus hermanos.

—El deseo no siempre es lo que guía nuestros pasos. Tú has tenido el privilegio de que fuera así, pero se acabó. ¿Se te ocurre otra alternativa?

Saltar. Acabar con todo.

—Lo cierto es que no. Soy consciente de que luchar contra los centinelas es el único camino que me queda. A eso se ha reducido mi vida. Pero no sé si quiero hacerlo. No sé si debo. No sé si puedo.

—No sabes. No te queda nada de tu antiguo ser. Careces de ilusión. Estás vacío —dijo el ángel.

Rex no podía evitar desnudarse ante él. Esa voz era hipnótica, seductora, le había enseñado cuanto sabía. No podía resistirse a ella.

—Un hombre que no tiene nada... —prosiguió Mikael—. Envidio tu situación.

Rex tuvo el impulso de volverse. No lo hizo porque no quería perder la oportunidad de saltar. Al menos quería intentarlo. Pero esa última afirmación no la había comprendido. Era muy extraño que Mikael se expresara con tanta ambigüedad, al menos con él nunca lo había hecho. Y la manera de hacerlo era tan... humana.

—¿Envidia?

—¿Te cuesta creerlo? Me explicaré. Un hombre que no tiene nada es alguien que puede redefinirse. Solo a partir de ese estado se puede reconstruir un nuevo ser. No es sencillo. Hace falta ayuda. Pero con la guía adecuada se puede lograr. El objetivo, naturalmente, es renacer para ser alguien mejor. La gente corriente acaba su vida igual que nació, solo que con algo más de experiencia. Muy triste. Tú tienes la oportunidad de crecer, superarte. Tu potencial ahora mismo es incalculable.

A Rex le resultó imposible no volverse. Mikael estaba lejos, aunque su voz sonaba como si le susurrara al oído. Incluso en la negrura de aquella noche, brillaba el perfil majestuoso del ángel.

—¿Insinúas que eso fue lo que te sucedió a ti?

De pronto sintió el fuego de la curiosidad abrasándole por saber cómo había sido el Mikael anterior a la guerra, el que no se había visto obligado a medirse con su propio hermano. Ya no le importaba su vida.

—¿Cómo si no podría ayudarte? Ofrecerte un camino sin comprender por lo que estás pasando no sería coherente. Y eso solo es posible con un guía que lo haya logrado y te sirva de ejemplo.

Rex cada vez estaba más confuso. El ángel no solo le ofrecía una salvación, sino que se identificaba con él y le proponía ser su maestro. Esa cercanía no era propia de Mikael, quien siempre mantenía un halo de superioridad, a veces incluso con otros ángeles. Algo no terminaba de encajar, no debía de ser un camino lleno de gloria el que le ofrecía. En cambio, sí confiaba a ciegas en que la oferta era sincera. Mikael no mentía, ni siquiera perdería tiempo en una conversación como esa si su intención fuera castigarle.

De modo que su vida no terminaría esa noche. Rex se levantó, dio un paso hacia él, hacia aquella voz que había sido su referencia, a la que no se podía resistir. Renacer... Superarse... Sonaba tan tentador. Era, con diferencia, lo que más deseaba. En eso, en conocer el interior de las personas, de los centinelas a los que había adiestrado, Mikael era bueno, excelente.

Bien mirado, quizá no fuera el suyo un caso aislado. Se rumoreaba que había otros centinelas a los que estimaba más allá de lo que un ángel había demostrado nunca. Una de ellas había sido Miriam, pero había muerto, lo que tal vez le había dejado un vacío. Rex no pudo evitar imaginarse llenando ese vacío. No era digno de un trato semejante, pero la posibilidad estaba ahí.

Resolvió hablar, avivar la conversación antes de que sus delirios le llevaran a considerar más locuras, a atreverse a pensar como lo estaba haciendo.

—Sin duda no estoy interpretando tus palabras del modo correcto —dijo con humildad.

—Al contrario. Tus conclusiones son correctas, solo que de una manera que todavía no comprendes.

De nuevo penetraba en su interior con la mayor de las facilidades.

—¿Me estás hablando de renacer para ser mejor?

—¿No temerás por un detalle tan insignificante como la pérdida de los pulgares?

Rex negó con la cabeza. Ni aunque le amputaran las piernas y los brazos tendría miedo de aceptar semejante oferta.

—¿Renacer a tu lado? ¿Con tu ayuda?

—Si me aceptas, por supuesto.

Otro gesto de humildad que no habría creído posible en Mikael.

—¿Qué debo hacer?

—Abrir la mente —dijo el ángel. Se acercaba, se deslizaba sin esfuerzo suspendido por las alas—. Escuchar. Olvidar cuanto sabías o creías saber para aceptar el conocimiento que te entregaré. Y tomar mi mano.

Mikael extendió el brazo hacia adelante mientras flotaba hacia él. Rex se arrodilló.

—Así lo haré.

Una nueva ilusión había inundado todo su ser. No se detuvo a examinar cómo podía haber experimentado un cambio tan drástico con solo una conversación. Se limitó a dar gracias. Así eran los ángeles. Por eso había sido un devoto centinela desde siempre. Le costaba contener las lágrimas que le nublaban la vista.

El ángel había llegado hasta él. Rex, con la cabeza aún gacha, le veía los pies. Se limpió las lágrimas con el dorso de la mano antes de levantar la cara y tomar la mano que sabía que Mikael mantenía extendida para así comenzar el nuevo camino que regiría su vida.

Pero cuando se atrevió a mirarle, algo le extrañó.

El rostro de Mikael era tal y como lo recordaba, perfecto, esculpido en mármol, también su voz y el resto del cuerpo, incluidos los movimientos corporales. Los ojos, no obstante, eran negros, de una oscuridad penetrante, irreal, que negaba la luz. De igual modo las plumas de sus alas no eran blancas, sino negras.

Ahora comprendía la conversación que había tenido lugar.

—Un ángel caído —murmuró.

Rex temblaba con violencia. Era la primera vez en siglos, tal vez milenios, que uno de los caídos se mostraba. Y sin lugar a dudas era la primera ocasión en que lo hacía ante un centinela.

No había precedentes de que actuaran personalmente. Para eso crearon a los demonios, porque ellos no podían intervenir, no debían, no era posible. Hacerlo podría dar pie a que los ángeles también tomaran parte activa en el conflicto. Ya no sería un juego. Ahora existía lo posibilidad de que una nueva guerra tuviera lugar. O eso había creído siempre.

—Mi mano sigue tendida —dijo con paciencia el caído—. ¿Has cambiado de parecer? ¿Niegas la ilusión que había prendido dentro de ti?

Rex quería tomar esa mano más que nada en el mundo, eso le pedía su corazón, el motor de su vida. ¿Significaba que él...?

—Tú mataste a Samael.
—No.

Una respuesta tan simple como contundente. Rex no dudó de su veracidad.

—¿Alguna otra reticencia? —preguntó el caído, sin asomo de amenaza, calmado, invitándole a despejar cualquier interrogante que se le planteara.

Rex aceptó la invitación.

—¿Rechazarte conllevará mi muerte?
—En modo alguno.
—Me gustaría conocer tu nombre.
—Sabes quién soy, ¿cierto?
—Lo sé.

Era el hermano gemelo de Mikael, quien, por lógica, había sido tan importante como él antes de su rebelión en el Cielo. Hermano contra hermano, no podía ser más literal.

—Entonces sabes cuanto necesitas para tomar tu decisión.
—Lo sé.

El asesino era bueno. Andaba cerca, al acecho. Eneas temía escuchar en cualquier momento el zumbido de los disparos con el silenciador.

Llevaba más de un día huyendo por el laberinto de túneles y galerías del subsuelo de Madrid, entre la basura, adentrándose en las grutas y cavidades más recónditas y lúgubres, recurriendo a todas las runas y maniobras imaginables para salvar obstáculos con la silla de ruedas.

Estaba agotado, apenas había dormido. Se había desmayado una vez y no sabía cuánto tiempo había permanecido inconsciente. Al recobrar la consciencia, con varias ratas campando sobre su cuerpo, había descubierto que se había hecho sus necesidades encima. Seguía vivo porque había purificado aguas residuales para beber, gracias a las runas. La comida... Eneas no quería recordar la rata que se había comido tras aplastarla con la rueda de la silla.

Ya no sabía qué hacer. Estaba mareado y el sentido de la orientación le fallaba. ¿Había pasado ya por aquella tubería? Creía que sí. Podía recordarse empujando la silla por ese suelo húmedo e irregular. Pero no le quedaba más remedio que volver a hacerlo. La única alternativa, una vez descartado retroceder, era una grieta en lo que debió de ser un conducto de ventilación, pero demasiado estrecho para que la silla pasara por él.

Eneas escuchó algo a su espalda. Tal vez un jadeo. El sicario no andaba lejos. Se decidió, su única esperanza residía en ganar tiempo, un poco más.

Reunió las últimas fuerzas que le quedaban. Se inclinó hasta caer al suelo, luego reptó hacia la grieta. Las piernas le pesaban mucho. Una estaba todavía escayolada; la otra, operada hacía unos días por los brujos, aún no había cicatrizado, ni siquiera con la ayuda de las runas que habían empleado durante la intervención.

Con todo, logró entrar en el conducto de ventilación y se arrastró. Los tirones en el abdomen le indicaban cuando sus piernas se quedaban enganchadas. Seguramente se le saltarían los puntos, puede que se hiciera más cortes y no sería consciente de la gravedad porque no sentiría el dolor. Sí sentía, en cambio, los dedos de las manos, cómo se desgarraban al tirar del resto de su cuerpo. Lograba continuar porque había una ligera inclinación hacia abajo.

Tras un tormento indescriptible, al borde del desmayo, desembocó en una estancia ruinosa. No tenía idea de qué podía ser o haber sido aquel lugar. Las últimas fuerzas las empleó en pintar la última runa y en colocarse de modo que apoyara la espalda contra la pared.

Jadeó con impotencia. No quería mirar las piernas y descubrir nuevas heridas; le bastaba con el rastro de sangre que había dejado. Solo quedaba ver si el asesino le seguiría también hasta allí, porque encontraría la silla, seguro. Eneas no había desactivado el dispositivo de rastreo para que Elena pudiera escapar. Solo había bloqueado la señal cuando descansaba, pero no ahora.

Un balazo abrió un agujero en el suelo. Provenía del conducto, así que el sicario se acercaba. Era cauto, había disparado por si Eneas le aguardaba justo a la salida. El asesino no tardó en asomar la cabeza. Le vio. Aun así tuvo la precaución de examinar el lugar antes de entrar. Se levantó apuntándole con la pistola.

Tenía mal aspecto. Estaba pálido, sucio, tenía ojeras y la ropa rasgada.

—Elena.

—No está. —A Eneas le costaba hablar—. Nos separamos. Has perdido.

El sicario no reaccionó de modo visible.

—Puedes ahorrarte sufrimiento si me dices dónde ha ido.

Eneas sonrió. No supo por qué.

—Eres bueno en tu trabajo. Quiero darte las gracias por mostrarme hasta dónde puedo llegar. No pensé que fuese capaz de sobrepasar mis limitaciones.

—Puedes arrastrarte entre la mierda, a pesar de ser un tullido, con tal de sobrevivir. No te vanaglories demasiado. El miedo a morir causa ese efecto en muchas personas.

—No me refería a eso —le contradijo Eneas—. Hablaba de la niña, la que mataste en las cloacas de un disparo en la cabeza.

El asesino frunció el ceño sin entender, molesto. Con toda seguridad, quería acabar y salir de allí de una vez. No le agradaba la conversación ni servía a sus propósitos. Pronto entendería a qué se refería Eneas.

—¿Qué son esos garabatos que pintabas por todas partes? Sé que eras tú. Parecían recientes.

—Nunca lo sabrás. Como nunca darás con Elena. Espero que Mario Tancredo acabe con tus seres queridos, si los tienes, cuando se entere de tu fracaso. No eres nada, solo un cadáver que sostiene una pistola.

—Y que puede apretar el gatillo —añadió el sicario apuntándole a la frente.

Eneas negó con la cabeza.

Una mano se deslizó sobre la del sicario, la que sujetaba el arma, desde atrás. Aquella mano era de una mujer. Sus dedos, finos, en apariencia delicados, se cerraron, triturando los huesos del sicario y la pistola que sostenían. El crujido se mezcló con el grito del sicario.

El sicario se miró la mano, espantado. Eso no era una mano, sino un amasijo de carne y metal irreconocible.

—Qué asco de sitio —gruñó Nilia poniéndose frente al sicario.

Le cogió por el cuello, apretó. El asesino ya no podía gritar. Nilia miró de reojo a Eneas, quien se mantuvo impasible. Entonces apretó más, hasta separar la cabeza del cuello.

Nilia se agachó y se limpió la mano en la ropa del cadáver. Mientras lo hacía observaba a Eneas.

—Estás hecho un asco —le dijo—. ¿Vas a morirte?

—Aguantaré, no te preocupes.

—Lástima.

El loro entró volando por el conducto de ventilación. Descargó una deposición sobre los restos del asesino, dio una vuelta alrededor de Nilia y terminó sobre el hombro de Eneas.

—Uaaaaaac... Nilia mala.

—El que faltaba —bufó Nilia.

—Uaaaac... Castígala... Nilia mala... Insulta... Apesta.

Eneas acarició al loro.

—Me gustaría felicitarte y darte las gracias, Nilia.

—¿Es una broma?

—De ningún modo —aseguró Eneas—. Lo que has hecho ha sido extraordinario.

—Ha sido una estupidez. ¿Por qué tenías tanto interés en salvar al santo?

Eneas reflexionó unos segundos antes de contestar. Le sucedía con frecuencia que debía esforzarse un poco para desenterrar sus propios motivos.

—¿Tiene que haber una razón? —preguntó.

—Siempre —contestó Nilia—. En tu caso, podría aceptar que no supieras cuál es. Pero la razón existe, te lo aseguro.

A Eneas le convenció ese razonamiento.

—Supongo que no me gusta dejar las cosas a medias. Fracasé al intentar evitar que el vampiro le asesinara, así que ahora tenía que hacer todo lo posible por salvar a su... ¿reencarnación? ¿Se dice así? Lo curioso es que no me siento especialmente bien ahora que ya está hecho. Creí que notaría euforia o satisfacción.

—No estuvo bien hecho, Eneas. El resultado final sí, pero arriesgaste demasiado. Estuve a punto de morir congelada por todas las meteduras de pata de ese pajarraco idiota. ¿Quieres darme las gracias de verdad? Líbrate de él.

Eneas negó con la cabeza. Acarició al loro con intención de tranquilizarlo.

—Uuaaaaacccc... ¡Ja! Te jodes, Nilia...

—Tú también estuviste a punto de morir a manos de ese asesino. Tienes suerte. ¿Mereció la pena? Bah, seguro que ni siquiera lo sabes. Y todo por esa mujer... No la conseguirás. En el fondo lo sabes, pero no puedes dejar de intentarlo. ¿Es justo que me utilices a mí para perseguir sueños que nunca cumplirás?

—Conozco tu teoría al respecto. No todo es lógica, el mundo no se reduce a cálculos fríos. Hay algo más. Tú también lo sientes, solo que lo niegas.

—Me decepcionas, Eneas —dijo con desdén—. Alguien como tú, inteligente, debería ser capaz de entender a otras personas aunque no comparta su punto de vista. Yo lo hago contigo. Entiendo lo idiota que eres y no niego que eres así.

—De acuerdo, tal vez no niegues que tus sentimientos son parte de ti, que te condicionan. Para negar el amor, siempre pones de ejemplo que mataste al demonio del que estabas enamorada, pero es falso. Reaccionaste del modo opuesto, eso te lo concedo, pero le mataste precisamente por lo que sentías. Si te hubiera resultado indiferente, ese demonio seguiría vivo. ¿Lo entiendes? También reaccionaste ante el amor. A tu modo, por desgracia, aunque no es culpa tuya. Eres así: ingenua, inmadura. Aún tienes mucho que aprender.

Nilia esbozó una sonrisa envenenada.

—¿Es lo que crees que haces? ¿Enseñarme?

—Sin que te des cuenta. Estás cambiando, despacio. Apuesto a que ahora ya no quieres matarme.

La sonrisa de Nilia se esfumó, se puso seria.

—Ni se te ocurra dudarlo. Te mataré. Es una certeza de la que no deberías dudar jamás.

—Entonces, puede que todavía solo esté en tu subconsciente, pero empiezas a empatizar conmigo, no puedes evitarlo. ¿Notas cómo tu trato hacia mí ha cambiado?

—Es lo que te gustaría, no la realidad. Por eso pones esa cara de tonto. No podrías estar más equivocado. Si no me crees, ¿por qué has utilizado más sangre de demonio para ganar tiempo?

—Por precaución.

—¿Cómo la has conseguido?

—De un modo inesperado —admitió Eneas—. No puedo decírtelo. Me dan miedo tus represalias.

—Así que proteges a alguien —razonó Nilia—. Apuesto a que es otra mujer.

—Eso es circunstancial.

—Seguro que sí. Disfruta de esa suerte inesperada. Tu muerte llegará. Cuando agonices, te recordaré esta conversación. Y entenderás lo necio que has sido mientras la vida se te escapa...

—¡Basta! —gritó Eneas con todas sus fuerzas, que no eran muchas—. ¡Tú me obedecerás, demonio! ¡Porque yo te lo ordeno!

Nilia clavó una rodilla en el suelo de inmediato e inclinó la cabeza, pero mantuvo el contacto visual.

—Sí, amo, obedezco. —Entornó los ojos—. Pero recuerda que antes o después romperé el vínculo con el que me sometes. ¡Lo haré! Y mi primer acto será despedazarte de la manera más brutal y dolorosa que puedas imaginar. Crees que puedes controlarme, pero estás jugando con el fuego más peligroso que existe: yo.

—Tú eres mía —repuso Eneas—. Tu destino es cumplir mi voluntad y así será. Por eso estás ahora de rodillas ante mí.

—Ya no deseo que me liberes. Quiero seguir acumulando rabia, quiero romper tu control por mí misma y quiero matarte con mis propias manos. Y yo siempre consigo lo que quiero. Mientras tanto, ¿qué deseas que haga ahora, amo?

Crónica principal a cargo de Fernando Trujillo

La Biblia de los Caídos. Tomo 0 (Gratis)

Tomo 1 del testamento de Sombra.
Tomo 1 del testamento del Gris.
Tomo 1 del testamento de Mad.
Tomo 1 del testamento de Nilia.

Tomo 2 del testamento del Gris.

Apéndices

Tomo 1 del testamento de Jon.
Tomo 1 del testamento de Roja (en preparación).

Tomo 2 del testamento de Jon (en preparación).

Nota 1: el orden dado en la crónica principal es el que se debería seguir para entender la historia. Los apéndices, por el contrario, pueden ser leídos como se prefiera, siempre después de haber leído el tomo 0 y el Tomo 1 del testamento de Sombra.

Bibliografía de Fernando Trujillo

La Biblia de los Caídos
El secreto de Tedd y Todd
El secreto del tío Óscar
La última jugada
Sal de mis sueños
Yo no la maté
La prisión de Black Rock
La Guerra de los Cielos

Contacto con el autor

Mail: nandoynuba@gmail.com

Página web: http://www.fernandotrujillo.org/

Facebook: https://www.facebook.com/fernando.trujillosanz

Twitter: https://twitter.com/F_TrujilloSanz

Google +: https://plus.google.com/+FernandoTrujilloSanz/

COMUNIDAD

Club de lectura en Facebook:
https://www.facebook.com/groups/ClubdeLecturaFTS/

Blog (fan) sobre el «Universo Trujillo»:
https://teddytodd.wordpress.com/

Blog (fan) sobre las novelas de Fernando y César:
https://libroscesaryfernando.wordpress.com/

Página (fan) sobre *La Guerra de los Cielos* en Facebook:
https://www.facebook.com/PaginaFanDeLaGuerraDeLosCielos

Made in the USA
Lexington, KY
06 October 2016